MEURTRE EN
montagne

JAMIE FESSENDEN

MEURTRE EN *montagne*

JAMIE FESSENDEN

Publié par
DREAMSPINNER PRESS

5032 Capital Circle SW, Suite 2, PMB# 279, Tallahassee, FL 32305-7886 USA
www.dreamspinnerpress.com

Meurtre en montagne
Copyright de l'édition française © 2016 Dreamspinner Press.
Titre original : Murder on the Mountain
© 2014 Jamie Fessenden.
Première édition : août 2014
Traduit de l'anglais par Laura Brohan.

Illustration de la couverture :
© 2014 Reese Dante.
http://www.reesedante.com
Les éléments de la couverture ne sont utilisés qu'à des fins d'illustration et toute personne qui y est représentée est un modèle

Édition e-book en français : 978-1-63533-100-4
Édition imprimée en français : 978-1-63533-099-1
Première édition française : septembre 2016
v 1.0

Édité aux Etats-Unis d'Amérique.

I

JESSE SAVAIT qu'il ne pouvait s'en prendre qu'à lui-même. Cela dit, Steve avait fait passer le travail bénévole à l'Observatoire du Mont Washington comme quelque chose de romantique, ce qui s'était révélé être un mensonge. Il n'y avait rien de romantique à nettoyer après sept personnes, à faire la vaisselle et à récurer les toilettes. Steve était avec lui, mais leur romance s'était éteinte quelques mois plus tôt. Bien sûr, la vue était spectaculaire, mais maintenant qu'ils avaient décidé de rester amis, la vue ne suffisait pas à rattraper la monotonie du travail.

Évidemment, Steve ne l'avait pas forcé à faire du bénévolat, et Jesse avait lu la description du poste : une semaine en haut du Mont Washington, à partager des couchettes avec trois employés à temps plein et deux stagiaires. À l'observatoire, on étudiait les phénomènes météorologiques et le climat de la montagne, réputé pour être l'un des pires au monde. Afin de libérer du temps pour que l'équipe puisse effectuer ses missions, des bénévoles venaient à la semaine s'occuper de la préparation des repas et du ménage, du mercredi au mercredi. La semaine de Jesse était pratiquement terminée et il était impatient de faire ses valises et de les descendre au pied de la montagne dès le lendemain. Il n'était tout simplement pas fait pour ça, désormais, il le saurait. Le paysage était d'une beauté saisissante, particulièrement lorsqu'il était possible de voir le Chaînon Présidential dans son entièreté. Mais ce qui prédominait c'était le vent ainsi qu'un putain de froid. Jesse n'avait qu'une seule envie : s'installer confortablement devant un appareil de chauffage au propane avec un bon roman policier.

D'ici là, il devait encore racler les poêles industrielles, pleines de poisson-chat à la sauce au beurre citronné, qu'ils utilisaient dans la cuisine de l'observatoire. Steve avait cuisiné donc Jesse avait l'honneur de faire la vaisselle. Mais il ne s'en plaignait pas vraiment, car ce repas avait été savoureux. Steve était un excellent cuisinier. Cela ne dérangeait pas Jesse d'être de corvée de ménage, mais il était toujours heureux de terminer et de s'échapper un petit moment.

Il traversa la partie commune de l'observatoire dans laquelle Leo, un des observateurs, se reposait sur l'une des trois couchettes marron. Bandit, l'angora noir et blanc qui vivait à l'observatoire se reposait entre ses pieds ; quand Jesse entra dans la pièce, il le regarda avant de décider qu'il ne valait pas le coup de se réveiller. Jesse hésita à faire une sieste sur l'une des autres couchettes, mais il avait vraiment besoin de prendre l'air, même si cela signifiait qu'il fallait se couvrir. C'était le mois d'octobre et les moniteurs de la station indiquaient que c'était un jour d'automne classique au pied de la montagne. Mais la température au niveau du pont d'observation était plus basse d'au moins neuf degrés. Nulle personne sensée ne sortirait dehors sans une veste de ski.

Il passa un moment sur le pont d'observation du Sherman Adams building, cette large structure en forme d'arc de cercle qui abritait non seulement l'observatoire, mais aussi le quartier général des Rangers et le musée. Hélas, tout était enveloppé par le brouillard et la vue n'était pas très impressionnante. Il n'y avait qu'un couple qui essayait de voir le Chaînon Présidential avec des jumelles et qui râlait de ne pas y parvenir, ainsi qu'un jeune homme, juste un peu plus âgé que Jesse. Il n'était pas désagréable à regarder – assez mince et pâle, avec des yeux bleu clair. Jesse se dirigea tranquillement vers lui pour voir s'il pouvait entamer une conversation.

Cet homme ne perdait pas son temps à essayer d'observer à travers la brume. Il était occupé à regarder la station d'arrivée du Cog Railway [1] située en dessous du pont d'observation, à une trentaine de mètres. Jesse n'avait aucune idée de ce qu'il regardait. Peut-être attendait-il tout simplement le prochain train.

— Salut, dit Jesse en s'approchant de lui.

Ils étaient proches du bord, ce qui pouvait être dangereux lorsqu'il y avait beaucoup de vent. Heureusement, le temps était assez calme à ce moment-là.

L'homme jeta un coup d'œil dans sa direction et lui répondit distraitement :

— Salut.

— Est-ce que vous attendez le train pour redescendre ?

Le jeune homme regarda Jesse avec agacement et détourna à nouveau son regard.

— Non, je fais du camping.

---

1 Le Cog Railway est l'unique train qui monte jusqu'au sommet du mont Washington.

Il mentait. Jesse savait quel type d'équipement était nécessaire afin de camper en montagne, il l'avait déjà fait deux fois avec Steve lorsqu'ils sortaient ensemble. Et cet homme n'était pas équipé pour le faire. Sa veste était une parka de ski de bonne qualité et le bonnet qu'il avait sur la tête était un bonnet en laine chaude avec un pompon, mais il n'avait pas emporté d'écharpe ou de gants. Et qu'en était-il de son sac à dos ? Même s'il avait laissé la plupart de ses affaires à l'endroit où il campait, il semblait être habillé trop légèrement pour un tel climat. Il pouvait être simplement idiot, bien sûr. Il ne serait pas le premier. Les secouristes bénévoles du parc régional risquaient leurs vies assez souvent pour sauver des randonneurs qui étaient piégés par de soudaines tempêtes de neige, ou qui souffraient d'hypothermie lors de la chute des températures. Mais Jesse soupçonnait cet homme d'être arrivé en train un peu plus tôt dans la journée. Il voulait juste l'envoyer balader.

Qu'il aille se faire voir.

Jesse répondit juste « OK » et s'en alla, le laissant à ses occupations. Le Cog n'allait plus tarder. Jesse se dit qu'il serait peut-être valable de se rendre sur le quai afin de voir qui descendait du train. S'il était chanceux, il pourrait y avoir un ou deux gars mignons qui daigneraient lui adresser la parole avant qu'il ne soit obligé de retourner à l'intérieur pour préparer le dîner avec Steve.

Il descendit les marches à partir du pont et arriva sur le quai au moment même où le Cog s'approchait. Le train était assez bizarrement construit : la pente qu'il empruntait pour monter au sommet de la montagne étant très raide, le moteur et le réservoir d'eau devaient être inclinés vers l'avant afin de rester à l'horizontale pendant le trajet. Cela signifiait qu'ils étaient pointés vers le sol lorsque les rails se redressaient.

Dans les minutes qui suivirent, il entendit le cliquetis des roues en métal approcher, et peu de temps après il vit le train qui roulait lentement sortir de la brume, crachant de la fumée. Il n'avançait pas vraiment plus vite qu'un homme à pied, si tant est que cet homme ait marché sur un sol plat, mais le fait qu'il montât directement sur le flanc de la montagne permettait à ses passagers de faire l'ascension en un peu moins d'une heure. Cela allait beaucoup plus vite que de monter au sommet à pied, surtout en hiver. Bien sûr, les billets n'étaient pas donnés. Jesse n'avait jamais pris ce train.

Il jeta un œil vers le pont d'observation pour voir si l'homme auquel il avait parlé guettait encore le quai, mais il n'était plus là. Peut-être était-il en train de descendre.

3

Il n'y avait pas beaucoup de monde dans le wagon, juste onze personnes. Six d'entre eux avaient peu d'intérêt pour lui : il y avait deux jeunes enfants, âgés de neuf ou dix ans, avec un couple de personnes âgées. Probablement les grands-parents des enfants. Et un couple de mariés dans la trentaine. Homme et femme, bien que le New Hampshire ait légalisé le mariage homosexuel quelques années plus tôt. Jesse pouvait voir leurs alliances, mais supposait qu'ils s'étaient récemment mariés vu la manière dont ils étaient collés l'un à l'autre.

Quatre des passagers semblaient avoir le même âge que Jesse – une fille et trois garçons. Comme ils restaient groupés en sortant du train, il supposa que c'était un groupe d'amis. Il y avait une autre fille avec eux, qui avait environ seize ou dix-sept ans. Elle avait les mêmes longs cheveux blonds et les traits délicats que la fille plus âgée, Jesse en déduisit qu'elles étaient sœurs. L'un des garçons était assez mignon, quoiqu'un peu négligé, mais c'étaient les deux autres hommes – clairement des frères – qui attirèrent l'attention de Jesse. Ils étaient roux et tellement beaux qu'ils auraient pu être mannequins.

— Arrête de les dévorer des yeux, dit une voix derrière lui, et Jesse se retourna pour trouver Steve avec un petit sourire en coin. Heureusement, ils étaient assez éloignés du quai pour que, les passagers ne les entendent pas.

— Je peux regarder.

Steve n'avait pas besoin de demander sur quelles personnes se portait son regard.

— Tu penses qu'ils sont jumeaux ?

— Non.

Jesse dirigea à nouveau son regard vers les deux frères tout en essayant de rester discret. Il est vrai qu'ils se ressemblaient tellement qu'on aurait pu croire qu'ils étaient jumeaux.

— Tu vois celui avec l'écharpe verte ? C'est le frère aîné. Il doit avoir un ou deux ans de plus.

— J'ai l'impression qu'ils ont le même âge.

Jesse fit non de la tête.

— Il n'arrête pas de taper son frère dans le dos, et il donne des directives à tout le monde.

L'aîné des frères montrait différentes directions, posait des questions, et attendait que les autres hochent de la tête pour montrer qu'ils avaient compris.

4

— Donc il est dominant, dit Steve, pas convaincu. Certains jumeaux sont comme ça, l'un des deux est celui qui prend toujours les initiatives.

— Ça arrive, dit Jesse. Mais pas dans ce cas-là.

Steve se mit à rire.

— Comme tu veux, Jessica, dit-il, utilisant le surnom que Jesse détestait.

On l'appelait Jessica, car il voulait écrire des romans policiers et passait son temps à observer les gens comme le personnage principal d'*Arabesque*, Jessica Fletcher.

— Je retourne à l'intérieur. N'oublie pas qu'on a des cookies à préparer.

— OK, pas de problème.

Jesse le laissa partir, son attention toujours portée sur les touristes.

Le plus jeune frère semblait bizarrement complaisant, comme s'il se fichait complètement de ce qui se passait autour de lui. Il n'obéissait pas seulement aux ordres de son frère, mais aussi à ceux de la plus âgée des filles. Elle ne le faisait pas défiler sur le quai comme un soldat, mais elle lui fit porter son sac à main quand elle eut la drôle d'idée de remettre du rouge à lèvres.

Petite amie. Sans aucun doute. À moins qu'ils soient mariés. Mais elle avait une bague à son doigt alors que lui n'en avait pas. Ils devaient être fiancés.

— Est-ce que tu peux te débarrasser de ce foutu sac ? demanda le grand frère du jeune homme, assez fort pour être entendu de l'endroit où se trouvaient Jesse et Steve. Tu ressembles à une pédale.

La fille le regarda sévèrement, mais son frère portait le sac comme s'il se fichait de ce qui arriverait si elle ne le récupérait pas tout de suite.

La fille reprit son sac en le saisissant abruptement, énervée.

— Ne soit pas si macho.

Jesse n'entendit pas le reste de leur conversation, la fille ayant baissé la voix, mais juste avant que le groupe d'amis se dirige vers le pont d'observation, le cadet des frères regarda autour de lui et son regard tomba sur Jesse. Cela ne dura qu'un instant, mais lorsque leurs regards se croisèrent, Jesse vit quelque chose qui le perturba, quelque chose… qui clochait. Le garçon sourit légèrement, mais même à cette distance, Jesse était capable de voir qu'il n'y avait aucune joie dans ce sourire. Ce n'est pas juste qu'il semblait triste. C'était le regard de quelqu'un qui n'en avait plus rien à faire de ce qui se passait. Et ses yeux…

Ils semblaient complètement sans vie.

CE SOIR-LÀ, le dîner serait une tarte tortilla, autre plat que Steve savait particulièrement bien cuisiner. Jesse avait quant à lui préparé ses cookies pour le dessert, les laissant refroidir sur le comptoir. Il était en train de couper des tomates et de la salade pour accompagner le plat principal.

— Ils étaient mignons, dit Steve, en revenant sur les frères qu'ils avaient vus deux heures plus tôt sur le quai. Mais si tu veux mon avis, leur ami était beaucoup plus mignon.

Steve était toujours plus attiré par les hommes au style négligé, une des raisons de leur séparation : Jesse était plutôt soigné – ses cheveux noirs étaient toujours coupés assez court et sa barbe ne poussait jamais plus d'un jour, même alors que tous les autres employés de l'observatoire s'étaient laissé pousser une épaisse barbe.

— Est-ce que tu penses qu'il est gay ? demanda Jesse.

Il se fichait de la réponse, mais spéculer sur l'orientation sexuelle de jolis garçons était toujours une source de divertissement.

Steve haussa les épaules tout en se mettant en position pour mélanger les haricots frits dans une marmite.

— Je n'ai pas vraiment eu l'occasion de lui parler. Il n'avait pas *l'air* gay…

Ce qui signifiait qu'il ne ressemblait pas aux gars qui sortent en boite : parfaitement coiffés et habillés avec des vêtements qui coûtaient une fortune. Steve détestait ce genre.

Avant que Jesse ne puisse lui répondre, Reggie débarqua dans la cuisine. Il était toujours habillé en vêtements d'extérieur et il était un peu à bout de souffle, comme s'il venait de courir.

— Dites, est-ce que l'un de vous est libre ?

Jesse et Steve le fixèrent du regard pendant une seconde, déconcertés, avant que Steve lui demande :

— Pourquoi ?

— Une personne a disparu, répondit Reggie, essuyant sa bouche d'un revers de la main, celle-ci protégée par un épais gant. C'est un gars qui est monté avec le Cog. Ses amis sont en train de paniquer. Le soleil ne va pas tarder à se coucher donc toute personne qui peut participer aux recherches est la bienvenue. Carol et Leo sont déjà dehors avec Rory.

Steve regarda Jesse.

— J'ai du pain de maïs au four…

— Continue à t'occuper de ça, Steve ! lança Reggie. Jesse, rejoins-nous si tu le peux. Assure-toi d'avoir un talkie-walkie.

Il repartit, et Jesse le suivit, s'arrêtant près de la porte pour se couvrir. Il portait déjà de longs sous-vêtements et un pull au-dessus de son tee-shirt à manches longues. C'était ce que l'équipe portait tous les jours. Il enfila les mêmes bottes et la même veste de ski, mais il décida de mettre une cagoule en dessous de son bonnet de ski pour avoir chaud au visage, et il prit d'épaisses moufles au lieu de gants.

À l'extérieur, le brouillard était devenu plus épais et plus dangereux pour un touriste inexpérimenté se promenant aux environs du sommet. L'observatoire et les bâtiments alentour se situaient au milieu d'une étendue de rochers dénudés – pas de grosses roches, mais un paysage semblable à la lune avec des affleurements rocheux et des gravats à travers lesquels il était difficile de se frayer un chemin, même lorsque l'on avait une bonne visibilité. Dans les conditions actuelles, il serait facile pour quelqu'un de tomber et de se faire mal, ou bien de tomber dans une crevasse ou de la falaise. Quand le soleil se couchait, la température chutait brutalement. Se promener en étant perdu pourrait s'avérer fatal pour une personne ne portant pas les vêtements adéquats.

Jesse rattrapa Reggie qui lui dit :

— Il s'appelle Stuart. Il est arrivé il y a deux heures, accompagné de son grand frère et trois de ses amis, et il est porté disparu depuis environ une heure. Pas d'expérience en randonnée, et il n'est pas habillé convenablement pour effectuer plus d'une journée de marche. Il a une veste grise et jaune avec un bonnet de ski à pompon jaune. Ted passe un sale moment avec ses amis.

Ted était l'un des rangers du parc, actuellement assigné au sommet.

— Ils sont en train de péter un plomb, ce que je peux comprendre. Mais le dernier train part dans une demi-heure. Ils doivent le prendre, que l'on ait trouvé leur ami ou pas.

Jesse était choqué de découvrir que le disparu était l'homme qu'il avait observé sur le quai, un peu plus tôt dans la journée. C'est comme s'il le connaissait un peu, même s'ils ne s'étaient pas parlé. Il aperçut le grand frère et les autres en train de se disputer avec Ted sur le quai. Il pouvait comprendre qu'ils ne veuillent pas partir, étant donné les circonstances, mais il n'y avait pas d'équipement approprié afin qu'ils puissent rester la nuit – l'entièreté du Sherman Adams building était fermé au public en dehors des heures d'ouverture. Et la dernière chose dont avaient besoin les rangers était qu'un autre touriste se perde ou se blesse en se promenant sur la montagne durant la nuit, particulièrement des touristes qui n'étaient pas habillés de manière adéquate. La meilleure des solutions était de laisser les rangers et les employés de l'observatoire chercher et secourir leur ami pendant qu'ils retournaient à l'hôtel en attendant des nouvelles.

Bien sûr, c'était plus facile à dire qu'à faire. Jesse ne pouvait pas imaginer ce que cela ferait de devoir laisser derrière lui un membre de sa famille et de faire confiance à des inconnus pour le retrouver. En tout cas, il se souvenait de la façon dont Stuart était habillé, donc il savait ce qu'il devait rechercher. Il ne servait à rien de poireauter sur le quai.

— Ne pense pas que tu es un pro parce que tu as passé une semaine ici avec nous, le mit en garde Reggie alors qu'ils observaient, debout, le paysage gris au nord de l'observatoire. Tu es encore peu expérimenté et je ne veux pas avoir à envoyer une équipe de recherche pour *te* retrouver. Compris ?

— Oui.

— Tu devrais pouvoir apercevoir la lumière de la tour, même dans le brouillard, donc gardes cela en tant que repère. Regarde où tu mets les pieds et ne tente rien de macho.

Jesse retint sa réponse impertinente et se contenta d'approuver de la tête.

— Compris.

Reggie renifla, sceptique, mais le laissa commencer sa recherche.

Jesse se faufila à travers les rochers alors que le ciel s'assombrissait, et devait utiliser ses mains autant que ses pieds la moitié du temps. Malgré la semaine passée à l'observatoire et les deux randonnées qu'il avait effectuées avec Steve, Reggie avait raison et Jesse en était conscient : il ne connaissait pas très bien les environs. Donc il tourna en rond, gardant la tour dans son champ de vision. Il cria le nom de Stuart et entendit les autres crier au loin, mais il n'y avait aucune réponse.

Alors que le dernier rayon de soleil disparaissait dans le ciel gris, son talkie-walkie grésilla. Il répondit, en parlant à travers la matière protectrice de sa cagoule, et Reggie lui dit :

— Le train a attendu aussi longtemps que possible. Les amis et la famille de Stuart sont descendus à l'hôtel pour attendre. Personne ne l'a encore trouvé.

— D'accord. Je continue à chercher.

— Reviens si tu as trop froid, et pour l'amour de Dieu, ne te perds pas.

— OK.

Environ une demi-heure plus tard, alors que Jesse commençait sérieusement à envisager de rentrer pour se réchauffer un peu tellement la température avait chuté, il trouva quelque chose. Un large rocher au-dessus d'une arête avec quelque chose de sombre dessus. Il utilisait désormais sa lampe torche LED et, en s'approchant, il vit la tache sombre briller à la lumière.

C'était du sang. Une tâche irrégulière d'environ sept centimètres de diamètre, et elle était complètement gelée.

Jesse regarda derrière le rocher et vit Stuart couché en bas d'une pente raide, comme s'il l'avait dévalée. Il était allongé sur le dos et ne bougeait pas.

— Stuart ! s'écria Jesse.

Aucune réponse. Il descendit aussi vite qu'il le pût sans glisser, et ne pensa à prendre son talkie-walkie qu'une fois arrivé en bas, agenouillé près du jeune homme.

— Reggie ! Je l'ai trouvé !

— Il va bien ?

Stuart n'avait pas l'air d'aller bien. En fait, il ne semblait même pas être en vie. Il avait perdu son bonnet et le côté droit de sa tête était amoché et couvert de sang gelé qui avait coagulé dans ses courts cheveux blond vénitien. Bien qu'il n'en soit pas sûr, Jesse pensait voir une partie du cerveau du jeune homme, mais peut-être se trompait-il vu l'état désastreux des choses. Les yeux de Stuart étaient à moitié fermés et sa peau était pâle et bleuâtre. Il ne semblait pas respirer. Jesse ôta l'une de ses moufles pour prendre le pouls de Stuart dans son cou. Le vent piqua sa peau comme des aiguilles. Il ne sentit aucun pouls et sa peau était glacée. Jesse retint un frisson lorsqu'il réalisa qu'il était probablement en train de toucher un corps sans vie.

— Je pense qu'il est mort.

— Doux Jésus ! T'es où ?

Jesse enfila sa moufle et regarda autour de lui. *Merde*. Il ne voyait plus la tour.

— Attends !

Il dirigea sa lumière dans les airs, au-dessus de sa tête, ignorant la tirade de Reggie concernant le fait qu'il avait finalement réussi à se perdre. Cela créa une colonne de lumière dans la brume épaisse, transperçant le ciel comme un projecteur, même si ce n'était pas forcément très lumineux.

— Est-ce que tu aperçois ma lumière ?

— Oui !

Merci mon Dieu.

— Ne bouge plus et garde ta lampe allumée, lui ordonna Reggie. On vient te récupérer.

Jesse bloqua sa lampe torche contre un rocher de sorte qu'elle pointe directement vers le ciel et la laissa là. Puis son attention se porta de nouveau sur Stuart, qu'il illumina à l'aide d'une petite lumière LED qu'il avait sur ses clés de voiture. Il était mort. Au moins, Jesse était raisonnablement certain de cela. Mais il n'était pas secouriste, donc il pouvait avoir tort. Il ne savait pas comment soigner une plaie à la tête, mais il était sûr d'une chose, c'est que personne ne pouvait survivre plus de quelques minutes sans que son cœur batte. Il était certainement trop tard, mais il se devait d'essayer. Donc il rassembla les souvenirs des cours de réanimation cardio-pulmonaire qu'il avait suivis quelques années plus tôt et se mit au travail.

— Il est bel et bien mort, affirma Ted, se penchant au-dessus du corps illuminé par leurs lampes torches.

Lui et Rory, l'autre ranger du parc, étaient venus rejoindre Jesse, avec Reggie et Carol, l'autre observatrice à temps plein. Il avait pris la relève de la tentative maladroite de massage cardiaque effectuée par Jesse, mais Stuart ne réagissait toujours pas.

— Je vais prononcer l'heure du décès, dit Ted. Je n'ai pas de montre. Qui a l'heure ?

Jesse enleva une moufle et sortit son téléphone portable de sa poche de pantalon.

— Six heures et treize minutes.

— On ne peut pas le laisser là, dit Rory. Emmenons-le à l'intérieur.

Ted se releva et fit non de la tête.

— Laissez-le ici. Il est mort, et l'emmener à l'intérieur ne changera rien à ça.

— Je ne vois pas pourquoi on le laisserait geler ici.

Ted l'ignora, utilisant sa lampe torche pour balayer du regard le chemin par lequel Stuart avait dû dévaler.

— Il y a un rocher là-haut, commença Jesse, pointant sa propre lampe torche au sommet de l'arête. Il y a une grosse tache de sang dessus. C'est sûrement là qu'il s'est blessé à la tête.

Ted grogna et escalada la pente pour y jeter un œil. Les autres restèrent en bas avec le corps.

— C'est bizarre qu'il n'ait pas porté de bonnet, observa Carol.

Jesse s'était fait la même réflexion.

— Il en portait un cet après-midi, quand il est descendu du train.

Ted avait dû entendre leur conversation, car, lorsqu'il arriva en haut, il intervint en disant :

— Le bonnet est ici ! Je l'aperçois entre deux rochers, à environ… trois mètres de l'endroit où il s'est blessé à la tête.

Jesse fronça les sourcils et regarda Stuart, qui avait ses yeux sans vie rivés sur lui. Était-il possible qu'il ait ôté son bonnet avant de s'ouvrir le crâne ? Peut-être avait-il glissé et son bonnet lui avait échappé des mains, juste avant que sa tête ne percute la roche. C'était possible, même si ça semblait un peu tiré par les cheveux.

C'est alors que Ted ajouta :

— J'aperçois un peu de sang dessus.

Cela mit fin à son hypothèse.

— Il a été tué, dit Jesse.

II

KYLE ÉTAIT assis en boxer, sur son canapé, avec un paquet de pop-corn au beurre cuit au micro-onde et une bière. Il avait visionné environ la moitié du film *Hors du temps* quand son téléphone se mit à sonner. Il grogna et se leva pour récupérer son portable dans le jeans qu'il avait laissé traîner sur le sol. Quand il aperçut le numéro sur son écran, il poussa un grognement.

— Ils se foutent de ma gueule ! dit-il avant de mettre son film sur pause. Qu'est-ce qu'il y a Roberts ?

Wesley Roberts était le coéquipier de Kyle depuis qu'il était devenu détective, trois ans plus tôt.

Wesley se mit à rire.

— Grognon. Est-ce que je te dérange alors que tu es en bonne compagnie ?

— Je regarde juste un film. Seul.

— Qu'est-ce que tu regardes ?

— *Very Bad Trip*, mentit Kyle. Tu m'appelles pour ça ? Pour parler cinéma ?

— Si seulement. Un jeune homme est mort en haut de la montagne ce soir. Les rangers pensent que ça pourrait ne pas être un accident, donc ils ont décidé d'appeler l'Unité des Crimes Graves. Devine qui ils ont choisi pour enquêter.

Kyle posa sa bière et passa sa main dans ses cheveux bruns un peu plus longs que ne l'autorisait la réglementation.

— Doux Jésus. Ils veulent que l'on conduise jusqu'au sommet à cette heure-ci ?

Il était dix-neuf heures passées et à cette période de l'année, il ne faisait pas bon se trouver au sommet de la montagne une fois la nuit tombée.

— Non, il y a trop de brouillard. Ils vont nous faire monter avec le Cog.

Eh bien, ce ne serait pas ce soir qu'il pleurerait comme une fille devant Rachel McAdams et Eric Bana. Mon Dieu, que penseraient les flics de son unité s'ils savaient ce qu'il faisait durant son temps libre ?

— D'accord, lança-t-il à Wesley. Je serai là dans une demi-heure.

EN GÉNÉRAL, le Cog ne circulait que durant la matinée, mais avec ce temps, il était beaucoup plus sûr de prendre le train pour accéder au sommet que d'essayer de prendre l'Auto Road, la route sinueuse longeant parfois des falaises à pente abrupte. Heureusement, les ingénieurs étaient prêts à faire un voyage pour une situation si grave.

La station de train était enveloppée par le brouillard lorsque Kyle et Wesley arrivèrent de Concord, ce qui signifiait que la visibilité au sommet de la montagne serait presque nulle. Il était bientôt vingt-et-une heures et il serait presque vingt-deux heures arrivé en haut. Dieu seul savait combien de temps ils passeraient au sommet, avec une température inférieure à zéro degré. Ça allait être une longue, longue nuit.

Deux secouristes de l'hôpital Androscoggin Valley allaient accompagner Kyle et son coéquipier, ainsi que Larry Turner, un ranger du parc. L'une des secouristes semblait familière et il se souvint qu'il l'avait rencontrée lors d'une affaire de tentative de suicide à Berlin – Claire, si ses souvenirs étaient bons. L'homme qui l'accompagnait était nouveau.

Le trajet vers le sommet pouvait être beau à couper le souffle durant la journée, mais dans le noir et le brouillard, c'était juste froid et ennuyeux. Kyle et Wesley étaient assis côte à côte dans l'un des sièges matelassés comme on en trouvait dans les bus scolaires, et Turner était assis dans le siège situé devant eux. Il se retourna pour leur faire face, plaçant son bras au-dessus de son siège, et passa la première partie du trajet à leur donner toutes les informations concernant le touriste qui était mort au sommet de la montagne.

— Il avait vingt-et-un ans, toujours à l'université, et avait pour spécialité les arts libéraux. Il était venu passer une semaine au Mount Washington Hotel avec sa fiancée et quelques membres de leurs familles. Ce pauvre jeune homme était censé se marier ce samedi.

Doux Jésus. Kyle détestait ce genre d'ironie du sort.

— Pourquoi pensez-vous qu'il s'agit d'autre chose que d'un accident ?

— Moi ? Larry haussa les épaules. Je n'ai pas vu le corps. Mais Ted dit que la manière dont il s'est blessé à la tête avant de tomber est suspecte. Vous deux devrez démêler le vrai du faux.

— Génial, marmonna Wesley.

Le wagon était chauffé, mais il faisait toujours frisquet. Il n'avait vraiment pas l'air content, même emmitouflé dans son gros manteau d'hiver avec son bonnet, son écharpe et ses gants. Et Kyle ne lui en tenait pas rigueur. S'il avait apprécié de se balader en montagne dans le froid, il serait devenu ranger au parc plutôt que détective de police.

— Ted a demandé à la famille et aux amis du jeune garçon de redescendre au pied de la montagne et d'attendre de nos nouvelles.

— Est-ce que quelqu'un les *a* prévenus ? demanda Kyle.

— Non, répondit Larry. Puis il sourit. On vous laisse vous en charger.

— Oh, merci !

— Je vous en prie.

— Est-ce que quelqu'un a établi une liste des personnes qui se trouvaient au sommet lorsque la victime est décédée ?

— Bien sûr, répondit Larry, qui récupéra un bout de papier plié dans la poche de sa veste. Ted m'a envoyé ce fax. Il y avait onze passagers avec lui à la montée du Cog, et sept personnes lorsque le Cog est redescendu. Le train suivant était le dernier de la journée et il transportait quatre passagers. Ces quatre passagers plus les quatre amis de Stuart sont descendus avec le dernier train. Il devait déjà y avoir quatre ou cinq personnes au sommet. C'est difficile à déterminer, les randonneurs allants et venants comme ils le souhaitent.

Kyle prit le papier et y jeta un œil. Malheureusement, il n'y avait pas beaucoup de noms, mis à part ceux des quatre personnes arrivées avec la victime. Ted avait noté leurs noms, ainsi que ceux des quatre autres passagers qui étaient descendus lors du dernier voyage. Une partie des noms des autres passagers pourrait être rassemblée à la billetterie du Cog dès le lendemain.

— Merci, dit-il.

Après avoir passé la Halfway House [2], le ranger n'avait plus grand-chose à leur dire donc Kyle sortit sa Kindle et lut grâce à l'ampoule LED incorporée dans l'appareil. Il avait chargé une ancienne nouvelle d'Agatha Christie, parce que son coéquipier était assis juste à côté de lui et il refusait de prendre le risque que Wesley aperçoive ce qu'il était en train de lire un peu plus tôt dans la journée : une romance érotique dans laquelle un veuf « hétérosexuel » tombait amoureux d'un autre homme.

Avoir une relation sexuelle avec un homme était l'un des fantasmes de Kyle depuis longtemps, même lorsqu'il était marié. Il n'avait pour autant jamais pensé à tromper Julie. Elle était au courant de ses fantasmes,

---

2 La maison située à mi-chemin entre le pied et le sommet de la montagne.

et heureusement, elle trouvait cela sexy. Ils n'avaient pas été le genre de couple qui aurait pu envisager un plan à trois, mais cela avait été amusant de se l'imaginer, de temps à autre.

Julie était décédée depuis déjà cinq ans, mais même si ses désirs envers d'autres hommes avaient grandi, il n'était pas encore prêt à sortir avec quelqu'un d'autre. Il y pensait plus souvent cependant et lorsque ça arrivait, il s'imaginait aussi bien avec un homme qu'avec une femme.

Il n'avait pas honte d'être bisexuel, mais il ne se sentait pas assez à l'aise pour en parler avec ses collègues. Et il ne voulait évidemment pas que Wesley voie les romances coquines qu'il se plaisait à lire. Ce n'était pas qu'il se sentait moins « homme » du fait d'avoir ce genre de lectures, mais les moqueries qui suivraient seraient sans fin et tout bonnement insupportables.

Alors que le train passait près du monument érigé en l'honneur de Lizzie Bourne, une randonneuse décédée alors qu'elle approchait du sommet en 1855, Kyle éteignit sa liseuse et la rangea dans la poche intérieure de sa veste avant de remonter sa fermeture éclair. Il sentit qu'ils passaient devant ce monument plus qu'il ne le vit, étant donné l'obscurité et l'épais brouillard – il avait effectué ce voyage plusieurs fois dans le passé.

Le train arriva en gare et Kyle et ses compagnons sortirent dans le brouillard gris et glacial. Le vent n'était pas particulièrement fort ce soir-là, mais la température était bien plus basse qu'elle ne l'avait été à Littleton, et il savait qu'un seul petit morceau de peau non protégée serait attaqué par le gel.

— Doux Jésus ! se plaignit Wesley en tirant son écharpe pour couvrir la plus grande partie de son visage. On crève de froid ici !

Kyle émit un petit rire.

— Quelle perspicacité ! Pas étonnant que tu sois détective.

— Qu'est-ce que tu dirais d'aller te faire mettre ?

— Ce serait plus plaisant qu'être ici.

Kyle remonta le long du quai ; Ted et Rory étaient en train de se diriger vers eux, dans le froid, pour les accueillir. Trois autres personnes les suivaient et il en déduit que ce devait être les employés de l'observatoire. Tout le monde était si couvert de vêtements qu'il ne pouvait pas vraiment les identifier, même si l'un d'entre eux semblait être une femme.

— Salut, Kyle, lui dit Ted.

Ce dernier lui tendit une main gantée et Kyle la serra, puis chaque personne se présenta et salua les autres tour à tour. Les trois employés de l'observatoire se révélèrent être deux personnes qu'il avait déjà rencontrées par le passé – Carol et Reggie – ainsi qu'un bénévole. Le bénévole n'avait aucune raison d'être présent. Une scène de crime n'était pas un endroit approprié pour un étudiant curieux. Mais lorsque Ted présenta le prénommé Jesse, le jeune homme s'avança et baissa sa cagoule pour dévoiler son visage, et Kyle faillit oublier toutes les objections qu'il avait.

Le gamin était magnifique. Il n'était pas beau dans le sens brut et masculin du terme, mais joli. Il avait de grands yeux marron et doux et des lèvres sensuelles et pleines qui semblaient familiers, bien que Kyle fut certain de ne jamais l'avoir rencontré. Lorsqu'il leva le regard vers lui et entrouvrit ses lèvres, il réalisa brusquement : Ingrid Bergman. Quand Jesse le regardait dans le brouillard, avec ces beaux et grands yeux bruns, cela lui rappelait Ingrid Bergman dans *Casablanca*, au moment où elle disait au revoir à Bogart sur la piste d'atterrissage.

Mon Dieu, je dois vraiment me sentir seul, pensa Kyle.

— Jesse, voici le détective Dubois, dit Ted alors que Kyle lui tendait sa main gantée.

Jesse avait l'air de trouver quelque chose de fascinant sur le visage de Kyle, à en croire la manière dont il le fixait du regard.

— Détective.

En train de te regarder, gamin [3], lui vint à l'esprit, mais il se contenta de répondre :

— Jesse.

Pendant que Ted présentait Jesse aux autres, Rory prit Kyle à part et lui demanda :

— Est-ce que tu veux qu'on le renvoie à l'intérieur ?

— Le gamin ?

— Oui. Il a une sorte d'obsession pour les enquêtes sur les meurtres – il veut devenir auteur de polars – donc on lui a permis de rester avec nous. C'est lui qui a découvert le corps, mais je me suis déjà assuré qu'il était à l'intérieur de l'observatoire en train de travailler avec un autre des bénévoles, du moment où Stuart Warren est descendu du train, jusqu'au moment où les équipes de recherche ont été déployées.

Généralement, celui qui découvrait le corps était suspect, les meurtriers prétendant souvent avoir trouvé leurs victimes pour détourner les soupçons. Mais Jesse avait un solide alibi.

---

3 Réplique du film Casablanca, en version originale : « *Here's lookin' at you, kid* »

— On peut l'envoyer à l'intérieur si tu préfères, proposa Ted.

Kyle regarda de nouveau le jeune homme. Une fois de plus, leurs regards se croisèrent, et il ressentit un coup sec dans la poitrine. *Mon Dieu, il est superbe...*

— Eh bien... est-ce que tu penses qu'il va nous gêner ?

Ted haussa les épaules.

— Je pense qu'il te laissera tranquille si tu le lui demandes. C'est un bon garçon.

En temps normal, un civil devait remplir un formulaire et obtenir l'approbation du siège social s'il souhaitait suivre une enquête, mais le gamin était déjà allé sur la scène du crime. S'il en restait assez éloigné pour la soirée, Kyle pourrait lui faire remplir le formulaire dès le lendemain. Cela n'empêchait pas qu'ils enfreignent les règles, mais tant que le gamin ne se blessait pas, cela n'attirerait pas trop de problèmes à Kyle.

Avec un peu de chance.

— OK.

Kyle fit un signe de la tête à Jesse et le jeune homme se précipita vers lui.

— Ted me dit que c'est toi qui as découvert le corps.

— Oui, monsieur.

— Et tu fais des recherches sur les procédures de police pour un roman policier ?

— J'ai écrit quelques nouvelles policières, reconnu Jesse. Mais ça fait un moment que je veux écrire un vrai roman.

Kyle hocha la tête, pas vraiment intéressé. La moitié des gens aux États-Unis prétendaient être en train de plancher sur un roman. Mais qui était-il pour piétiner le rêve de quelqu'un ?

— Si tu me promets de rester en retrait, de rester en dehors de notre chemin et de ne toucher à rien, tu peux nous suivre et observer comment ça se passe.

— Ce serait génial ! s'exclama Jesse. Je ne vous dérangerai pas. Je vous le promets.

Kyle lui sourit et fut récompensé par un magnifique sourire en retour. Derrière Jesse, il pouvait lire clairement l'expression sur le visage de Wesley qui disait 'Qu'est-ce qui te prend ?', mais il haussa simplement les épaules et se concentra de nouveau sur le boulot. S'ils ne voulaient pas passer la nuit entière à se les peler au sommet de la montagne, il serait obligé de prendre les choses en main. Il s'adressa à Ted :

17

— Bien, c'est parti.

Quelqu'un avait balisé le lieu avec une lanterne très lumineuse, bloquée entre les rochers pour éviter qu'elle ne soit emportée par le vent. Cela leur fournissait une lueur de lumière bleuâtre à suivre. Les deux secouristes, qui transportaient une civière Stokes en acier inoxydable et d'autres équipements, avaient plus de mal à escalader les roches. Le fait que la civière attrapait sans cesse le vent et tentait de s'envoler n'arrangeait pas les choses. Les rangers encerclèrent les nouveaux venus et firent de leur mieux pour illuminer le chemin avec leurs lampes torches.

La lanterne était située en haut d'une pente, et Ted fit en sorte que tout le monde s'arrête avant d'atteindre le bord. Dans l'obscurité, on aurait dit que la légère pente était une falaise bordée par le néant. Le brouillard enveloppait tout ce qui se trouvait devant eux et fusionnait avec la couche de nuages bas, ce qui leur donnait l'illusion de se tenir au bout du monde.

Au-delà de cette limite se trouvent des monstres [4], pensa Kyle.

Les rangers dirigèrent leurs rayons lumineux par-delà le bord et firent signe à Kyle et Wesley de se rapprocher. Lorsque Kyle s'approcha de leur position, il regarda en bas et vit le corps d'un jeune homme étendu au pied de la pente raide, à environ neuf mètres de là. Il était allongé sur le dos, ses membres étendus comme une étoile de mer – une impression renforcée par les motifs jaune et rouge vif sur sa veste de ski – si ce n'était que son bras droit était posé sur une large pierre. Sa main gantée semblait agripper l'air, bien que le mouvement ait probablement été causé par le vent. Le jeune homme était clairement mort, ses yeux et sa bouche entrouverts et bordés de givre. Ted avait prononcé l'heure du décès plusieurs heures auparavant, avant que Wesley n'appelle Kyle.

Ted s'aventura le premier, descendant la pente pour se positionner de manière à ce qu'il puisse attraper les autres s'ils glissaient. Kyle descendit après lui, suivi de Wesley. Il demanda aux secouristes d'attendre en haut pour le moment ; ils n'allaient pas être d'une grande aide au jeune homme qui était allongé en bas de la pente et n'étaient présents que pour transporter le corps jusqu'en bas de la montagne et pour le transférer à la morgue.

Lorsqu'il arriva en bas, Kyle s'agenouilla et examina le corps.

— Je doute qu'il ait survécu longtemps après sa chute, dit-il à Ted. Pauvre gars.

---

4 Réplique du film *Hors de portée*, en version originale : « *Beyond this point, there be monsters* »

— Qu'est-ce qui vous fait penser qu'il s'agit d'autre chose que d'un touriste qui a trébuché et chuté ? demanda Wesley.

— Remontons, que je puisse vous le montrer.

Ils revinrent à leur point de départ, où Jesse se tenait debout aux côtés des autres, tendant le cou pour observer sans gêner personne. Durant un instant, Kyle pensa qu'il aurait été sympathique d'emmener le gamin sur la scène, afin qu'il puisse en avoir une vue plus détaillée.

Bien sûr, pensa-t-il, *et une fois de retour au bureau, je serais éviscéré pour avoir laissé un civil foutre la scène de crime en l'air*. De toute façon, pourquoi s'en souciait-il ? Jesse était bien évidemment séduisant, mais ils n'avaient échangé que quelques mots. Pourtant, Kyle était obligé de se rappeler lui-même à l'ordre chaque fois que son regard se dirigeait vers lui.

— Regardez ça, dit Ted, utilisant sa lampe torche pour illuminer une grande roche située en haut et leur montrer une large trace de sang.

KYLE SE pencha pour l'examiner de plus près et dit d'un air grave :

— Donc il s'est blessé à la tête *puis* il est tombé.

— Il semblerait que oui.

— Pourquoi n'aurait-il pas trébuché ? Wesley demanda une nouvelle fois.

— À cause de ça, dit Ted.

Il fit signe à Rory qui les rejoignit pour passer un sac plastique à Kyle. Il contenait un bonnet à pompon de la même couleur – jaune et rouge vifs – que la veste de ski du défunt. Lorsque Kyle le retourna dans ses mains protégées par des moufles, il constata qu'il y avait une petite quantité de sang à l'intérieur du bonnet, près du revers.

— On l'a trouvé bloqué entre les rochers par ici, continua Ted, éclairant, à l'aide de sa lampe torche, une petite crevasse qui se situait à environ trois mètres de la roche où se trouvait la tache de sang.

La crevasse s'était créée entre deux rochers qui leur arrivaient à hauteur de genou.

— J'avais peur que le vent le décroche et l'emporte donc je l'ai ensaché.

Kyle hocha la tête. Le sac était un sachet de collecte de preuves standard, les rangers étant souvent amenés à enquêter sur des meurtres en altitude et dans d'autres endroits du parc régional. Ted l'avait soigneusement étiqueté en notant son nom et l'heure à laquelle la preuve avait été collectée. Kyle comprenait pourquoi il n'avait pas voulu laisser le bonnet à l'endroit où il l'avait trouvé : le protéger du vent aurait été extrêmement difficile et tout système qu'ils auraient mis en place pour le recouvrir aurait sûrement été lui aussi emporté par le vent.

— Est-ce que tu as pris une photo du bonnet dans sa position d'origine ? demanda Kyle avec espoir.

— Jesse l'a fait, dit Ted en semblant un peu embarrassé. Je n'avais pas d'appareil photo. Rory l'a fait tomber il y a deux semaines et nous ne l'avons pas remplacé, donc j'ai demandé à Jesse de prendre quelques clichés.

Pour être honnête, cela rendait les photos presque inutilisables, et Ted devait le savoir. Les photos pourraient aider Kyle et Wesley un petit peu, mais elles ne pourraient pas être utilisées comme preuves, pas sans avoir été prises par un inspecteur de scènes de crime entraîné.

Jesse s'avança et montra à Kyle une photo qu'il avait prise, sur son portable, du bonnet étendu sur le sol entre les rochers. Il lui en montra quelques autres qu'il avait prises de plus loin, rendant l'emplacement du bonnet dans l'espace plus facile à identifier. Kyle grogna en signe de reconnaissance.

— Merci, gamin.

Il n'était pas content que Jesse intervienne une fois de plus dans l'enquête, même s'il supposait qu'il ne l'avait pas fait intentionnellement.

— Tu peux me les transférer, s'il te plaît ?

— Bien sûr.

Kyle lui donna l'adresse e-mail qu'il utilisait au bureau, puis il se sentit coupable en regardant le jeune homme retirer ses moufles et commencer à taper l'adresse sur son téléphone, à mains nues.

— Attends… Pourquoi n'attends-tu pas d'être à l'intérieur, histoire de ne pas te geler les doigts ?

— D'accord.

Jesse renfila ses moufles.

Kyle se tourna à nouveau vers Ted, conscient que Jesse était encore debout près d'eux et qu'il pouvait les entendre. Il décida de l'ignorer pour l'instant. Après tout, il avait dit au gamin qu'il pouvait observer.

— Bien. Le défunt portait le bonnet lorsque sa tête a percuté la roche. Curieusement, le bonnet s'est enlevé et a volé.

À son dépit, Ted déclara :

— Jesse avait une assez bonne théorie là-dessus.

20

Kyle fronça les sourcils, bien que ce ne fut probablement pas visible avec son bonnet et son écharpe. L'espace d'un instant, il envisagea de déclarer la récréation terminée et de renvoyer le gamin à l'intérieur. Puis il céda : il était peu probable qu'un gamin tout droit sorti du lycée – ou bien de l'université – soit capable d'apporter des éléments supplémentaires à l'enquête. Il avait sûrement appris ce qu'il savait des scènes de crime à la télévision, mais cela n'interdisait pas de prendre une minute pour écouter sa théorie.

— D'accord, dit-il en se tournant à nouveau vers Jesse, quelle est cette théorie ?

C'est comme s'il avait ouvert le bouchon d'une bouteille de soda secouée. Les mots de Jesse jaillissaient pratiquement de sa bouche.

— Il y a trop de sang sur le rocher, commença-t-il. S'il portait le bonnet lorsqu'il s'est blessé à la tête, la plus grande partie du sang aurait été absorbée par le bonnet. La seule raison qui expliquerait comment tout le sang s'est retrouvé sur le rocher est que le bonnet ait été enlevé et que sa tête ait heurté une seconde fois la roche.

Kyle souleva un sourcil en le regardant, se préparant à le congédier tel un petit malin qui regardait trop *Les Experts*.

— Tu penses qu'il a trébuché deux fois ?

— Laissez-moi vous montrer, dit Jesse.

Il fit signe à Rory qui soupira gentiment, mais se positionna debout, face à lui. Kyle les soupçonnait d'avoir répété cela un peu plus tôt.

— Alors, lui et le meurtrier étaient obligés d'être face à face, continua Jesse. La blessure est sur le côté droit de la tête de Stuart, ce qui signifie qu'il était dos à la pente lorsqu'il a été tué. Le tueur n'aurait pu se trouver nulle part ailleurs que face à lui.

— En supposant qu'il y ait eu un tueur.

— Il y en avait un, répondit Jesse avec conviction. Il tendit le bras vers le haut et plaça sa main contre la tempe de Rory. Mais il – ou éventuellement elle – n'avait pas d'arme à portée de main. Peut-être n'était-ce pas prémédité. Donc le meurtrier a tendu le bras et a attrapé la tête de Stuart de cette manière…

Il replia ses doigts dans la laine du bonnet de Rory.

— … puis l'a écrasé contre les rochers.

Il exécuta les mouvements doucement, le ranger se prêtant au jeu et l'autorisant à guider sa tête vers le sol. Arrivé à la hauteur de la roche que

Kyle avait vue, Jesse tira la tête de Rory en arrière et le bonnet du ranger tomba.

— Il recule et le bonnet tombe. Mais il le jette seulement sur le côté…

Jesse laissa Rory lui arracher le bonnet des mains.

— … afin d'en finir avec la victime. Il ne se rend probablement même pas compte de l'endroit où le bonnet atterrit.

Cette fois-ci, Jesse attrapa les cheveux de Rory et guida la tête du ranger vers le sol une nouvelle fois.

— À ce moment-là, la tête de Stuart est déjà en train de saigner et elle n'est plus protégée, donc ça laisse une grande tache de sang sur le rocher. Puis le meurtrier le lâche et la victime dévale la pente.

Kyle voulait écarter cette idée et la faire passer pour une théorie d'amateur de drogues, montée de toute pièce par une imagination débordante. Sauf que ce n'était pas si improbable que ça. Il rumina pendant une minute alors que Rory remettait son bonnet en place. Si la théorie du gamin était exacte, il y aurait plus de traces – des cheveux arrachés sur le côté opposé de l'endroit où se trouvait la blessure, par exemple – qui émergeraient lors du rapport d'autopsie. Cela valait au moins la peine de vérifier.

Kyle haussa les épaules et dit :

— OK, Jesse Fletcher. Je vais me pencher sur la question.

Il avait voulu le taquiner gentiment, mais même si son visage était en partie dissimulé par sa cagoule, la manière dont les yeux de Jesse s'obscurcirent traduisit clairement qu'il n'avait pas apprécié la blague.

— Merci, dit-il.

Mais il ne semblait plus du tout heureux. Kyle ressentit une pointe de culpabilité de l'avoir rabaissé, même s'il ne l'avait pas fait exprès. Mais il n'était pas là pour complimenter Jesse et lui dire à quel point il était malin, il était là pour trouver le meurtrier du pauvre jeune homme étendu, congelé, au pied de la colline.

Kyle fit un signe de tête et partit discuter avec les secouristes.

KYLE ET le reste de son équipe continuèrent à travailler jusqu'après minuit, examinant la scène de crime et récoltant les témoignages de toutes les personnes qui étaient présentes lorsque le corps avait été découvert. Après avoir donné son témoignage, Jesse avait été renvoyé à l'intérieur par Reggie pour terminer de faire la vaisselle. Kyle fut navré de le voir s'en aller, encore plus lorsqu'il refusa de le regarder en partant.

Merde. Je n'ai pas de temps à perdre là-dessus.

Quand ils finirent enfin par remballer, ils veillèrent à ce que la zone soit aussi bien bouclée que possible avec du ruban jaune tenu par des roches puis lui, Wesley et les deux secouristes transportèrent le corps en bas de la montagne avec le train. Larry resta en haut, au bureau des rangers, avec Ted et Rory.

Le voyage retour était un peu plus court – environ quarante-cinq minutes – grâce à l'impulsion donnée au train par la gravité. Une ambulance attendait au pied de la montagne pour transporter le corps à Concord afin que soit effectuée une autopsie au cabinet du médecin légiste. Kyle emmena Wesley à l'endroit du parking où était garée sa Subaru break.

Malheureusement, leur nuit n'était pas encore terminée : personne n'avait informé les amis et la famille de la victime de sa mort, donc c'était à eux de le faire. Il était tard, mais Kyle était certain qu'ils étaient encore réveillés et morts d'inquiétude pour Stuart. Les laisser cogiter jusqu'au lendemain matin serait cruel et le leur dire par téléphone serait presque aussi terrible. Le moins qu'il puisse faire était de leur annoncer la nouvelle en personne. Il se rendit donc en voiture jusqu'au Mount Washington Hotel, situé à Bretton Woods, dans lequel toute sa famille séjournait.

Le Mount Washington Hotel était un monument de l'époque victorienne, situé à environ dix kilomètres de la voie ferrée du Cog, et Kyle devait passer devant pour rejoindre l'autoroute de toute manière. C'était un endroit splendide, grandiose, et très onéreux. Kyle avait vécu dans cette région toute sa vie et il n'avait même pas envisagé de passer une nuit dans cet établissement. Même hors-saison, les chambres pouvaient coûter jusqu'à 300 $ par nuit. À certaines périodes de l'année, le prix doublait. L'hôtel était un vrai complexe touristique, proposant de nombreuses activités allant du golf au ski, en passant par le tennis ou encore l'équitation. Il y avait une piscine intérieure et une piscine extérieure, des jacuzzis et un spa.

Pour résumer, c'était chic. Wesley siffla lorsqu'ils se garèrent devant le portique de l'hôtel et qu'un valet descendit le perron pour les accueillir.

— Ces jeunes doivent appartenir à des familles riches pour célébrer leur mariage dans cet établissement.

— Peut-être, répondit Kyle en restant évasif.

Ils sortirent de la voiture et il remit ses clés au voiturier. Le portier leur tint la porte le temps qu'ils entrent dans le grand hall. C'était un espace caverneux qui n'avait pas beaucoup changé durant le siècle précédent, avec un haut plafond et des rangées de colonnes blanches carrées. Des tapis orientaux délimitaient les espaces où se trouvaient des chaises et des canapés confortablement capitonnés, et une énorme cheminée, surmontée d'une tête d'élan, renfermait un brasier.

Kyle guida son coéquipier au-delà de la zone de détente jusqu'à ce qu'ils arrivent à la réception située près d'un large escalier. Il montra sa plaque au gardien.

— Nous devons parler à Todd Warren. On nous a dit qu'il séjournait ici.

Todd avait laissé ses coordonnées à Ted avant que lui et ses amis ne quittent la montagne. Il semblait être le seul à avoir un lien de parenté avec Stuart.

— Je vais voir s'il est dans sa chambre.

Le concierge appela la chambre et parla à quelqu'un. Puis il demanda à Kyle :

— Est-ce que vous aimeriez qu'il descende, monsieur l'agent ?

Dire à un homme dans le hall d'un hôtel que son frère était décédé semblait être assez indélicat.

— Non. Quel est le numéro de sa chambre ? Nous allons nous y rendre.

LA CHAMBRE se situait au quatrième étage et Kyle toqua. Le jeune homme qui répondit à la porte n'était pas le frère de Stuart – c'était une évidence. Il faisait une bonne tête de moins que Stuart et ses cheveux décoiffés étaient brun foncé. Il avait un semblant de ce qui aurait pu devenir – mais ne deviendrait pas – une barbe sur son menton, et il leva de grands yeux verts remplis de peur vers Kyle. Avait-il peur de Kyle lui-même, ou bien de ce qu'il allait probablement lui annoncer concernant Stuart ? Il n'en était pas sûr. Kyle supposa qu'il s'agissait de Joel, un ami de la famille, qui était listé sur le rapport de Ted.

— Je suis le détective Dubois, de la police d'État, se présenta Kyle.

Il désigna Wesley de la main.

— Et voici mon coéquipier, le détective Roberts.

Le jeune homme murmura quelque chose en parlant trop bas pour que Kyle puisse le comprendre, mais il se recula et ouvrit la porte. Les deux policiers entrèrent et se retrouvèrent face à Todd Warren.

Contrairement à son camarade de chambre, Todd était grand et extrêmement beau – encore plus que ne l'avait été son cadet, bien que la ressemblance avec Stuart fût troublante. Ils auraient pu être jumeaux, malgré leur deux ans d'écart, et pendant un instant Kyle eut l'impression que le défunt était descendu de la civière et allait dire : 'C'était pour rire ! '

Todd se tenait debout près de son lit, torse nu, comme s'il était en train de s'habiller, et de fait, au moment où Kyle entra, il prit un tee-shirt bleu marine et l'enfila par la tête. Il portait un jeans délavé et il était pieds nus, ce qui poussa Kyle à revoir son opinion concernant le fait que les Warrens avaient de l'argent. Peut-être que la famille de la mariée finançait cette semaine de vacances, mais ni Todd ni Joel ne portait de vêtements qu'on ne pouvait trouver à Walmart [5]. Tout comme Todd, Joel portait une paire de jeans délavés et son sweat marron s'effilochait un peu au niveau de l'une des manches.

— Est-ce que vous l'avez retrouvé ? demanda immédiatement Todd, quand sa tête émergea du col de son tee-shirt.

Il n'était pas du tout hésitant ou effrayé. Il regardait Kyle droit dans les yeux, le mettant au défi d'annoncer une mauvaise nouvelle concernant son frère.

— J'ai bien peur que oui, répondit Kyle en soutenant son regard. Nous avons retrouvé Stuart. Mais… Je suis désolé. Votre frère est décédé.

Joel fut le premier à réagir. Il eut l'air de s'effondrer de l'intérieur, enveloppant ses bras autour de son corps afin de se protéger ou de se rassurer.

— Je le savais.

Todd surprit Kyle lorsqu'il produisit un profond grognement, attrapa un gobelet en verre sur sa table de chevet, et le jeta violemment contre le mur du fond en poussant un cri déchirant. Son visage affichait une rage non dissimulée. « *Putain de merde !* »

Wesley recula comme s'il s'apprêtait à bloquer une attaque, mais Kyle se força à rester immobile. Il ne pouvait pas reprocher à Todd d'exhiber ses émotions, compte tenu des circonstances. Il se demanda quand même s'il aurait à intervenir pour l'empêcher de détruire davantage de biens appartenant à l'hôtel. Quant à l'impulsivité de Todd, c'était peut-être quelque chose à noter pour plus tard.

Kyle attendit patiemment que les deux jeunes hommes se reprennent, prêt à leur divulguer plus de détails s'ils le souhaitaient, ou à se retirer pour les laisser faire le deuil. Si Stuart avait bien été tué, il serait obligé

---

5 Grande chaîne de distribution américaine.

d'interroger toutes les personnes qui se trouvaient sur la montagne avec lui, mais cela pouvait attendre demain.

— Toute cette histoire était une putain de grosse erreur, s'énerva Todd, faisant les cent pas auprès de son lit, tel un lion en cage. Nous n'aurions jamais dû venir ici !

Joel avait le regard fixe, vide, clairement sous le choc.

— Comment... Comment est-il mort ?

Kyle ne voulait pas divulguer de détails significatifs concernant la scène de crime jusqu'à ce qu'il ait eu l'opportunité d'interroger tout le monde, mais il se devait de leur fournir quelque chose.

— Il semble qu'il soit tombé et qu'il se soit blessé à la tête.

— Il n'aurait pas dû partir se promener tout seul, marmonna Todd.

— Ferme là ! réagit brusquement Joel. Tu penses qu'il méritait de mourir simplement parce qu'il voulait se balader seul ?

Todd serra les poings, s'avança de quelques pas vers Joel, et gronda :

— C'était mon putain de frère ! Et cette connerie de mariage vient juste de le tuer ! Alors je t'interdis d'émettre des suppositions sur mes pensées.

Joel paraissait tellement impuissant et faible en face de lui que Kyle se sentit obligé de s'interposer entre eux et de poser une main sur le torse de Todd pour le maîtriser.

— OK, dit-il de manière apaisante. OK. Ce n'est la faute de personne. Parfois...

— Tout ça, c'est la faute de Corrie, dit violemment Todd.

Mais il se calma et relâcha ses poings. Il jeta un œil vers Joel qui le regardait l'air furieux, puis il se tourna de nouveau vers Kyle.

— Est-ce que je peux y aller ?

— Où est-ce que vous voulez aller, Todd ? demanda Kyle, toujours inquiet de la colère qui émanait à travers chaque pore du corps du jeune homme.

— Juste dehors. J'ai besoin d'être seul pendant un moment. Je ne vais rien casser d'autre, ajouta-t-il.

Kyle acquiesça. Il ne pouvait pas faire grand-chose pour le retenir. Certes, le jeune homme venait de fracasser un verre, mais... Kyle avait envie de le laisser tranquille étant donné les circonstances. Il était prêt à en prendre la responsabilité auprès de l'hôtel. Il se pouvait que Todd ait une arrière-pensée, mais comme le policier n'avait aucune preuve de sa culpabilité pour le meurtre, il décida de le laisser partir. Peut-être avait-il vraiment besoin de se prendre l'air.

— Gardez juste votre calme, d'accord ?

Il regarda Todd prendre sa veste de ski et sortir de la pièce à grands pas, effleurant Wesley au passage. Lorsque ses pas s'estompèrent dans le couloir tapissé, Kyle se tourna vers Joel.

— Est-ce que ça va aller ? demanda-t-il.

— Pourquoi ? Parce que mon meilleur ami au monde vient juste de mourir ou parce que je partage une chambre avec son psychopathe de frère ?

— Les deux.

Joel soupira et décroisa ses bras pour pouvoir passer ses mains dans ses cheveux mêlés.

— Ne vous inquiétez pas. Il est con, mais je ne pense pas qu'il pourrait blesser quelqu'un. Il est juste… Il a toujours été très protecteur avec Stuart.

— Est-ce que Stuart dormait dans une chambre à part ? demanda Kyle.

— Non, il dormait ici, avec nous.

Il fit une grimace.

— Avec Todd en tout cas. Il n'aurait jamais eu le droit de partager un lit avec *moi*.

C'était une drôle de chose à dire. La surprise de Kyle dut s'inscrire sur son visage, car Joel fit une grimace et se désigna du doigt.

— Pédé.

— Oh.

Kyle s'interrogea une fois de plus sur la manière dont il avait tourné sa phrase. 'Il n'aurait jamais eu le droit de partager un lit avec moi' et non pas 'il ne partagerait jamais un lit avec moi.' Peut-être que Stuart avait été à l'aise avec l'homosexualité de Joel – après tout, il affirmait qu'ils avaient été meilleurs amis –, mais pas Todd.

— Si j'ai bien compris, Stuart était censé se marier avec cette fille…

Il consulta la liste des noms que Larry lui avait donnés lorsqu'ils étaient dans le Cog.

— Corrie Lassiter ?

— Ce samedi, oui, répondit Joel.

Il s'assit sur son lit, semblant toujours perdu et troublé.

— C'était censé être des vacances, une sorte de cadeau de mariage pour Corrie et Stuart, de la part de ses parents à elle.

— C'est vraiment dramatique.

Joel rit amèrement.

— Ouais.

Il y eut un silence long et pesant. Puis Kyle s'éclaircit la voix avant de dire :

— Pourriez-vous me dire dans quelle chambre réside Corrie ? Nous devrions aller lui annoncer la nouvelle.

KYLE N'AVAIT aucun doute quant à la richesse de la famille de Corrie. La chambre que les jeunes hommes partageaient était agréable, mais c'était une chambre d'hôtel standard avec deux lits queen size. Les Lassiter occupaient une suite luxueuse avec trois chambres et un séjour doté d'une cheminée, d'un grand téléviseur, d'un mini bar et d'une petite salle de bain s'ajoutant à celle située dans la chambre principale. Les Lassiter étaient eux-mêmes bien apprêtés. Kyle ne s'y connaissait pas vraiment en vêtements, mais il était capable de voir que M. et Mme Lassiter ne s'habillaient pas chez Sears [6]. Leurs trois enfants – il y avait apparemment un frère que Ted n'avait pas rencontré en haut de la montagne – semblaient être habillés un peu moins chic, mais il n'y avait aucun fil qui traînait ou de vêtements usés.

Ils étaient rassemblés dans le séjour lorsque la plus jeune des filles les invita à entrer. C'était une jeune fille mignonne avec de longs cheveux blonds et de grands yeux bleus, qui devait avoir dans les quinze ans. Selon le rapport de Ted, ce devait être Lisa.

— Corrie... dit Lisa, d'une voix hésitante et craintive.

La jeune femme qui se leva de sa chaise était extrêmement belle. Comme sa petite sœur, elle avait de longs cheveux blonds, une peau parfaite, et de grands yeux bleus. Mais leurs dix ans d'écart faisaient une énorme différence. Son pull impeccablement blanc et son pantalon beige épousaient sa délicate silhouette qui présentait de belles courbes aux bons endroits, et Kyle pouvait comprendre pourquoi n'importe quel jeune homme – enfin, n'importe quel jeune homme *hétérosexuel* – se considérerait chanceux de se marier avec elle.

Elle connaissait la raison de leur présence. Il pouvait le lire dans ses yeux. Mais peut-être ne voulait-elle pas qu'il prononce ces mots, raison pour laquelle elle resta silencieuse un long moment avant qu'il ne finisse par parler.

— Êtes-vous Corrie ?

---

6 Grande chaîne de distribution américaine.

— Oui.

— Je suis navré. J'ai de mauvaises nouvelles concernant votre fiancé, Stuart Warren.

Kyle observa la mère de Corrie qui se déplaçait silencieusement vers elle et posait son bras de manière protectrice autour de sa taille.

— Il a malheureusement été retrouvé mort.

Corrie était clairement au bord des larmes lorsque Kyle était entré dans la pièce. Désormais, ses larmes coulaient alors que son visage se transformait sous l'effet de la peine. Mme Lassiter prit sa fille dans ses bras et M. Lassiter traversa rapidement la pièce pour poser une main réconfortante sur son épaule. Lisa courut vers eux trois pour les enlacer.

Seul le jeune homme était en retrait, le regard baissé. Il était plus âgé que Corrie et que les deux jeunes hommes que Kyle avait rencontrés plus tôt ; il devait approcher de la trentaine. Ses cheveux étaient un peu plus foncés que ceux de ses sœurs, mais il avait les mêmes grands yeux bleus et les mêmes jolis traits délicats. Il était grand et mince.

Pourquoi n'était-il pas allé avec eux lors de leur visite touristique ? se demanda Kyle. Peut-être était-il trop âgé pour sortir avec les amis de sa sœur.

Ils semblaient avoir oublié la présence des deux détectives de police et Kyle envisagea de partir. Mais un instant plus tard, M. Lassiter tapotait gentiment sa fille sur le dos et s'éloignait d'elle pour venir lui parler.

— Je ne pense pas que Corrie vous sera d'une grande aide pour le moment, si vous souhaitiez lui parler, dit-il doucement.

C'était un homme distingué, séduisant et élégant. Son visage paraissait jeune bien que ses cheveux soient gris. Sa femme, elle aussi, paraissait un peu plus âgée que Kyle ne l'avait anticipé, comme s'ils avaient attendu un certain âge pour avoir des enfants.

— Je comprends, répondit Kyle.

M. Lassiter abaissa la voix et se pencha vers lui.

— Puis-je vous demander… Comment ?

— Il va y avoir une autopsie, mais pour l'instant, nous pensons qu'il pourrait avoir trébuché et s'être heurté la tête.

— Mon Dieu ! s'exclama Lassiter, gardant le contrôle sur sa voix. Pauvre garçon. Est-ce que vous avez parlé à son frère, Todd ?

— Oui.

— Il doit être bouleversé.

Kyle hocha la tête de manière évasive.

— M. Lassiter, combien de temps votre famille va-t-elle rester dans cet hôtel ?

— Nous avons réservé jusqu'à samedi, répondit-il puis, il remua la tête de manière lasse. Le mariage était censé avoir lieu samedi après-midi.

— Nous aimerions que vous restiez sur place jusque-là.

Lassiter sembla abasourdi, comme si Kyle venait de l'accuser d'avoir tué Stuart. Mais il répondit simplement :

— Nous resterons jusqu'à la date de départ prévue. J'espère que ce sera suffisant.

— Qu'en est-il de Todd et Joel ?

— Leur chambre est payée jusqu'à dimanche, dit-il avec un geste dédaigneux de la main, tout comme la nôtre.

— À vos frais ?

Lassiter fronça les sourcils, comme s'il était offensé de parler d'argent.

— Bien sûr.

— Je vous souhaite une bonne nuit, conclut Kyle d'un hochement de tête. Toutes mes condoléances. Nous vous contacterons bientôt.

Lassiter ouvrit la porte et Kyle eut la forte impression que l'homme voulait la claquer derrière eux. Mais il n'en fit rien.

Pendant que Wesley et lui descendaient vers l'accueil de l'hôtel, et qu'ils attendaient que le voiturier leur rapporte le break, Kyle s'interrogeait. Comment un jeune homme comme Stuart Warren, d'origine modeste si l'on en croyait l'image que renvoyaient Todd et Joel, pouvait-il en être venu à se fiancer avec Corrie Lassiter ? Sa famille semblait être d'accord avec ce mariage, faisant en sorte d'offrir aux Warren et à Joel une semaine très coûteuse dans l'un des hôtels touristiques les plus luxueux de la Nouvelle-Angleterre, avant d'assister au mariage. Mariage qu'ils avaient vraisemblablement financé. Mais Kyle avait du mal à concilier ses premières impressions sur Todd Warren et M. Lassiter. Si Stuart et Corrie étaient semblables aux membres de leurs familles, ils devaient former un drôle de couple.

En tout cas, la prochaine étape était claire.

— J'aimerais retourner au sommet de la montagne demain, quand il fera jour, dit-il à Wesley. En supposant qu'il fasse beau.

Wesley produit un son de protestation grave.

— Tu ne penses pas qu'on a assez souffert ce soir ?

— On ne pouvait pratiquement rien voir dans la nuit, surtout avec un brouillard si épais. Il pourrait y avoir une trace de pas, des fils qui se sont accrochés sur quelque chose… Qui sait ? Je me sentirais juste plus rassuré en retournant sur la scène du crime.

— Il y a une montagne de paperasse à remplir, dit Wesley, et si nous sommes chanceux, Vera aura terminé le rapport d'autopsie d'ici à demain après-midi.

Vera était le médecin légiste de Concord.

— Faisons comme ça, dit Kyle. Tu remplis la paperasse et je monte au sommet de la montagne tout seul. Je serai de retour pour me rendre à Concord avec toi.

— Tu veux juste te débarrasser de la paperasse.

— Exactement.

Wesley rit.

— D'accord. Mais il est plus de deux heures du matin, et nous n'avons toujours pas réservé d'hôtel. Je fais la grasse matinée demain.

— Fais donc ça !

Kyle était conscient qu'une partie de son impatience à remonter au sommet de la montagne n'était pas professionnelle, et il préférait que Wesley ne l'accompagne pas pour cette raison. Il voulait revoir ce fichu gamin. Il ne se faisait aucune illusion et ne prévoyait pas de demander à Jesse s'il voulait sortir avec lui. D'abord, il était probablement hétérosexuel. Et même s'il ne l'était pas, il serait sûrement plus intéressé pour sortir avec une personne de son âge qu'avec Kyle. Puis, à en croire la réaction de Jesse lorsque Kyle avait essayé de le taquiner, il était probable qu'il ne veuille plus rien avoir affaire avec lui.

Mais Kyle avait parfois regardé ses amis se ridiculiser simplement parce qu'ils voulaient être aux côtés d'une belle femme pendant quelques minutes. Pourquoi devrait-il se l'interdire ?

PAR CHANCE, il y avait un hôtel – un hôtel abordable pour lequel ils recevraient sûrement un remboursement de la part de l'administration – situé juste en face du Mount Washington. Il s'appelait The Lodge et était un peu mieux tenu que la plupart des motels situés en bord de route dans lesquels Kyle avait dormi au fil des années. Il disposait d'une piscine et d'un spa, qu'il n'utiliserait pas, et comptait environ cinquante chambres réparties sur deux étages, reliées par de longs balcons.

Ils rencontrèrent un petit problème lorsqu'ils se présentèrent à la réception. Enfin, ce n'était pas si grave. C'était… délicat. La réceptionniste regarda les deux détectives et leur demanda simplement :

— Vous souhaitez une chambre avec un ou deux lits ?

Kyle n'arrivait pas à comprendre comment elle s'était imaginé qu'ils pouvaient être en couple alors qu'ils étaient tous les deux en uniforme. Peut-être essayait-elle seulement de se parer à toutes les éventualités. Mais il aurait préféré qu'elle ne le fasse pas.

Wesley s'esclaffa et tapa l'épaule de Kyle.

— Qu'en penses-tu, mon ourson ?

— Deux lits, s'il vous plaît, dit Kyle, en ignorant la main de Wesley posée sur son épaule.

— Oh, mon sucre d'orge, ne sois pas fâché…

La réceptionniste regarda les deux hommes, ne sachant pas quoi faire, jusqu'à ce que Kyle lui dise :

— Ignorez-le. Nous ne sommes pas en couple. Ce sera donc deux lits.

Le temps de monter les escaliers extérieurs pour accéder à leur chambre, Wesley continua à le taquiner en l'appelant 'mon lapin' et 'mon doudou'. Kyle fit de son mieux pour l'ignorer – il faisait juste l'imbécile –, mais il ne pouvait s'empêcher de se demander si Wesley trouverait ça aussi marrant s'il savait que son partenaire aimait vraiment les hommes, même si cela ne voulait en aucun cas dire qu'il éprouvait du désir pour son coéquipier. Wesley était pas mal, mais il n'était pas séduisant. Il avait un visage doux, mais déjà une calvitie naissante alors qu'il n'avait que vingt-neuf ans ; il serait probablement chauve d'ici dix ans. Il commençait aussi à avoir un petit ventre. Pour faire plus simple, Kyle n'était juste pas du tout attiré par lui. Et c'était sûrement mieux comme ça, puisqu'ils devaient travailler ensemble.

Une fois dans la chambre, les deux hommes se déshabillèrent rapidement, ne gardant que leurs boxers. Ils passèrent chacun leur tour à la salle de bain puis se glissèrent dans leurs lits, trop fatigués pour faire quoi que ce soit d'autre. Il était presque trois heures du matin.

Quand la lumière fut éteinte, Kyle lui lança un 'bonne nuit'. Wesley rit bêtement et lui répondit :

— Bonne nuit, bébé.

— Ferme là, dit Kyle en soupirant, ou je me glisserai dans ton lit et je te ferais un gros bisou sur la bouche.

Wesley se mit à rire et fit des bruits de bisous, mais il finit par se taire et s'endormir.

III

QUEL CRÉTIN !

OK, Jesse ne s'était pas vraiment attendu à ce que le détective de police se mette à crier 'Mon Dieu, mais c'est ça ! Tu as résolu l'affaire ! ', mais ce n'était pas non plus une mauvaise théorie. Elle expliquait les preuves. Alors pourquoi s'était-il comporté comme un crétin ? Est-ce qu'il manquait à ce point d'assurance dans son boulot ?

Il avait été agréable au début. Et très séduisant, du moins d'après ce que Jesse avait vu de son visage, entre son bonnet et son écharpe. Il avait un nez allongé et une courte barbe sur les joues, mais sa bouche était étrangement sensuelle pour un visage si structuré, avec de beaux traits délicats. Ses yeux, surplombés par des sourcils clairement définis, étaient d'une douce couleur noisette et ils semblaient être en constante analyse. Il avait l'air d'être un homme plein de contradictions, un mystère fascinant que Jesse adorerait résoudre.

Si seulement ce dernier n'avait pas été si débile. Et appeler Jesse par le surnom qu'il avait dû supporter ces dernières années à l'université ne le rendait en rien plus attachant. Sans doute avait-il trouvé la référence par hasard – il ne fallait pas avoir un QI de génie pour faire le rapprochement –, mais il pensait sûrement qu'il était très malin.

Cela avait été intéressant de suivre le détective et son équipe, mais une fois les grandes découvertes faites, il ne s'agissait plus que de s'occuper des petits détails : délimiter la scène de crime avec un ruban en le fixant avec les moyens du bord, balayer le sol du regard pour trouver des preuves qui puissent être mises en sachet, prendre la zone de crime en photo, et établir une carte de la scène. C'était intéressant, mais dans le froid, avec Jesse en colère contre le détective en charge de l'enquête, seul l'entêtement l'empêchait de retourner à l'intérieur.

Finalement, à son soulagement, Steve le contacta via le talkie-walkie et lui demanda de ramener ses fesses à l'observatoire pour l'aider à nettoyer. Il y avait une pile de vaisselle dans l'évier qui l'attendait. Jesse laissa donc les professionnels faire leur travail et rentra à l'abri du vent.

Alors que, plus tard dans la soirée, il était allongé dans son lit avec Steve qui ronflait légèrement dans la couchette située en dessous de la sienne, Jesse était encore furieux en repensant à l'attitude du détective. Il détestait qu'on ne le prenne pas au sérieux. Sa théorie était parfaitement censée. Si seulement il y avait un moyen de savoir ce que le médecin légiste allait trouver lorsqu'elle examinerait le corps. Il serait prêt à parier qu'il y aurait quelques cheveux arrachés du cuir chevelu de la victime. Et il parierait même qu'ils trouveraient des cheveux, arrachés à la racine, à l'intérieur du bonnet de ski.

LE MATIN suivant était un mercredi et cela sonnait la fin de la semaine de bénévolat de Jesse et Steve. L'une des voitures allait bientôt arriver pour amener les deux bénévoles prenant le relais pour la semaine suivante, et raccompagner Jesse et Steve au pied de la montagne. Mais avant cela, ils devaient encore préparer le petit déjeuner et nettoyer une fois qu'ils auraient mangé.

Steve avait préparé rapidement une pâte à scones la nuit précédente et avait installé des plateaux qui pouvaient être sortis du réfrigérateur et enfournés. Pendant que Jesse mettait la table, il commença à faire frire des omelettes. Le job de Jesse était facile, pour l'instant, mais sa pénitence serait de devoir laver cette vaisselle pleine de matière grasse plus tard. Alors qu'ils s'attelaient à la tâche, Reggie traînait dans la cuisine et discutait avec eux.

— J'avais de la peine pour les gars qui sont venus hier soir, dit-il. Ils n'ont pas pu partir avant qu'il ne soit près d'une heure du matin.

— Est-ce qu'ils en ont terminé ici ? lui demanda Jesse.

Reggie haussa les épaules.

— Plus ou moins. Mais la zone est toujours délimitée, au cas où ils voudraient revenir l'examiner ou quelque chose comme ça.

— Est-ce qu'ils ont retiré le corps ?

— Bien sûr. Ils l'ont emporté avec eux en bas de la montagne.

— Qu'est-ce qui va se passer maintenant ?

Reggie se mit à rire et prit l'un des verres que Jesse venait juste de ranger pour aller se servir du jus de fruits dans le réfrigérateur.

— Ce qui va se passer maintenant, c'est que vous allez servir le petit déjeuner et nettoyer. Ensuite, on aura des adieux déchirants lorsqu'ils vous emporteront loin de nous. Si tu veux enquiquiner la police à propos de cette affaire par la suite, ne t'en prive pas ! Laisse-moi juste en dehors de ça.

Jesse n'était pas certain de vouloir reparler au détective. Enfin, pour être franc, il devait reconnaître qu'il voulait lui parler à nouveau. Mais que dirait-il à quelqu'un qui le considérait manifestement comme un vrai loser, il n'en avait aucune idée. Il était peu probable que cet homme lui donne de réelles informations.

Il était encore en train de ruminer cette idée deux heures plus tard lorsqu'il était assis à l'extérieur, au soleil, son fessier gelé par le banc sur lequel il était posé et ses bagages rassemblés à ses pieds. Il espérait à moitié que la police revienne avant que leur voiture n'arrive – peut-être pour effectuer une recherche plus approfondie de la zone – afin qu'il ait l'occasion de leur poser quelques questions supplémentaires. Mais en cette matinée, il était possible qu'ils s'occupent de la paperasse et des autopsies. C'était le problème : Jesse ne savait pas quelles étaient les procédures à suivre et il était frustré de manquer une telle opportunité d'en apprendre davantage.

Steve le tira soudain de ses pensées en jetant son sac à dos sur le sol, près de celui de Jesse.

— Toujours en train de broyer du noir parce qu'ils ont emporté ton corps ?

— Arrête de faire l'idiot, grogna Jesse alors que Steve le poussait pour se faire une place sur la pierre. Je n'ai pas *demandé* à ce que ce pauvre jeune homme meure.

— Mais maintenant qu'il *est* mort, tu veux résoudre l'affaire.

— Eh bien… en quelque sorte.

Il voulait surtout écrire des polars. Mais il devait admettre que ce serait vraiment cool de résoudre une affaire.

Steve secoua la tête.

— Peut-être que tu vas avoir de la chance et que quelqu'un va s'évanouir avec un couteau de boucher planté dans son dos quand tu seras de retour à Dover.

Jesse fronça les sourcils, mais il ne s'abaissa pas à lui répondre. Il entendit le bruit d'un véhicule qui montait la côte et saisit instinctivement ses bagages, pensant qu'il s'agissait de leur voiture. Il se redressa et il vit un break Subaru débarquer par la route. Il détourna le regard, désintéressé, mais lorsque le break se gara dans l'immense zone de stationnement proche de la gare et que le moteur se coupa, Steve lui donna un coup de coude. Jesse regarda à nouveau le véhicule et ressentit une étrange petite palpitation dans sa poitrine. La personne qui descendait de la voiture portait un uniforme de police.

C'était le détective Dubois.

— Voilà ta chance, dit Steve avec un sourire en coin. Va lui dire que c'était Mademoiselle Rose, dans la librairie, avec le revolver.

— Va te faire voir.

Steve rit. Puis il se pencha vers Jesse et l'embrassa sur la joue.

— Tu es mignon. Dommage qu'on se soit retrouvés à n'avoir rien en commun.

— On a des souvenirs communs de grattage de vaisselle et de nettoyage de toilettes.

— C'est bien vrai.

Aussi tentant fut-il de suivre le détective de police à l'intérieur de l'observatoire, Jesse n'arrivait pas à trouver de bonne raison de le faire et s'il était trop évident qu'il le suivait, il perdrait le peu de dignité qu'il lui restait. Il décida donc de serrer les dents et de ne pas bouger. Peut-être trouverait-il une manière de se rendre à l'intérieur et d'errer nonchalamment vers le bureau des rangers en quelques minutes.

Steve finit par l'abandonner pour retourner à l'intérieur et utiliser les toilettes. Jesse attrapa à nouveau son livre, mais n'arrivait pas à se concentrer sur sa lecture, donc il le rangea dans son sac à dos.

Puis il entendit des bruits de pas qui approchaient, et quand il se retourna, il se retrouva face à Rory et Dubois qui marchaient dans sa direction. Jesse fut si surpris qu'il se leva d'un bond, comme s'il avait été pris dormant pendant ses heures de travail. Bien sûr, son travail s'était achevé plus ou moins une heure auparavant.

— Salut, Jesse, dit Rory quand ils se rapprochèrent. Le détective Dubois est ici pour regarder la scène de crime de plus près.

Le détective sourit, ses dents si blanches et si parfaitement alignées qu'il ressemblait à un mannequin de publicité pour dentifrice. Il ne portait ni bonnet ni écharpe ce matin, et Jesse découvrait sa forte mâchoire angulaire. La barbe d'un jour qu'il affichait la nuit précédente avait disparu, bien qu'elle commence déjà à repousser, comme s'il avait du mal à s'en libérer. Ses cheveux châtains semblaient un peu trop longs pour un policier, et la brise du matin les décoiffait.

— Jesse, dit le détective en lui tendant une main.

Jesse la serra, admirant la force de sa poigne.

— Quoi de neuf ?

— Eh bien, tout d'abord, je tenais à te remercier de m'avoir transféré par e-mail les photos que tu as prises hier soir.

— Il n'y a pas de quoi.

— Et puis, continua Dubois, je, euh… je me sentais un peu mal d'avoir été dédaigneux la nuit dernière. Je ne voulais pas être insultant.

Jesse haussa les épaules, essayant de leur faire croire qu'il n'y avait pas pensé plus que ça.

— Ce n'est rien.

Le détective regarda de l'autre côté du parking, vers l'endroit où se trouvait la scène de crime.

— Si tu veux, tu peux aussi me suivre aujourd'hui. Je ne vais sûrement pas trouver de nouvelles preuves, mais je voulais examiner de plus près la scène, en plein jour.

— Ce serait génial ! dit Jesse.

Il le dit avec un peu plus d'enthousiasme qu'il ne l'aurait voulu et Dubois tourna son doux regard couleur noisette vers lui et sourit à nouveau.

— On suit les mêmes règles, dit-il. Ne touche à rien, et ne marche pas à l'intérieur de la zone balisée. Je ne veux pas que la scène de crime soit davantage contaminée qu'elle ne l'a été lorsque toi et les autres avez trouvé le corps.

Jesse dut sembler agacé par ses paroles, car le détective s'empressa d'ajouter :

— Même si tu n'as rien fait de mal. Tu devais le retrouver et faire ton possible pour le sauver. Et ensuite, nous avons tous marché partout sur la scène de crime, dans le noir, la nuit dernière. Mais maintenant, on doit faire en sorte de ne pas empirer les choses. D'accord ?

— Bien sûr.

— Allons-y alors, dit Dubois avec un hochement de tête. J'ai quelques documents à te faire remplir cette fois-ci, pour que tu sois couvert pour hier soir et aujourd'hui. Est-ce qu'il y a quelqu'un qui peut surveiller tes affaires ?

— Je vais les déposer au bureau.

SANS LA lampe torche de Jesse servant de repère lumineux, c'était un challenge de retrouver l'endroit exact, bien qu'il ait été délimité par le ruban que la police utilisait sur les scènes de crime. À quelques endroits, le paysage près du sommet ressemblait à un champ ininterrompu de rochers en silex gris, avec peu de choses pour différencier un rocher de l'autre. Cela rappelait la Lune à Jesse, ou bien Mars, sauf que ce n'était pas orange.

Aucun arbre ne poussait à cette altitude, et très peu de plantes, mis à part le lichen sur les rochers et des petits morceaux d'herbe, de diapensia et de potentilles naines.

Mais Rory connaissait bien la montagne et Jesse s'était assez promené aux alentours de l'observatoire pour se repérer dans l'espace. Il se rappelait l'endroit où se trouvait l'observatoire peu de temps avant qu'il ne donne son signalement, et de la distance qu'il avait parcourue. Dubois était patient et ne se plaignait pas lorsqu'ils étaient forcés de revenir sur leurs pas.

Ils étaient sur le chemin seulement depuis quelques minutes lorsque le talkie-walkie de Rory se mit à grésiller. Il répondit et Jesse entendit Carol lui demander :

— Est-ce que ça va vous prendre encore longtemps ? La voiture de Jesse est en train d'attendre pour le ramener en bas.

— On est encore en train de chercher le bon endroit.

Dubois regarda Jesse.

— Où est-ce que tu es censé aller ?

— Juste en bas, à la sortie de l'Auto Road, répondit Jesse. Ma voiture est garée là-bas.

— Est-ce que tu as un emploi du temps à suivre ?

Jesse fit non de la tête.

— Pas vraiment.

— Si tu peux attendre jusqu'à ce que j'en ai terminé ici, je peux te déposer au pied de la montagne d'ici deux heures.

— OK.

Rory transmit le message à Carol et s'arrangea pour que quelqu'un charge les bagages de Jesse dans le break de Dubois. Puis ils continuèrent leur recherche.

Jesse décida de tester le détective pour voir ce qu'il était prêt à dévoiler concernant l'affaire.

— Est-ce qu'ils ont déjà effectué l'autopsie ?

Rory lui lança un regard réprobateur, mais apparemment, la question n'était pas déplacée, car Dubois répondit :

— Pas encore. Il a été envoyé à Concord pour l'autopsie. Toutes les autopsies sont réalisées là-bas, au Bureau du médecin légiste en chef. Et avant que tu ne me poses la question, ajouta-t-il, même si j'étais autorisé à te révéler ce qu'ils ont trouvé, je n'en ai aucune idée. Je n'ai pas encore reçu le rapport.

Un instant plus tard, ils aperçurent le ruban jaune qui volait au vent, toujours retenu au sol par de petites roches. Jesse et Rory restèrent à l'extérieur de la zone pendant que Dubois se frayait prudemment un chemin, photographiant à nouveau la scène maintenant qu'il faisait jour et s'accroupissant régulièrement pour examiner des choses qui auraient pu leur échapper.

À la lumière du matin, le sang qui se trouvait sur le rocher au sommet de la pente était une tache sombre marron et rouge. Elle avait été gelée la nuit précédente, mais Jesse savait qu'elle avait dû coaguler rapidement après le dégel ce matin, en quelques minutes, et après environ une heure, le sérum jaunâtre se serait séparé des caillots. De l'endroit où se tenait Jesse, il pensait apercevoir des petites lignes sombres formées par ce sérum lorsqu'il avait coulé le long du rocher. Dubois regarda de près la tache de sang et en prit plusieurs clichés avec son appareil photo numérique. Puis il se redressa et prit plusieurs photos du rocher dans le cadre du paysage et sous différents angles.

Jesse observa attentivement les alentours et fit un commentaire à Rory :

— Stuart et son meurtrier auraient été obligés de se rendre ici ensemble.

Rory haussa les épaules comme pour dire 'Que veux-tu que j'en sache ?', mais Dubois l'entendit et dit : 'Oui'. Il esquissa un sourire en regardant Jesse, un peu comme le sourire qu'Humphrey Bogart utilisait dans les vieux films policiers, et dit :

— Maintenant, dis-moi ce qui te fait dire ça.

— Parce qu'il n'y a pas de repères, répondit Jesse, haussant la voix. Pas s'ils ne connaissaient pas la montagne. Stuart n'aurait pas pu prévoir de rencontrer quelqu'un dans un coin si perdu. Et s'il errait, perdu dans le brouillard, quelles sont les chances afin que la personne qui l'a trouvé – sans se perdre – soit la personne qui ait voulu le tuer ?

— Ça peut être une personne qu'il a rencontrée par hasard, suggéra Rory.

— Un quelconque Joe qui avait juste envie de tuer un touriste sans défense ? demanda Dubois, les sourcils levés. Ça semble peu probable. Peut-être, si cette personne était désespérément à la recherche d'argent, mais la victime n'a pas été volée. On a retrouvé son portefeuille et du liquide dans sa poche.

Jesse acquiesça de la tête.

— Donc soit il a rencontré quelqu'un près de l'observatoire, soit c'est l'une des personnes avec lesquelles il est venu. Puis ils se sont aventurés dans la montagne ensemble, peut-être même avant que le brouillard ne fasse son apparition. Ils voulaient s'éloigner des gens.

Rory semblait essayer de remettre les pièces du puzzle dans l'ordre, tandis que Dubois arborait un grand sourire.

— Tu vas devenir un bon auteur de polars, gamin.

Je suis *déjà un bon auteur de polars*, pensa Jesse. Mais il ne reprit pas le détective. Dubois avait clairement voulu lui faire un compliment.

Le détective jeta un œil à la pente, se demandant certainement quel était le meilleur moyen de descendre, et il se retourna pour dire :

— Alors, Stuart connaissait probablement son agresseur. Le côté droit de sa tête était ouvert. Ce qui signifie, comme tu l'as souligné que s'il se tenait debout ici…

Il désigna un endroit relativement plat entre le rocher sur lequel se trouvait la tache de sang et quelques autres petits rochers.

— … et qu'il ne s'agissait pas d'un simple cas de glissade suivi d'une chute, Stuart devait faire face à l'observatoire et se trouver le dos à la pente qu'il a dévalée après s'être blessé à la tête. Quelqu'un aurait *pu* se trouver derrière lui, mais il n'y a pas beaucoup d'espace. Donc, le plus probable c'est qu'il ait fait face à son meurtrier lorsque l'homme – ou la femme – l'a agrippé.

— Donc ils étaient peut-être en train de se disputer, dit Jesse. Ou peut-être que Stuart pensait qu'ils étaient en train d'avoir une conversation amicale…

— Jusqu'à ce qu'il soit trop tard, conclut Dubois.

IV

KYLE S'ÉTAIT marié alors qu'il était à l'université, mais il avait perdu sa femme, d'un lymphome, trois ans plus tard. Durant les cinq années qui avaient suivi son décès, Kyle avait eu l'impression que sortir avec quelqu'un serait en quelque sorte une trahison envers Julie et tout ce qu'elle avait traversé – tout ce qu'*ils* avaient traversé ensemble. Honnêtement, cela n'avait pas été difficile à éviter. Durant tout ce temps, il n'avait pas rencontré une seule personne qui avait suscité son intérêt. Son travail lui prenait beaucoup de temps et il occupait son temps libre à regarder des films à l'eau de rose que Julie aurait aimés, à jouer à des jeux que Julie n'aurait probablement *pas* appréciés, et peut-être un peu trop de temps à se masturber.

C'est pourquoi il avait été pris de court lorsqu'il avait vu Jesse Morales pour la première fois. Mon Dieu, le gamin était ravissant ! Une peau mate et lisse, des cheveux noirs, et de grands yeux marron dans lesquels un homme pourrait se perdre. Kyle supposait qu'avec un nom de famille comme Morales, Jesse devait être Latino, portoricain ou quelque chose comme ça. En tout cas, il était le plus bel homme que Kyle ait jamais vu.

Kyle avait été attiré par quelques hommes dans sa vie, avant qu'il ne rencontre Julie et perde tout intérêt pour n'importe qui excepté elle. Le fait d'être bisexuel n'était pas 'cool' à l'époque – tout le monde pensait que ce n'était qu'une façon de renier son homosexualité – donc il l'avait plus ou moins gardé pour lui. Mais Julie était au courant. Elle avait trouvé ça sexy qu'ils soient tous les deux attirés par les hommes et elle avait aimé comparer leurs opinions concernant les acteurs qui jouaient dans les films qu'ils regardaient ensemble.

Mais être attiré à ce point par un homme était une première. Kyle ne savait pas de quelle manière gérer cela. Notamment parce que Jesse était très jeune. Il n'était pas jeune au point de lui être interdit, mais… eh bien, il n'avait pas l'air d'avoir bien plus que vingt ans. C'était un écart d'âge assez important, Kyle venant juste de fêter ses trente ans cet été. De toute manière, Jesse était sûrement hétérosexuel, et il allait s'en aller très bientôt. Donc Kyle devait arrêter de penser à cela et se concentrer sur la tâche à accomplir. C'était une chose de laisser le gamin le suivre pendant un moment afin qu'il ait une idée de ce qu'était une enquête, mais c'en était une autre de penser à flirter avec lui.

Ils descendirent la pente pour examiner de plus près l'endroit où avait été retrouvé le corps, Jesse et Rory restant en dehors du périmètre de sécurité. En plein jour, Kyle repéra plusieurs taches qu'ils n'avaient pas vues la nuit dernière ; c'était des traces de sang qui jalonnaient le parcours que le corps avait emprunté lorsqu'il avait dévalé la pente. Il prit une photo de chacune d'entre elles et sortit un carnet de notes et un crayon afin de faire un croquis de la scène en y dessinant chaque tache. Ce fut un procédé extrêmement lent, mais Jesse et Rory attendirent patiemment et n'essayèrent pas de lui parler pendant qu'il travaillait.

Quand ils finirent par examiner la petite mare de sang, maintenant sombre et coagulée, située à l'endroit où la tête de Stuart avait reposé, Jesse commenta :

— Il n'y a pas beaucoup de sang, compte tenu de la gravité de sa blessure à la tête.

— Est-ce qu'il respirait encore lorsque tu l'as trouvé ? demanda Kyle.

— Non. J'ai essayé de lui faire un massage cardiaque, mais… je pense qu'il était déjà mort. Je n'arrivais pas à trouver un pouls.

— S'il était déjà mort, il est normal qu'il n'ait pas beaucoup saigné, même si c'était une grave blessure. Le cœur ne bat plus et ne force plus le sang à évacuer hors de l'organisme.

Jesse hocha la tête et sembla un peu pâle alors qu'il regardait le sang.

Kyle fit un dernier tour d'horizon et rangea son carnet de notes.

— Je ne peux pas faire plus ici, conclut-il, puis il se tourna vers Jesse. Prêt à partir ?

— À peu près, oui.

— Je vais juste passer aux toilettes et on pourra y aller.

JESSE ÉTAIT assis du côté passager du break et regardait le paysage défiler par la fenêtre : la vue spectaculaire des autres montagnes du Chaînon Présidential, les falaises souvent terrifiantes qui bordaient quelquefois l'Auto Road. Kyle n'arrêtait pas d'observer le délicat profil de son passager du coin de l'œil et constata qu'il détestait l'idée de dire au revoir à Jesse une fois arrivé en bas. Il savait que c'était stupide, le jeune homme devait reprendre sa vie.

— Est-ce que tu es à l'université ? demanda-t-il.

— Je viens juste d'être diplômé de l'Université du New Hampshire. Étudiant en anglais.

Kyle grommela de manière évasive. *Qu'est-ce que tu peux faire de ta vie avec un diplôme en anglais ?*

— Est-ce qu'il y a besoin d'étudier l'anglais pour devenir auteur ?

Jesse rit et fit non de la tête.

— Non, je ne pense pas. C'est juste que j'adore lire et écrire, et je n'en avais jamais assez. J'aimerais écrire à plein temps plus tard, être capable d'en vivre si vous préférez.

— Le prochain Stephen King ?

— Si seulement ! Ou peut-être le prochain Harlan Coben.

— La façon que tu avais d'observer tous les détails sur la scène du crime et ta concentration... Tu as un don pour les enquêtes. Ou tout du moins pour les écrire.

Il fut content de voir Jesse rougir et détourner le regard timidement. C'était vraiment mignon.

— Comment as-tu fini à l'observatoire ? demanda Kyle, espérant qu'il ne commençait pas à paraître louche. Il n'essayait pas de lui faire subir un interrogatoire, il voulait juste continuer à discuter.

— C'était de la faute de Steve, répondit Jesse avec un sourire en coin. Il a déjà fait du bénévolat ici dans le passé et il adore ça. On est sortis ensemble pendant deux mois l'année dernière et il m'a convaincu de faire de la randonnée quelques fois. C'était amusant donc je l'ai laissé me persuader de faire du bénévolat.

Cela répondait à une question : Jesse était intéressé par les hommes. La joie que ressentit Kyle lorsqu'il l'apprit était absurde. Maintenant, il voulait lui demander s'il sortait actuellement avec quelqu'un, comme il semblait que lui et Steve n'étaient plus en couple, mais ce serait complètement à la limite du harcèlement. Il ne dit rien.

Il resta silencieux si longtemps, à chercher un sujet de discussion neutre, que Jesse finit par parler.

— Alors, ça va faire combien de temps que vous êtes détective ?

— Trois ans. Puis, comme il se sentait toujours obligé d'expliquer pourquoi cela faisait si peu de temps, il ajouta : j'étais dans l'armée pendant cinq ans avant de devenir détective. J'y suis entré juste après l'université.

— Huit ans ? Quel âge avez-vous ? demanda Jesse, comme s'il s'attendait à ce que Kyle soit plus jeune. Il sembla confus aussitôt qu'il posa la question et se reprit en disant : désolé. Ce ne sont pas mes affaires.

Autant se jeter à l'eau.

— J'ai eu trente ans en juillet dernier. Maintenant, à toi de me dire ton âge.

Subtil.

— Vingt-trois ans. J'ai pris une année sabbatique après le lycée.

Sept ans. Moins grave que ce que Kyle attendait. Mais n'était-ce pas encore une trop grande différence d'âge ? Peut-être que si. Il était certain de devenir la proie de plaisanteries de la part de ses amis par rapport à cela, en plus des remarques du genre 'Mais c'est un *gars* ! '. Et Jesse pourrait penser qu'il était trop vieux. Il avait beau analyser la situation sous tous ses angles, Kyle ne voyait pas d'issue à cette histoire.

— Absolument légal, ajouta Jesse en riant légèrement.

— Pour boire ?

Jesse détourna le regard, un sourire impudique se dessinant sur ses lèvres, et dit :

— Entre autres.

Mon Dieu. Est-ce qu'il le draguait ?

Calme-toi, Kyle. Prends une grande inspiration. Il parlait sûrement de relations sexuelles avec d'autres hommes. Tu n'entends que ce que tu veux bien entendre.

Puis Jesse lui dit quelque chose qui le calma un peu.

— Est-ce que votre femme est aussi dans l'armée ?

Kyle prit un long moment pour répondre, essayant de comprendre pourquoi Jesse lui posait une foutue question à propos de sa femme. Et puis il comprit : l'alliance. Il avait remarqué la bague de mariage de Kyle.

Merde.

— Je suis veuf, répondit Kyle doucement, restant concentré sur la route. Julie était une artiste. Elle utilisait principalement la peinture à l'huile. Elle commençait tout juste à se professionnaliser, à exposer certaines de ses peintures dans des galeries locales, lorsqu'on lui a diagnostiqué un cancer. Elle est décédée il y a presque cinq ans.

— Je suis désolé.

Kyle inspira et caressa sa simple bague en or avec son pouce. Il la portait depuis si longtemps qu'il avait l'impression qu'elle faisait partie de son corps.

— Ça ne m'a juste… jamais paru naturel de l'enlever.

Jesse resta silencieux pendant un long moment, alors Kyle le regarda brièvement. Il avait un sourire mélancolique et regardait dehors à travers la vitre. Kyle s'en voulait d'avoir plombé l'ambiance, mais sérieusement, qu'est-ce qu'il était censé dire ? Maintenant, Jesse penserait qu'il était hétérosexuel et hors d'atteinte, et il n'y avait aucun moyen pour Kyle de rectifier le tir sans se ridiculiser. Peut-être était-ce mieux ainsi.

Quand ils arrivèrent au pied de la montagne, à l'endroit où se rejoignaient l'Auto Road et la Route 16 près de Gorham, Kyle eut un nouveau moment de panique à l'idée que Jesse s'en aille et disparaisse pour toujours. Il avait dit qu'il vivait à Dover lorsque Kyle avait pris son témoignage, ville qui se trouvait à trois heures de route vers le sud. C'était complètement irrationnel, étant donné qu'il savait qu'il ne pouvait rien faire pour l'éviter, mais Kyle ne pouvait pas s'en empêcher : il devait repousser l'inévitable encore un peu.

— Que dirais-tu de t'arrêter pour déjeuner ? C'est moi qui paye.

— Vous n'êtes pas obligé de faire ça.

Est-ce qu'il veut me faire comprendre que je ne l'intéresse pas ? Kyle n'était tellement plus dans le coup qu'il n'arrivait pas à interpréter sa réponse. Peut-être que Jesse voulait seulement être poli. Kyle lui sourit, tentant de dissimuler sa nervosité. Il avait l'impression de demander à Jesse de sortir avec lui.

— Ça me fait plaisir. C'est la moindre des choses que je peux faire après toute l'aide que tu m'as apportée ce matin.

Minable. Il pense sûrement que je suis complètement taré.

Mais Jesse sourit et lui dit :

— OK, allons-y.

V

Si le détective Dubois était vraiment hétérosexuel, le gaydar de Jesse pour repérer les homosexuels devait débloquer. L'homme ne faisait rien de manifestement gay, mais Jesse avait l'impression qu'il était... intéressé. Et Dieu sait que *lui-même* était intéressé.

Dubois avait été marié, et Jesse avait ressenti une réelle tristesse chez lui lorsqu'il avait évoqué sa défunte épouse. Si un homme portait toujours son alliance cinq ans après le décès de sa femme, cela signifiait qu'elle lui manquait encore et peut-être n'était-il pas vraiment intéressé pour sortir avec quelqu'un d'autre – pas de manière sérieuse en tout cas. Mais il n'arrêtait pas de lancer des regards en coin à Jesse, qui avait été la proie de ce genre de regards assez souvent : c'était le regard qu'il recevait juste avant qu'un homme lui demande de sortir avec lui ou qu'il lui fasse des avances. En général, il n'était pas intéressé par les aventures d'un soir, mais avec un homme aussi sexy... il serait prêt à l'envisager.

Ils mangèrent au Glen View Café, de l'autre côté de l'autoroute située au commencement de l'Auto Road. C'était un restaurant mitoyen à un magasin qui vendait des équipements de randonnée et au-dessus se trouvait un hôtel. Le décor était rustique, avec une grande cheminée au fond de la pièce et une grande baie vitrée du côté faisant face à la montagne. La nourriture était correcte – essentiellement faite maison. L'année précédente, Steve avait emmené Jesse ici pour déjeuner, avant de grimper l'Auto Road à pied. Le café faisait aussi des menus pour les touristes qui incluaient des repas en boite afin que les randonneurs puissent les emporter avec eux.

Après avoir commandé des cheeseburgers classiques et une grande assiette de Chili-Cheese Fries [7] à partager, Jesse demanda :

— Alors, qu'est-ce qui va se passer maintenant ?

Dubois sembla surpris par sa question.

— Qu'est-ce que tu veux dire ? Je suppose que je te ramène jusqu'à ta voiture.

— Non, je veux parler de l'enquête.

---

7 Frites au chili et au fromage.

— Oh.

Était-ce son imagination ou Dubois semblait-il déçu ?

— J'ai bien peur de ne rien pouvoir te dire de bien spécifique.

— Je comprends. Je ne voudrais pas que vous me divulguiez des choses confidentielles…

— Bien sûr que si tu le voulais, dit Dubois en souriant.

Je plaide coupable.

— Bon, d'accord, avoua Jesse, j'adorerais avoir tous les détails. Mais vous pouvez au moins me dire quelles sont les procédures à suivre, non ? Je vous l'ai dit, je veux écrire des polars.

Dubois se réinstalla confortablement sur sa chaise et réfléchit un instant.

— Comme je le disais, le corps a été envoyé au Bureau du médecin légiste en chef à Concord pour une autopsie. Mon coéquipier et moi allons certainement nous rendre là-bas cet après-midi pour récupérer le rapport. Wesley – le détective Roberts – a rédigé un compte-rendu préliminaire ce matin, mais nous allons devoir le mettre à jour en y ajoutant les informations que nous allons obtenir grâce au coroner. Ensuite, on retournera sûrement à l'hôtel pour interroger plus longuement la famille et les amis de la victime. On leur a annoncé le décès de Stuart la nuit dernière, mais nous n'avons pas encore recueilli leur témoignage. Et c'est… à peu près tout ce que je peux te dire.

— Statistiquement, dit Jesse en réfléchissant, il serait plus probable que ce soit l'une des trois personnes qui sont arrivées en même temps que lui dans le train.

— Que fais-tu des autres passagers du train ? demanda Kyle.

Puis il grimaça, comme s'il n'avait pas eu l'intention de dire cela, mais il continua :

—… ou des personnes qui se trouvaient déjà au sommet de la montagne ?

Jesse fit non de la tête.

— S'ils ne le connaissaient pas, ils n'avaient pas de raison de le tuer. La plupart des meurtres sont commis par des personnes qui connaissent déjà leur victime. Donc il est plus probable que ce soit l'une des personnes qui sont venues avec Stuart.

— Quatre, le corrigea Dubois.

— Je ne prends pas en compte l'adolescente. Vous pensez que nous le devrions ?

— Qu'est-ce que tu veux dire par 'nous' ? demanda Dubois en fronçant les sourcils. Je t'invite à déjeuner, pas à être mon coéquipier pour cette enquête.

Jesse se sentit rougir.

— Désolé.

— Ce n'est pas grave.

La serveuse leur apporta leurs Chili-Cheese Fries et les informa que leurs burgers allaient bientôt être prêts, avant de s'éclipser pour s'occuper des clients qui venaient d'entrer. Dubois prit une frite dans l'assiette et la porta à sa bouche.

Quelque chose traversa l'esprit de Jesse, une chose à laquelle il n'avait pas pensé avant, juste parce que ça lui avait paru complètement absurde. Mais cela ne paraîtrait pas forcément absurde à un détective.

— Attends une seconde. Je suis un suspect, n'est-ce pas ?

— Pourquoi dis-tu ça ?

— J'ai découvert le corps. Tu n'as aucun moyen de savoir que ce n'est pas moi qui l'ai tué et puis prétendu avoir découvert le corps.

L'un des sourcils de Dubois se souleva.

— Sauf que Reggie et Steve affirment que tu étais à l'intérieur en train de préparer le dîner jusqu'au moment où Stuart fut porté disparu.

— Reggie ne m'a pas vraiment observé jusqu'à ce moment, dit Jesse. Et Steve pourrait être en train de me fournir un alibi, compte tenu de notre passé commun. D'ailleurs, j'aurais pu trouver Stuart se promenant dans les environs, perdu dans le brouillard, et c'est à ce *moment* que je l'aurais tué.

— Bien que ce soit peu probable, comme tu ne l'avais jamais rencontré auparavant, dit Dubois avec un léger sourire. Je ne fais que rapporter tes paroles.

— Peut-être que je suis un psychopathe.

— Bon Dieu, gamin ! Qu'est-ce que tu essayes de faire ? Tu veux te faire arrêter ? Dubois soupira et attrapa une autre frite. Je ne te considère pas comme un suspect. Si c'était le cas, je ne déjeunerais pas avec toi, et je ne te dirais certainement rien concernant ma vie privée. Mais si ça peut te faire plaisir, je reconnais que tu es un suspect potentiel.

Pourquoi veux-tu me faire plaisir ? se demanda Jesse. Mais il ne posa pas la question à haute voix. Il préféra changer de sujet.

— Est-ce que tu lis des polars ?

Dubois s'esclaffa.

48

— Mon *boulot* est un roman policier. Pourquoi est-ce que j'irais lire des polars quand je cherche à me détendre ?

— Ce n'est pas faux, répondit Jesse, bien qu'il soit un peu déçu de sa réponse ; il avait espéré que ce serait un point commun. Qu'est-ce que tu *aimes* lire ?

Le détective hésita si longtemps avant de répondre que Jesse commença à se demander s'il avait encore fait une gaffe. Finalement, Dubois soupira, fronça les sourcils, et dit :

— Rien.

— Rien ?

— Changeons de sujet, d'accord ?

Jesse resta bouche bée pendant un instant. Comment parler de leurs lectures pouvait-il être un sujet sensible ?

— Qu'est-ce qu'il y a ? Est-ce que tu aimes les 'yaoi' ou quelque chose comme ça ?

— Yaoi ? demanda Dubois, son visage se déformant comme s'il venait d'apercevoir quelque chose de dégoûtant. Qu'est-ce que c'est que ce 'yaoi' ?

— Ne t'inquiète pas. C'était juste une blague.

— C'est quoi ?

— Euh, ce sont… des mangas japonais. Mais ils sont… gays… et pornographiques…

Pendant une seconde, il crut que Dubois allait lui dire d'aller se faire foutre. Il n'avait pas du tout l'air content de ce que semblait insinuer Jesse.

— Je suis désolé, s'empressa de dire Jesse. C'était juste une plaisanterie.

— Est-ce que tu as l'impression que je suis gay ?

— Non !

Dubois remua la tête, mais s'il avait été en colère, cette dernière semblait s'estomper.

— Écoute, Jesse…

— Je suis désolé ! Je n'avais pas l'intention d'insinuer quoi que ce soit !

— Est-ce que tu peux te taire deux secondes ?

Jesse se tut.

L'expression de Dubois s'adoucit et il se pencha au-dessus de la table, pour lui dire à voix basse :

— Écoute, je te le dis seulement parce que tu m'as avoué… ta relation avec Steve. Donc, de toute évidence, tu es gay ou bi…

— Je suis gay.

— OK, dit Dubois. Bon… ça reste entre toi et moi, compris ?

— Bien sûr.

— Je ne suis pas… totalement hétéro.

Jesse l'avait deviné, bien sûr, mais il n'en dit rien.

— Tu es bi ?

— Oui.

Dubois avait l'air mal à l'aise, et il jeta un coup d'œil autour de lui avant de continuer.

— Julie, ma femme, était au courant, avant même que l'on se marie. Mais personne d'autre ne le sait. Je n'ai jamais… été impliqué avec un homme.

— Je comprends.

Jesse ne pouvait pas s'empêcher de lui sourire.

— C'est vraiment sympa de me l'avoir dit.

— Ouais, je suppose. Je n'aurais probablement pas dû.

— Je ne vais pas faire circuler l'info.

— Merci. J'apprécie.

Étonnamment, la main de Dubois trembla lorsqu'il attrapa son verre d'eau. Jesse se rendit compte que ça avait été un moment important pour lui. Il venait de révéler sa bisexualité à une personne qui lui était pratiquement inconnue. C'était manifestement quelque chose qui le mettait très mal à l'aise.

— Alors, est-ce que c'est pour ça qu'on déjeune ensemble ? demanda Jesse.

— Comment ça ? Pour que je puisse faire mon coming-out ? Pas du tout !

Jesse rit.

— Ce n'est pas ce que je voulais dire. Ce que je demande c'est si tu m'as invité à déjeuner parce que…

Il se trouva trop gêné pour terminer sa phrase. Mais Dubois comprit parfaitement où il voulait en venir.

— Parce que je te trouve mignon ?

Le détective le transperça du regard et, durant un instant, il sembla agacé. Mais ensuite, ses sourcils se détendirent et il sourit. C'était un sourire adorable, timide.

— Eh bien, peut-être oui.

— Je pense aussi que tu es mignon, dit Jesse. Puis il se corrigea en disant, voire carrément sexy.

Dubois le regarda attentivement pendant un long moment. Puis il soupira et remua la tête.

— C'est n'importe quoi. Mon cerveau a dû cesser de fonctionner.

Ils furent interrompus par la serveuse qui revenait avec leurs burgers, et toute conversation cessa pendant les quelques instants qu'elle passa à poser leurs assiettes devant eux et à leur demander s'ils avaient besoin d'autre chose.

Après son départ, Jesse dit :

— Tu sais… Je ne suis pas obligé de retourner à Dover ce soir.

Dubois n'avait pas vraiment l'air séduit par l'idée, alors Jesse se rattrapa rapidement.

— Je ne vais pas passer à ton bureau ou quoi que ce soit. Mais je pourrais rester à l'hôtel deux ou trois jours. On pourrait sortir.

Il espérait ne pas avoir l'air d'essayer de trouver quelqu'un pour s'envoyer en l'air. Bien que cela ne le *dérangerait* pas de coucher avec lui. Mais il ne voulait pas donner l'impression que c'était sa priorité.

Dubois fronça les sourcils.

— Je ne sais pas si c'est une bonne idée, gamin.

Je ne suis pas un enfant, pensa Jesse. Mais il n'avait pas envie de discuter sémantique pour le moment.

— Bien sûr que si, c'en est une, insista-t-il. On peut aller ailleurs, en dehors de cette ville. Juste pour dîner.

Les baisers et les caresses seraient aussi les bienvenues, mais il ne le dit pas à voix haute.

Dubois poussa un soupir et sortit son téléphone.

— Quel est ton numéro ?

Jesse lui donna son numéro de téléphone et regarda le détective l'enregistrer dans ses contacts. Un instant plus tard, son téléphone Jesse vibrait. Il le sortit de sa poche et commença à enregistrer son numéro sous le nom 'Dubois'. Puis il changea d'avis et lui demanda :

— Tu peux me donner ton prénom ?

Le détective lui lança un sourire taquin.

— C'est Kyle.

Pendant que Jesse tapait son prénom et l'enregistrait dans ses contacts, Dubois poursuivit :

— Mais écoute, je ne sais pas si je veux le faire ou pas. Ce que j'essaye de dire, c'est que je n'ai jamais… Je t'appellerai ce soir, d'accord ? Même si je décide que je ne veux pas qu'on se revoie, je te tiendrai au courant. Je ne vais pas te laisser dans l'incertitude.

Jesse ne savait pas quelle serait la meilleure réponse pour l'encourager à sortir avec lui, donc il se contenta de dire 'D'accord Kyle.'

AVANT DE rejoindre le sommet de la montagne la semaine précédente, Jesse avait garé sa voiture au niveau du Stage Office, qui se trouvait juste de l'autre côté du parking, en face du Glen View Café. Il aurait pu marcher jusqu'à sa voiture, mais Kyle avait insisté pour effectuer ce très court trajet en voiture. Le détective promit de l'appeler plus tard et s'en alla. Jesse avait un peu espéré recevoir un bref baiser d'au revoir, mais il ne pouvait pas dire qu'il ait été surpris que cela ne se produise pas. Kyle avait l'air mal à l'aise à l'idée de sortir avec un homme, malgré son flagrant intérêt, et toujours indécis concernant le fait de sortir avec *qui que ce soit* pour le moment. Jesse n'avait pas beaucoup d'expérience au niveau des relations sérieuses, mais il avait l'impression de le comprendre. Il trouvait cela romantique que Julie manque toujours à Kyle. Bizarrement, cela le rendait encore plus attirant, même s'il finissait par repousser les avances de Jesse pour cette raison.

Mais Kyle n'était pas la seule raison pour laquelle Jesse souhaitait rester dans le coin quelques jours de plus. Il s'assit à l'intérieur de sa voiture et compta l'argent qu'il lui restait dans son portefeuille. Un peu plus de deux cents dollars. C'était une grosse somme d'argent selon les standards de Jesse. Il avait économisé pour ce voyage, imaginant qu'il pourrait avoir besoin d'argent pour l'essence, la nourriture ou encore un hôtel à bas prix. Mais ce n'était pas assez pour ce qu'il envisageait de faire maintenant.

Il rangea son portefeuille et tourna la clé de contact. Après être resté immobile pendant une semaine, la vieille Geo Prizm tout abîmée était réticente à l'idée de démarrer, mais elle finit par se mettre en route. Il laissa le moteur tourner sur place pendant deux minutes puis il entra sur la Route 16. Une grande partie de la montagne se trouvait entre lui et sa destination, donc il devait se diriger vers le nord et tourner vers l'ouest en la contournant avant de se diriger à nouveau vers le sud.

Le Mount Washington Hotel était au-dessus de ses moyens. Il était en mesure de dire, lorsqu'il arriva sur les sols palatiaux de Bretton Woods, que la malheureuse liasse de billets de vingt dollars qu'il avait dans sa poche ne suffirait même pas à lui payer une nuit dans cet hôtel. Il monta une longue route sinueuse, longeant un immense terrain de golf sur sa droite, et se gara devant l'hôtel. Le valet qui prit ses clés regarda sa voiture comme si elle pouvait s'effondrer en mille morceaux au moment où il monterait à l'intérieur.

En premier lieu, il devait se renseigner pour savoir s'il y avait une chambre de disponible et combien elle lui coûterait. Jesse entra dans le hall caverneux et dut chercher un peu avant d'apercevoir la réception au loin sur sa gauche.

Par chance, la concierge était entraînée pour être enjouée et aimable avec tous les clients et elle réussit à ne pas paraître surprise du tout par l'aspect modeste de Jesse quand elle dit :

— Bienvenue au Mount Washington Hotel ! En quoi puis-je vous être utile ?

— Je suis à la recherche d'une chambre pour les prochains jours, répondit-il.

Elle pianota sur le clavier de son ordinateur.

— Nous avons quelques disponibilités. Recherchez-vous une chambre simple ?

— Oui.

— Nous n'avons pas de chambre simple avec deux lits d'une personne, s'excusa la femme. Nous en avons une avec un lit queen size.

— Elle est à combien ?

Lorsqu'elle lui donna le tarif de la chambre, il dut faire appel à tout son sang-froid pour que l'horreur ne se traduise pas à travers l'expression de son visage. Puis il dit :

— Laissez-moi vérifier quelque chose. Je reviens tout de suite.

Il trouva un endroit reculé dans le hall, ce qui n'était pas compliqué compte tenu du fait que le hall faisait la taille d'environ deux courts de tennis, et il appela son père.

— Tu n'es pas sérieux, Jesse !

— Considère ça comme un cadeau de Noël avant l'heure, lui dit Jesse.

— J'ai un scoop pour toi, fils. Je t'aime, mais je n'ai jamais dépensé de telles sommes pour tes cadeaux de Noël, pas une seule fois de toute ma vie.

— Je dois rester quelques jours de plus dans le coin, Papa. Il se passe des choses. C'est important.

Son père ne lui demanda pas 'Quel genre de choses ? '. Jesse avait passé l'un de ces étés à conduire à travers le pays dans sa Geo et un autre à apprendre l'art des nœuds sur un langoustier dans le Maine. Quand il était au lycée, il avait failli brûler le garage en essayant de réaliser toutes les expériences d'un livre de chimie. Tant qu'il ne s'essayait pas au bel art des meurtres en série, M. Morales le laissait aller au fil de ses inspirations.

Mais il y avait des limites.

— Eh bien, cherche un motel pas cher dans le coin.

Jesse savait que cela ne lui permettrait pas de faire ce qu'il avait espéré : se rapprocher du frère et des amis de Stuart et voir s'il arrivait à les faire parler. Il ne voulait rien faire qui puisse nuire à l'enquête, mais peut-être pourrait-il se faire une idée de celui qui avait entretenu une rancune secrète contre la victime. S'il arrivait à les faire boire au bar ou quelque chose dans le genre, peut-être apprendrait-il des choses que Kyle pourrait utiliser.

Mais cela ne valait pas le coup d'endetter son père.

— Je suppose que je peux en trouver un, reconnut Jesse. J'aimerais revoir cet homme très mignon aussi, c'est l'une des raisons pour lesquelles j'aimerais rester. Mais je suppose que ça importe peu que je sois dans cet hôtel ou dans un autre.

— Est-ce que cet 'homme très mignon' sait que tu existes ?

— Oui. On va peut-être sortir dîner ce soir.

— Qui est-ce ?

C'est alors que Jesse se retrouva à parler de Kyle à son père, oubliant de mentionner son nom et sa profession. Cela faisait de lui un homme de trente ans, veuf, que Jesse avait rencontré sur la montagne. Il s'attendait à moitié à ce que la différence d'âge de sept ans, ou le fait que Kyle était encore en train de faire le deuil de sa femme, lui vaillent une leçon de morale, mais son père n'était pas ce genre de parent. Il savait que Jesse était romantique et qu'il n'y avait pas de vaccin contre ça.

— Très bien, dit son père, une fois que Jesse eut terminé de décrire Kyle. Je me suis connecté à ma banque et j'ai examiné mon compte pendant que tu parlais passionnément de cet homme avec qui tu penses te marier.

Jesse n'avait pas vraiment dit *ça*, mais il laissa son père terminer.

— Mes comptes se portent plutôt bien et comme je déteste être complaisant à propos de ma stabilité financière, autant te laisser me ruiner.

Jesse ne put s'empêcher de rire. Son père avait un salaire assez convenable, sinon Jesse ne se serait pas permis de lui demander de l'argent en premier lieu.

— Sois sérieux, Papa. Je ne veux pas de ton argent si ça te met dans une position délicate.

— Donne-moi le numéro de téléphone de l'hôtel, dit son père. Je vais te payer deux nuits, et tu peux mettre tes repas sur la note de la chambre. Par contre, pour ce qui est des massages, des boissons ou des prostitués, tu devras les payer de ta poche. Compris ?

Jesse se jura d'aimer son père pour l'éternité et de ne jamais le mettre en maison de retraite et de l'oublier. Puis il traversa le hall et donna son téléphone à la concierge. En quelques minutes, il avait une chambre dans l'un des plus beaux complexes touristiques de l'État.

VI

APRÈS AVOIR déposé Jesse sur le parking du Stage Office et s'être tracassé tout au long du trajet jusqu'au Lodge en se demandant s'il avait fait une erreur en lui donnant son numéro, Kyle appela son coéquipier pour voir s'il avait eu des nouvelles du médecin légiste de Concord.

— Pas encore, lui dit Wesley, mais la dernière fois que j'ai appelé, ils m'ont dit que Vera était en salle d'autopsie.

Il était 13 h 20 selon l'horloge du tableau de bord. Ils avaient encore du temps.

— Tu veux qu'on y aille et qu'on l'attende à la sortie ?

Concord n'était qu'à une heure et demie de route.

— Pourquoi pas ? Passe me chercher au bureau.

VERA ÉTAIT encore occupée lorsqu'ils arrivèrent à Concord, alors ils s'installèrent sur des chaises à la sortie de la salle d'autopsie. Ils avaient discuté de l'affaire sur la route donc ils n'avaient plus grand-chose à se raconter. Wesley jouait à *Angry Birds* sur son iPhone pendant que Kyle lisait discrètement son roman à l'eau de rose sur sa Kindle en se mettant assez loin de son partenaire afin que ce dernier ne puisse pas jeter un coup d'œil par-dessus son épaule. Heureusement, il avait déjà passé la couverture sur laquelle se trouvait un homme à moitié nu. Julie était au courant de son péché mignon et elle avait parfois lu les mêmes romans afin qu'ils puissent en discuter entre eux. Ils avaient regardé de nombreux films ensemble, et lorsqu'il intervenait pour dire qu'un acteur avait de belles fesses, elle donnait simplement sa propre opinion. Elle ne l'avait jamais fait se sentir mal à l'aise par rapport à ça. Mais elle avait été la seule à qui il avait avoué sa bisexualité. Il avait une entière confiance en elle.

Pouvait-il faire confiance à un gamin de vingt-trois ans, obsédé par les affaires de meurtres… et avec un probable penchant pour les détectives ? Probablement pas.

— Kyle ? Wesley ?

Ils levèrent les yeux et virent Vera qui se tenait debout près de la porte. Instinctivement, Kyle éteignit sa Kindle et la rangea. Puis il se leva.

— Salut Vera. As-tu de nouvelles informations pour nous ?

Elle lui adressa un sourire calme.

— Est-ce que j'ai le droit de prendre un café d'abord ?

— Bien sûr, répondit Kyle en lui souriant. C'est moi qui paye.

La cafétéria de l'hôpital était pratiquement vide à cette heure-ci, alors Kyle acheta un roulé à la cannelle à Vera ainsi que du café pour eux deux – Wesley pouvait se le payer lui-même. Puis il guida la médecin légiste vers une table au bout de la salle. Il ne comprenait pas comment elle pouvait manger quoi que ce soit après avoir effectué une autopsie. Il avait assisté à quelques-unes d'entre elles et avait toujours du mal à garder ce qu'il avait dans le ventre, encore moins à manger davantage. Mais Vera faisait cela depuis longtemps, elle était rodée.

— Vous aurez mon rapport plus tard dans la journée, lui assura-t-elle après avoir pris une grande gorgée de café, mais il n'y a pas eu de grandes surprises.

Elle s'arrêta un moment de parler pour attendre que Wesley arrive et s'installe avec son café.

— La blessure à la tête l'a tué avant qu'il ne perde beaucoup de sang. Il était aussi blessé au niveau du cou, le genre de blessures reçues lors d'accidents de voiture, quand la tête s'est un peu remuée dans tous les sens. Il y avait aussi de drôles de lacérations sur son cuir chevelu, du côté droit, et des cheveux ont été arrachés.

— Comme si quelqu'un lui avait attrapé les cheveux ?

— C'est une possibilité. Il y avait aussi de multiples abrasions et contusions sur le corps et les membres de la victime.

— Du fait qu'il a dévalé la pente ? demanda Wesley.

Vera haussa les épaules.

— Ce n'est pas mon travail de déterminer comment elles sont apparues. Il y avait des débris dans sa blessure crânienne, principalement de la terre et quelques fragments de lichen.

Kyle était certain que cela était dû au rocher que sa tête avait percuté. Mais le laboratoire médico-légal devait associer les résultats de Vera avec les preuves qu'ils avaient recueillies sur la scène du crime.

Vera prit une bouchée de son roulé à la cannelle, mâcha, et l'avala, puis elle ajouta :

— J'ai trouvé quelque chose d'autre d'intéressant, quand on a rangé ses affaires.

— Quoi ?

— Vingt mille dollars.

L'ARGENT AVAIT été caché dans une enveloppe. Stuart l'avait dissimulé dans ses vêtements, ce qui expliquait pourquoi ils ne l'avaient pas découvert en faisant ses poches pour trouver ses papiers d'identité. Vera l'avait scellé dans un sachet de collecte de preuves parce qu'il était imbibé d'urine. Stuart avait vidé sa vessie au moment de mourir.

Donc, de toute évidence, il l'avait caché. Encore pire, il n'avait pas trouvé prudent de le laisser dans sa poche.

La première question dont il fallait trouver la réponse : comment un garçon comme Stuart, qui n'avait probablement jamais possédé une telle somme, pouvait-il avoir obtenu vingt mille dollars ? Et pourquoi l'emmènerait-il au sommet du Mont Washington au lieu de le laisser dans sa chambre d'hôtel ? Est-ce qu'il envisageait de le donner à quelqu'un ? Ou est-ce que quelqu'un le *lui* avait donné ? Pour quoi ? De la drogue ?

Peut-être est-ce la raison pour laquelle il est parti se promener seul, pensa Kyle en conduisant de l'hôpital au bureau. *Peut-être prévoyait-il de rencontrer quelqu'un, et ils se sont échangé l'enveloppe.*

Mais que s'était-il passé ensuite ? Est-ce que l'échange avait mal tourné, ce qui avait poussé l'autre personne à tuer Stuart ? Si c'était vrai, cela ne signifierait-il pas que le meurtrier ne faisait pas partie des quatre personnes qui ont accompagné Stuart jusqu'au sommet ? Après tout, si Todd avait voulu échanger quelque chose avec son frère, il aurait pu le faire dans leur chambre. C'était aussi vrai pour Joel. Et Stuart aurait certainement pu convenir d'un rendez-vous avec sa fiancée sans attendre de monter au sommet de la montagne.

Donc qui avait-il rencontré ? Ou bien se promenait-il vraiment avec vingt mille dollars au niveau de son entrejambe tout le temps ? Dès que Vera leur aurait transféré les vêtements et affaires personnelles de Stuart, et donné son rapport d'autopsie, Kyle et Wesley s'arrêteraient au bureau pour y déposer les papiers administratifs concernant la présence de Jesse à leurs côtés lors de l'enquête, puis ils retourneraient au Mount Washington Hotel. Il était temps de rassembler les témoignages des amis et de la famille de Stuart.

Mais ce qui ennuyait vraiment Kyle était la forte tentation de discuter de l'enquête avec un certain jeune homme de vingt-trois ans, avec lequel il serait préférable qu'il ne parle pas du tout.

VII

LA CHAMBRE 320 était au fond d'un long couloir et elle était assez petite compte tenu du prix que le père de Jesse avait payé pour l'avoir. Mais elle était belle. La menuiserie originale datant du début du XXe siècle était toujours présente et les meubles semblaient aussi dater de cette époque. La tapisserie semblait correspondre à cette même période, même si Jesse se doutait qu'elle avait été remplacée depuis. Il était peu probable que la tapisserie d'origine soit dans un si parfait état après plus d'un siècle.

Sa première envie fut de se mettre nu et de frotter son corps sur les draps les plus doux qu'il avait jamais vus. Il n'en fit rien, mais mit l'idée de côté pour plus tard. Pour le moment, il déposa ses affaires et enfila ses plus beaux vêtements. Ils n'étaient pas vraiment mieux que ses pires vêtements, mais au moins ils étaient propres. Puis il se rendit au rez-de-chaussée de l'hôtel.

Voyons voir, se mit-il à réfléchir. *Si j'étais un meurtrier, est-ce que je sortirais plutôt dans le hall d'entrée ou au bar ?*

Il observa le hall d'entrée en premier, mais ne fut pas surpris lorsqu'il ne trouva aucun des compagnons de Stuart. Qu'est-ce que l'on pouvait bien faire dans un hall d'entrée de toute manière ? Lire ? S'asseoir en face de l'énorme cheminée et se faire une partie de 'le premier qui cligne des yeux a perdu' avec la tête d'élan qui se trouvait au-dessus ? Bien sûr, il se pouvait qu'ils ne soient pas motivés à boire en plein après-midi non plus. Mais s'ils restaient cloîtrés dans leurs chambres, Jesse n'aurait aucun moyen de les croiser par hasard. Il aimait l'idée de jouer au détective, mais cela ne voulait pas dire qu'il était prêt à imiter ceux de la télévision : se déguiser en agent d'entretien ou en serveur pour accéder à la chambre de quelqu'un.

Si ces personnes étaient du genre à préférer faire de l'équitation ou se faire masser durant l'après-midi, le plan de Jesse était, de la même manière, voué à l'échec. Il ne pourrait jamais se permettre de s'offrir ce genre d'activités. Il pourrait inspecter la piscine – la piscine extérieure était fermée, mais il y en avait une autre à l'intérieur – cependant, il allait d'abord aller vérifier les bars.

L'hôtel comptait quatre bars. Le bar du Stickney's Restaurant, situé au sous-sol, était presque vide et il ne vit aucune des personnes qu'il recherchait à l'intérieur. The Cave, du côté opposé, qui affirmait avoir été un bar clandestin au temps de la prohibition, semblait fermé pour cause de travaux de rénovation. Le Princess Room, situé au rez-de-chaussée, était un bar assez chic, mais il y jeta quand même un œil. Complètement vide. Le Rosewood Bar était aussi au rez-de-chaussée et il offrait une magnifique vue sur les montagnes à travers ses baies vitrées, mais c'était petit et un peu à l'étroit. Il y avait du monde à l'intérieur, mais une fois de plus, ce n'était pas les personnes que Jesse recherchait.

Il y avait encore un endroit qu'il serait bon de vérifier avant de se rendre à la piscine : une grande pièce semi-circulaire à l'écart du hall d'entrée, à laquelle on pouvait accéder via les deux portes situées sur les côtés de la cheminée à la tête d'élan, et qui s'appelait le Conservatoire. Il y avait une cheminée au centre de la pièce et la fumée s'en allait par le même conduit que celle de la cheminée du hall d'entrée. Il y avait aussi de grandes fenêtres qui donnaient sur le parcours de golf et sur les lointaines montagnes. C'est ici que Jesse tomba sur le gars aux cheveux bruns qu'il avait vu avec Stuart sur le quai de la gare. Il était assis, seul, dans l'une des causeuses en osier, buvant ce qui ressemblait à un jus d'orange, et il admirait la vue.

Il s'avéra que Jesse n'eut pas à trouver un sujet bidon pour entamer la conversation. Le gars leva les yeux vers lui quand il s'approcha et sembla le reconnaître.

— Salut.

— Salut.

— Tu étais au sommet de la montagne hier, n'est-ce pas ? demanda le jeune homme.

— Oui. Je travaillais à l'observatoire.

— Tu veux t'asseoir ?

Eh bien, c'était un jeu d'enfant.

Le jeune homme se prénommait Joel et Jesse découvrit rapidement que ce n'était pas du jus d'orange qu'il était en train de boire. Lorsque Jesse s'assit sur la causeuse, faisant face à Joel, si bien que leurs genoux se touchaient quasiment, il put sentir une odeur de vodka dans son haleine. Il devait être assis ici depuis un moment, à siroter des verres de vodka-orange.

— Tu as entendu parler de ce qui s'est passé la nuit dernière ? demanda Joel.

Jesse fit oui de la tête.

— Malheureusement oui. Je faisais partie de l'équipe appelée pour partir à sa recherche.

Annoncer qu'il était celui qui avait retrouvé le corps de Stuart n'était probablement pas une bonne idée. Du moins, pas pour l'instant.

— Stuart était mon meilleur ami, dit Joel avec mélancolie. Il était…

Les mots semblèrent lui échapper, et il prit une autre gorgée de sa vodka orange.

— Je ne peux pas y croire. C'est du grand n'importe quoi !

Apparemment, les serveurs du Rosewoord se baladaient dans le hall d'entrée et au Conservatoire durant la journée pour être sûrs que les clients soient satisfaits, parce que l'un d'eux s'approcha et lui remit un menu. Il commanda un soda au gingembre. Une fois le serveur partit, Jesse demanda à Joel :

— Qu'est-ce que vous faisiez hier ? Du tourisme ?

Joel ne donna pas une réelle confirmation. À la place, il haussa les épaules de façon nonchalante.

— On est ici pour des sortes de vacances avant le mariage. Stuart était censé se marier avec mon amie Corrie ce samedi.

Il produit un son nerveux et aigri qui aurait pu être un rire.

— Je suis navré.

— Alors, si tu travailles au sommet de la montagne, poursuivit Joel, pourquoi tu es ici, à l'hôtel ?

Jesse haussa les épaules.

— Nous avons des périodes de travail d'une semaine à l'observatoire. Ma période de bénévolat est terminée, donc je suis redescendu. J'ai fait une réservation de deux jours ici pour me détendre.

— C'est une manière sacrément chère de se détendre !

Jesse haussa les sourcils et acquiesça de la tête.

— Oh oui ! Mon père me l'offre comme un cadeau de Noël en avance.

— Génial. Je ne serais pas là si la famille de Corrie ne payait pas la note. Ils nous ont laissés accompagner Stuart – moi et son frère – pour être ses témoins.

La conversation cessa un instant lorsque le serveur apporta son soda au gingembre à Jesse. Joel avait terminé sa vodka orange donc il en commanda une nouvelle. Jesse avait un million de questions à lui poser, mais la plupart d'entre elles n'auraient pas été appropriées dans cette situation. Il était censé n'être qu'un inconnu qui s'était assis pour partager

61

un verre. S'il commençait à poser trop de questions concernant le frère de Stuart ou sa fiancée, il effraierait probablement Joel.

Lorsqu'ils se retrouvèrent à nouveau seuls, Joel dit :

— La police nous a dit qu'il était tombé et qu'il s'était blessé à la tête.

— Oui.

— Est-ce que tu l'as vu ?

Jesse ne voulait rien révéler qui puisse compromettre l'enquête, mais il jugeait que ce jeune homme méritait un *petit* quelque chose.

— Oui, je l'ai vu. Cela dit, il n'y a pas grand-chose à en dire. Il avait l'air de s'être blessé la tête sur un rocher et d'avoir ensuite dévalé une pente. Il était déjà mort quand on l'a trouvé, je crois, mais on a tenté de le réanimer. Il n'a pas… ça n'a pas…, dit-il en remuant la tête avec tristesse.

Joel avait le regard fixé sur sa main, posée sur une serviette, et Jesse se rendit compte que des larmes coulaient de ses yeux.

— Je suis désolé.

Joel ne tenta même pas d'essuyer ses larmes.

— Moi aussi…, dit-il d'une voix douce.

— Est-ce que tu veux que je te laisse tranquille ?

Joel fit non de la tête.

— Non. Enfin, sauf si tu veux t'en aller. Je suppose que je ne suis pas de très bonne compagnie.

— Ça me va très bien, le rassura Jesse.

Il était tenté de poser une main sur son bras, mais la plupart des hommes n'appréciaient pas ce genre de gestes lorsqu'ils venaient d'un autre homme.

— Je ne peux pas te reprocher d'être bouleversé. C'était ton meilleur ami.

— Oui, dit Joel, mais de manière étrangement distante, comme s'il le disait sans grande conviction.

Sa tête tomba un peu lorsqu'il se tourna pour regarder Jesse. L'alcool commençait à faire son effet.

— Tu sais ce qui est le pire dans cette histoire ? Personne ne voulait vraiment de ce mariage. Ni Stuart, ni Corrie, ni la famille de Corrie, ni Todd… et surtout pas moi. On n'aurait jamais dû venir ici.

Jesse ne pouvait pas lui en vouloir de penser ainsi, étant donné les circonstances. Cela dit, c'était bizarre qu'il pense que Stuart et Corrie n'avaient pas voulu de ce mariage. S'ils n'en avaient pas voulu, et que leurs familles aussi avaient été contre, pourquoi avaient-ils quand même décidé d'aller jusqu'au bout ?

Joel se leva, un peu vacillant une fois debout, et dit :

— Je pense que j'ai besoin de me reposer un moment. Il s'appuya sur le bras en osier de la causeuse et regarda Jesse dans les yeux. Ça te dit qu'on se revoit plus tard ?

Jesse eut la claire impression que Joel flirtait avec lui. C'était fait de manière négligée, et il n'était pas certain que Joel sache vraiment ce qu'il était en train de faire à ce moment-là, mais ce regard était plutôt intense venant d'un hétérosexuel. De toute manière, Jesse voulait lui parler plus longuement, donc pourquoi se priver d'une telle opportunité ?

— Avec plaisir.

Joel sourit.

— Je suis dans la chambre 405. Appelle-moi pour dîner ?

— OK.

Joel se pencha vers lui et saisit son avant-bras, ce qui était un geste étrange. La manière dont il le serra, s'attardant un instant de plus que nécessaire, sembla confirmer le sentiment de Jesse selon lequel Joel lui faisait des avances. Bien qu'il soit toujours plus difficile d'en être sûr face à un homme saoul. Joel se redressa et partit, marchant doucement, mais assez droit.

Il n'était pas du tout le style de Jesse – en premier lieu, et de plus, il pourrait se révéler être un meurtrier. Donc Jesse n'était pas particulièrement intéressé pour flirter avec lui. Mais il se sentait mal pour lui. Jesse avait l'impression que les sentiments de Joel envers Stuart avaient pu être un peu plus profonds qu'un simple sentiment amical.

VIII

LORSQUE KYLE entra dans le hall d'entrée de l'hôtel, la première chose qui attira son attention fut Joel Owens qui entrait dans l'ascenseur au bout de la pièce, de l'autre côté de la réception. Il y avait un garçon d'ascenseur, ce qui était probablement une bonne chose comme Joel semblait tituber un peu.

La deuxième chose qui attira l'attention de Kyle fut Jesse Morales qui sortait du Conservatoire.

Bon sang !

Pendant une seconde, il avait pensé à rattraper Joel, mais, dès qu'il vit Jesse, il balaya cette idée. Kyle traversa le hall d'entrée rapidement, se dirigeant directement vers lui. Jesse regardait dans la direction qu'avait empruntée Joel, mais il se retourna assez tôt pour voir Kyle approcher. Vu la façon dont son visage devint pâle, Kyle se douta qu'il devait manigancer quelque chose.

— Oh, salut ! dit Jesse avec une jovialité forcée.

— Qu'est-ce que tu fais ici ?

— Je ne t'ai pas dit que j'allais réserver une chambre d'hôtel ?

Kyle croisa ses bras sur sa poitrine et le fusilla du regard. Il parla à voix basse pour éviter d'être entendu par les personnes assises près de la cheminée.

— Je pense avoir fortement sous-estimé ton potentiel financier.

Jesse lui lança un regard contrarié.

— Tu m'as démasqué. En général, je passe mon été dans les différents complexes touristiques des Caraïbes, mais cet été j'ai pensé qu'il serait plus amusant de faire la vaisselle et récurer les toilettes.

— On est en octobre.

— Ils m'ont séquestré à l'intérieur de l'observatoire tout l'été. J'ai réussi à m'enfuir juste avant que tu arrives.

— Quelle coïncidence !

— Écoute, dit Jesse, exaspéré, pouvons-nous continuer cette conversation dans ma chambre au lieu de s'afficher ici comme un couple marié ?

Contre toute attente, Kyle se retrouva à sourire bêtement.

— Tu as une drôle de vision du mariage.

Il attrapa le coude de Jesse pour le guider vers l'ascenseur, mais retira sa main rapidement lorsqu'il se rendit compte de l'impression que cela pouvait donner. À la place, il lui indiqua simplement l'autre bout du hall d'entrée d'un geste de la main.

— Après toi.

LA CHAMBRE de Jesse était petite, mais meublée d'un grand lit confortable et elle était plus agréable que la plupart des chambres d'hôtel que Kyle avait eu la possibilité de fréquenter. Les vêtements que Jesse avait portés lorsqu'ils étaient descendus de la montagne étaient étalés sur le lit, et Kyle dut se retenir de l'imaginer en train de se déshabiller quelques heures plus tôt.

Il ferma la porte derrière eux.

— OK, explique.

— Expliquer quoi ?

— Je sais que tu n'as pas plus les moyens que moi de te payer ce genre d'hôtel, gronda Kyle. Ah ! C'est vrai… il se *peut* que tu sois riche et que tu te sois encanaillé à la montagne pendant une semaine, mais je n'y crois pas. Ou peut-être que tu as économisé tout l'été pour pouvoir dépenser une fortune et te détendre après avoir passé une semaine à faire la vaisselle.

Jesse haussa les épaules et s'assit sur le lit.

— Ouais. Ça me semble pas mal.

— Ça me semble être des conneries !

Il y avait une chaise dans la chambre, mais s'asseoir dessus l'aurait obligé à lever la tête pour regarder Jesse, ce qu'il n'aimait pas. Alors il s'approcha du lit et se tint debout devant lui.

— Voilà ma version des faits. Tu es tout excité parce que quelqu'un a commis un meurtre, exactement comme dans tes polars, et tu as décidé qu'il n'y avait aucune chance pour que tu loupes une telle occasion. Donc tu as dégoté de l'argent quelque part – sûrement tes parents – et tu t'es pris une chambre dans le même hôtel que les suspects, espérant fouiner partout et résoudre l'affaire. Est-ce que j'ai raison ?

— Tu n'arrêtes pas de dire que je suis 'tout excité' à propos de tout, dit Jesse. Dis, tu penses que je suis un obsédé sexuel ?

Si seulement, pensa Kyle. Puis il s'autoréprimanda.

— Arrête de changer de sujet.

— OK, c'est bon.

Jesse leva les yeux vers lui et ce petit sourire timide se dessina sur son visage une nouvelle fois.

— Je ne fais rien d'illégal. Je ne fais que me balader dans l'hôtel.

— Tu es en train d'interférer dans une enquête de police.

Le sourire de Jesse s'évanouit. Il fronça les sourcils et tendit le bras pour attraper le poignet de Kyle et le tirer vers le lit.

— Est-ce que tu peux arrêter de m'intimider comme si tu étais en train de m'interroger, s'il te plaît ?

Kyle était stupéfait par le geste. Pour qui est-ce qu'il se prenait ? Il avait de la chance de ne pas avoir été instinctivement neutralisé à l'aide d'une prise de défense. Les gens n'agrippaient pas les officiers de police comme ça ! Mais après un court moment de résistance, il céda et s'assit près de lui.

— C'est bizarre, marmonna-t-il.

— Parce qu'on est tous les deux au même niveau maintenant ?

— D'une part, mais aussi parce qu'on est sur un lit ! répliqua-t-il d'un ton sec. Et, n'agrippe plus jamais un policier de cette façon, compris ? Tu pourrais te faire tuer !

Jesse parut blessé par ses propos.

— Je pensais qu'on était amis.

— On a passé trente minutes en voiture ensemble et on a déjeuné. Dans mon monde, ça fait de nous des connaissances, pas des amis.

— Bien, dit Jesse, en le regardant de travers.

Il s'affala sur son lit, ce qui plaça une nouvelle fois Kyle au-dessus de lui. Cette nouvelle position ne mettait pas Kyle plus à l'aise pour autant, car ils étaient sur le même lit et donnaient l'impression de s'apprêter à faire l'amour.

— Tu vas vraiment m'arrêter si je leur parle ?

— Oui !

Il était en train de mentir. Théoriquement, aucune loi n'interdisait à une personne civile de parler à une personne suspectée de meurtre. Si elles existaient, il ne serait pas possible pour les journalistes de les interroger, ou bien pour leurs amis de continuer à les fréquenter d'ailleurs.

— Tu peux légalement m'arrêter ?

Kyle resta silencieux, ayant atteint sa limite au niveau des mensonges.

— Que dirais-tu si je te disais que j'ai déjà de nouvelles informations que tu n'as probablement pas apprises dans ton enquête officielle ? demanda Jesse. Le genre de choses qu'ils n'admettraient pas en public ?

Kyle se pencha au-dessus de lui et le fusilla du regard, inconfortablement conscient qu'il était parfaitement positionné pour lui voler un baiser.

— De quoi parles-tu ?

Jesse sembla envisager de marchander pendant un instant, mais apparemment il comprit que Kyle n'allait pas entrer dans son jeu. Il poussa un soupir.

— Selon un Joel quelque peu éméché – qui semblait me draguer d'ailleurs –, personne ne voulait que ce mariage ait lieu. Stuart, Corrie, la famille de Corrie, le frère de Stuart, Joel, tous étaient contre ce mariage.

— C'est difficile à croire, compte tenu de l'argent que cela a dû coûter aux Lassiter.

— Qui sont les Lassiter ?

— Corrie et sa famille, répondit Kyle, réalisant trop tard qu'il venait d'aider ce petit vaurien en apportant de l'eau à son moulin. Il décida de changer de sujet. S'il-te-plaît, dis-moi que tu ne projettes pas de vendre ton corps pour obtenir des informations ?

— Tu veux dire, laisser Joel me baiser ?

Jesse se souleva sur son coude gauche jusqu'à ce que leurs visages soient proches l'un de l'autre.

— Non. Je ne suis pas vraiment attiré par lui.

Il regardait si attentivement les yeux de Kyle que ce dernier dut détourner le regard. *Qui* arriverait *à susciter ton intérêt ?* se demanda-t-il. Mais il avait peur d'apprendre la réponse à cette question, donc au lieu de ça il demanda :

— Que se serait-il passé s'il *t'avait* intéressé ?

— Eh bien, ça serait moi, sortant avec un gars que je trouve séduisant, non ?

— Un meurtrier potentiel, souligna Kyle, étouffant tout sentiment de jalousie naissant.

Tu viens juste de le rencontrer, se dit-il. *Tu n'as aucun droit sur lui.*

— C'est vrai. Être un suspect dans une affaire de meurtre est un tue-l'amour.

— Je suis heureux d'apprendre que tu n'es pas le genre de gars qui prend son pied avec les hommes dangereux.

— Et voilà, tu recommences, dit Jesse, arborant à nouveau un timide sourire alors qu'il se rallongeait sur le dessus-de-lit. Tu émets des suppositions concernant les choses qui m'excitent.

Il était magnifique comme ça, alors qu'il contemplait Kyle avec un air alangui. C'était la première fois que Kyle le voyait sans un sweat épais et une veste de ski, et le tee-shirt noir qu'il portait épousait sa musculature mince, mais bien définie. C'était le corps d'un jeune homme qui n'était peut-être pas sportif, mais qui prenait soin de lui. Le bas de son tee-shirt s'était soulevé lorsque Jesse s'était allongé, dévoilant une petite partie de sa peau douce et nue. Kyle eut une envie irrépressible de faire glisser ses doigts le long de sa peau et ses mains sous son tee-shirt.

— Je crois que je commence à avoir une idée de ce qui t'excite, dit-il d'une voix grave. Ce que je veux dire c'est que ça fait un moment que je n'ai pas fait ça, et je suis un peu rouillé, mais… tu me dragues, n'est-ce pas ?

Jesse se mit à rire et, pendant un instant, Kyle fut effrayé de se faire traiter d'idiot et que le jeune homme lui dise qu'il se faisait des idées. Mais il n'en fit rien.

— Tu veux que j'arrête ?

— Je t'ai déjà dit que j'avais été marié. À une femme.

Puis, au cas où il n'avait pas encore été assez clair, il ajouta :

— Et j'étais heureux.

— Ce devait être adorable. Elle a eu de la chance de rencontrer un homme qui l'aimait à ce point.

— Ça ne me fait pas entrer sur la liste des hommes à éviter ?

— Tu es bi. Tu me l'as déjà dit.

Kyle hocha la tête.

— Mais je ne suis… toujours pas vraiment guéri.

— Je te drague, dit Jesse, parce que j'ai eu l'impression que tu étais attiré par moi. Tout ce que tu as à faire, c'est me dire 'Pas intéressé'.

Kyle regarda intensément ces beaux yeux marron et essaya de trouver les mots pour dire à Jesse de cesser. Il n'avait pas besoin d'un jeune homme prétentieux qui le suive partout. Mais il était hors de question qu'il mente à Jesse concernant la forte attirance qu'il ressentait pour lui. Alors qu'il se penchait sur le jeune homme, avec difficulté, Jesse leva ses bras et les enroula autour de son buste. Puis il le tira doucement à lui jusqu'à ce que leurs lèvres se touchent.

Cela faisait longtemps que Kyle n'avait pas embrassé quelqu'un avec passion. Au fond de lui, il avait toujours pensé qu'il détesterait cela, que ça ne lui paraîtrait plus jamais naturel d'embrasser une autre personne. Mais il avait eu tort. Il ne voulait pas comparer son baiser avec Jesse avec le sentiment qu'il ressentait lorsqu'il embrassait Julie, car ce serait irrespectueux pour l'un comme pour l'autre. Mais il se rendit compte qu'il n'avait pas à comparer, car ils étaient totalement différents. Il n'avait jamais ressenti ce qu'il ressentait en embrassant Jesse : parfois rugueux, comme il l'avait fantasmé en s'imaginant embrasser un homme, mais étonnamment doux, et chaleureux, et fragile lorsqu'il le fallait. Les lèvres de Jesse étaient extraordinaires et elles avaient une saveur pure et délicate. Kyle ne put s'empêcher de plonger sa langue à l'intérieur de la bouche de Jesse, en désirant encore davantage.

Lorsqu'il dut finalement cesser de l'embrasser pour respirer, il se rendit compte qu'il avait frotté son érection le long de la hanche de Jesse à travers leurs pantalons, et que l'intérieur de ses sous-vêtements était inconfortablement humide à cause du liquide pré séminal. *Bon sang.*

— Je ne peux pas faire ça maintenant. Je suis en service.

— Est-ce que tu peux revenir ce soir ? demanda Jesse, à bout de souffle.

Kyle n'était pas sûr que ce soit une bonne idée. Ils se connaissaient depuis à peine vingt-quatre heures, bordel de merde ! Est-ce que tout le monde allait si vite aujourd'hui ?

— Je ne… Je pense que j'ai besoin de ralentir un peu.

Il était terrifié que Jesse se dise qu'il n'en valait pas la peine. Il paraissait être de ces personnes qui, lorsqu'elles prenaient une décision, fonçaient tête baissée. Autrement dit le contraire le Kyle. Mais Jesse lui sourit et demanda :

— Que dirais-tu de sortir quelque part ? Tu étais censé y réfléchir.

Kyle grommela et acquiesça.

— OK. Je suppose qu'on peut sortir dîner quelque part. Je connais un bon…

— Mince ! L'interrompit Jesse, ses yeux s'élargissant de désarroi. Je ne peux pas dîner ce soir.

— Pourquoi pas ?

— Parce que j'ai promis à Joel que je dînerai avec lui.

L'agacement de Kyle dut se lire sur son visage parce que Jesse ajouta rapidement :

— Allons ! Tu sais que c'est une occasion en or. Il est susceptible de me raconter des choses que tu n'arriverais jamais à lui faire dire.

— Et s'il se doute que tu parles avec la police, tu pourrais te faire tuer !

— Il ne faut pas que les gens nous voient ensemble ici, répondit Jesse. Attends-moi à l'extérieur de l'hôtel – disons vers vingt-et-une heures – et je viendrai te rejoindre. On peut sortir boire un verre et je te dirai tout ce qu'il m'a raconté.

Kyle n'aimait pas ce plan. À vrai dire, il le détestait. Mais il était clair que Jesse n'était pas décidé à rester loin du danger.

— D'accord, dit-il. Mais ce n'est pas parce que je ne te menotte pas à ton lit pour la nuit que j'apprécie cette situation.

Il se rendit compte trop tard de ce qu'il venait de dire. Il sentit son visage rougir alors que Jesse levait les sourcils avec un sourire en coin.

IX

WAOUH.

Embrasser Kyle avait été comme… Jesse avait du mal à trouver les mots pour le décrire. C'était comme se coincer le doigt dans une prise électrique. Tout son corps était vibrant d'énergie, et pourtant il avait juste envie de rester allongé et de savourer cela, sans avoir à se lever dans les deux prochaines heures. Son sexe était si dur qu'il en était douloureux, essayant de sortir de son jeans. Il voulait que Kyle lui arrache ses vêtements et lui fasse l'amour, mais apparemment, cela devrait attendre. C'était frustrant, mais il comprenait. Le policier n'était pas vierge, mais il n'avait jamais eu de relations sexuelles avec un homme. Dans un sens, cela devait être comme recommencer à zéro. Pour une fois, Jesse était celui qui avait de l'expérience.

Bizarre. Jesse ne se considérait pas vraiment comme quelqu'un d'*expérimenté*, même s'il avait couché avec quelques garçons. Et il n'était pas pudique lorsqu'il s'agissait de sexe. Pas du tout. *J'espère qu'il ne pense pas que je suis une traînée.*

Il poussa littéralement un gémissement lorsque Kyle se souleva et se redressa.

Kyle le regarda et lui fit les gros yeux, mais sa voix était douce lorsqu'il dit :

— Mon Dieu, tu es magnifique.

Puis il poussa un soupir.

— C'est une très mauvaise idée.

— Je comprends que coucher avec des hommes n'est pas le genre de choses qui permettent à un agent de police d'avancer dans sa carrière, Kyle, dit rapidement Jesse, espérant chasser les doutes que Kyle pouvait avoir. Tu peux me faire confiance, je ne vais pas aller le raconter à tout le monde, même si finalement ça ne colle pas entre nous.

— Vraiment ?

Kyle s'assit de nouveau sur le lit, à ses côtés.

— Écoute, il y a des policiers homosexuels. Des policiers ouvertement homosexuels. Je sais qu'il y en a un dans notre unité. Il a l'air de le vivre

71

plutôt bien. Donc je suppose que je manque juste de courage. Mais jusqu'à maintenant, le fait d'être bisexuel n'était que théorique pour moi. Julie le savait et elle m'a permis de m'accepter tel que je suis. Mais je ne l'ai jamais dit à qui que ce soit d'autre.

— Ça ne me pose aucun problème, l'interrompit Jesse. Je ne me sentirai pas menacé si tu trouvais une femme attirante. Ou un autre homme, d'ailleurs.

Kyle leva les sourcils.

— Tu ne crois pas que tu mets la charrette avant les bœufs ? Tu parles comme si nous allions commencer à sortir ensemble, alors que j'essaye encore de me faire à l'idée que je vais peut-être coucher avec toi. *Une fois.*

Il regarda Jesse dans les yeux et se pinça les lèvres pendant un instant. Puis il dit :

— Bien évidemment, nous ne sommes pas obligés de faire ça… je veux dire, de coucher ensemble. Tu préfères sûrement que je me décide d'abord sur le fait de sortir avec toi…

Jesse trouvait ça plutôt mignon de voir à quel point cet imposant et quelque peu menaçant détective de police devenait hésitant lorsqu'il abordait ce sujet.

— Écoute, Kyle, dit-il doucement. J'aimerais apprendre à te connaître et tout ça. Je suis plutôt enthousiaste à l'idée de sortir avec toi. Mais ça ne me pose vraiment pas de problème de coucher avec toi d'abord, avant qu'on décide de tout.

Kyle rigola. Il regarda Jesse avec un grand sourire et tendit la main pour lui ébouriffer les cheveux.

— Je passe te chercher à vingt-et-une heures et nous irons prendre un verre. On verra ce qu'on fait à ce moment-là.

— OK.

Kyle se pencha en avant pour lui donner un bref et tendre baiser.

— Je dois y aller. Reste en dehors des problèmes, d'accord ?

Et il s'en alla.

Kyle avait bien évidemment raison. Ils venaient tout juste de se rencontrer et il était encore trop tôt pour penser à devenir un couple. Jesse avait tendance à se lancer sans réfléchir et, jusqu'à maintenant, cela n'avait pas très bien fonctionné. Peu de ses conquêtes étaient restées avec lui plus d'un mois. Une fois que l'attirance physique n'était plus aussi forte qu'au départ, il se rendait souvent compte qu'il n'avait pas grand-chose en commun avec les étudiants du campus. Sa fascination pour les fictions criminelles avait paru trop morbide à certains. D'autres avaient été déçus par son manque d'intérêt pour le sport, ou à l'inverse, par son manque d'intérêt pour les vêtements et les potins de stars. Faire des randonnées avec Steve avait été amusant et romantique, c'est pourquoi cette relation avait été la plus longue – environ deux mois. Et en prime, ils avaient réussi à rester amis après leur rupture.

Mais Kyle était différent. En plus de la forte attirance physique – une très forte attirance physique, du moins selon Jesse –, il ressentait une connexion plus forte avec Kyle qu'il n'en avait jamais ressenti avec un autre homme. Il y avait ces sept ans de différence d'âge, mais ça ne semblait pas insurmontable. Pas s'ils étaient vraiment compatibles.

Bien entendu, réfléchit Jesse, *il se peut que je ne sois qu'un harceleur psychopathe. Ce serait con.*

Finalement, il se rendit compte qu'il était resté allongé sur son lit à réfléchir à cela bien trop longtemps. Il avait besoin de sortir et de faire quelque chose de sa journée. Il ne voulait pas que Kyle soit en colère contre lui, mais il ne pouvait pas rester tout le temps dans sa chambre. En plus, Kyle ne lui avait pas interdit de se promener dans l'hôtel.

Joel s'attendait à ce qu'il se présente avant l'heure du dîner, mais cela faisait peu de temps qu'ils s'étaient quittés au bar. Il était sûrement encore en train de dormir. Avant de croiser Joel, Jesse avait envisagé de se rendre à la piscine intérieure, ce qui semblait être un bon programme à ce moment-là. Après tout, on était en milieu d'après-midi. Quel genre de problèmes pouvait-il rencontrer en se rendant là-bas ?

ENVIRON VINGT minutes plus tard, vêtu d'un maillot de bain qui lui avait coûté trente dollars dans le magasin de souvenirs du spa, Jesse se tenait debout au bord de la piscine de l'hôtel et avait les yeux posés sur le genre de problème que Kyle avait souhaité qu'il évite : le frère de Stuart. Jesse ne connaissait toujours pas le prénom de cet homme, mais il le reconnut instantanément. Il était de loin le plus bel homme à la piscine et, ne portant qu'un Speedo [8], c'était presque une œuvre d'art. Il fendait l'eau aussi délicatement et silencieusement qu'un requin, bien que ses virages soient maladroits. Jesse supposa qu'il n'avait jamais pratiqué la natation ; il était naturellement en bonne forme physique et sportif. Et si Kyle n'avait

---

8 Marque de slips de bain.

pas déjà attiré son attention, Jesse pouvait s'imaginer tomber amoureux d'un homme tel que celui-ci – follement.

Stuart avait ressemblé comme deux gouttes d'eau à son frère. Jesse ne l'avait pas vu sans ses vêtements, mais il était maintenant encore plus convaincu que Joel avait eu des sentiments pour Stuart.

Jesse ne pouvait pas se permettre de rester debout, au bord de la piscine, à le fixer pendant une heure, donc il plongea et fit quelques longueurs. Il n'était pas bon nageur, même s'il se baignait de temps en temps. C'était amusant, mais il ne pouvait pas s'empêcher de chercher un moyen d'entamer une conversation avec le frère de Stuart avant que ce dernier ne se fatigue et décide de partir.

Il n'eut pas à chercher. Il sortit la tête de l'eau afin de respirer après avoir effectué une nouvelle longueur, s'agrippant au rebord carrelé, quand une voix lui demanda :

— Vous êtes Jesse, n'est-ce pas ?

Jesse s'essuya les yeux et, lorsqu'il les ouvrit, il se trouvait devant l'entrejambe d'un homme. Le propriétaire de cet entrejambe était assis sur le rebord de la piscine, ses jambes bien écartées dévoilant un paquet plutôt sympathique solidement enveloppé dans un Speedo rouge. Jesse reconnut ce Speedo et leva rapidement les yeux pour découvrir le frère de Stuart qui le fixait de ses yeux bleus et saisissants.

— Comment connaissez-vous mon prénom ?

— Joel a dit qu'il avait rencontré par hasard l'un des bénévoles qui travaillaient au sommet de la montagne, répondit-il. Un gars qui s'appelle Jesse. Et je me rappelle vous avoir vu sur le quai.

Jesse se souleva hors de l'eau et posa ses fesses trempées sur le carrelage.

— Oui, dit-il d'une voix haletante. C'est bien moi.

Le jeune homme tendit la main.

— Je m'appelle Todd. Le gars qui est mort était mon frère.

— Toutes mes condoléances, dit Jesse en lui serrant la main. C'est vraiment brutal.

Todd hocha la tête et détourna son regard vers la piscine. Une famille avec beaucoup d'enfants venait d'arriver, et on commençait à ne plus s'entendre.

— Joel a dit que vous l'aviez vu. Vous savez, après sa mort.

— Oui.

— Je pense que je vais aller me doucher. Vous avez terminé ?

Il invitait clairement Jesse à le suivre. Est-ce qu'il voulait discuter, en savoir plus sur les détails sanglants ? Ou avait-il peur que Jesse ait vu quelque chose qui l'incrimine et prévoyait donc de le tuer ? Jesse jugea que la seconde option était peu probable étant donné que, si c'était le cas, Todd serait obligé de tuer tous les rangers et les employés de l'observatoire de la montagne. Il ne pouvait pas être aussi stupide. La possibilité que Todd veuille tirer un coup sous la douche lui traversa l'esprit, mais il jugea que cette idée était aussi improbable. Todd ne le déshabillait pas du regard comme le ferait un homme sur le point de coucher.

— Oui, répondit Jesse. J'ai terminé.

Il suivit Todd dans le vestiaire, essayant tant bien que mal de ne pas se focaliser sur ce parfait fessier devant lui. Il n'était pas certain que Todd réagisse bien s'il savait qu'il était reluqué. Il y avait quelque chose chez lui, peut-être la manière dont il tenait ses épaules ou la tendance qu'il avait à serrer les poings, qui le faisait paraître… en colère. En même temps, son frère était décédé à peine vingt-quatre heures plus tôt de manière absurde.

Le vestiaire était étrangement petit pour un site touristique tel que celui-ci. C'était une simple pièce de quinze mètres carrés, avec des casiers le long de trois murs. Il n'y avait personne d'autre avec eux, ce qui était une bonne chose étant donné qu'ils étaient pratiquement en train de se frotter l'un à l'autre en enlevant leurs maillots de bain.

Dans cet espace exigu, Todd dit doucement :

— Je ne comprends pas pourquoi cet idiot a décidé de s'éloigner comme ça. Tu n'imagines pas tout ce dont je l'ai protégé quand nous étions gamins : les brutes de l'école, notre alcoolique de père… Et là, je tourne le dos pendant cinq minutes, il s'en va et se tue !

Il claqua la porte du casier et la foudroya du regard, complètement nu, serrant sa serviette d'un poing ferme.

Jesse essaya de ne pas laisser ses yeux se promener. Le pauvre garçon était malheureux, il n'avait pas besoin que quelqu'un mate son pénis.

— Est-ce que tu étais là-haut pour faire du tourisme ?

— Oui. C'était une idée stupide de Corrie.

— Corrie ?

— La fille riche et pourrie gâtée que mon frère était censé épouser ce weekend.

Jesse essaya de paraître détendu, riant légèrement en lui disant :

— J'en déduis que tu ne l'aimes pas beaucoup.

Todd s'esclaffa et un horrible sourire en coin se dessina sur son visage alors qu'il regardait autour de lui pour être sûr qu'ils étaient toujours seuls. Puis il se rapprocha et baissa la voix pour en arriver à murmurer.

— Elle l'aimait juste parce qu'il la laissait lui donner des ordres à tout bout de champ. Après, oui, elle est riche. Donc, se marier avec elle n'était pas une idée complètement stupide. Mais elle ne l'aimait pas. Cinq minutes après leur lune de miel, elle aurait probablement couché avec le facteur.

Mec ! pensa Jesse. *Est-ce que tu as oublié que je suis un parfait inconnu ?*

Todd semblait être l'une de ces personnes sans filtres, le genre qui rendait habituellement Jesse un peu mal à l'aise. Mais il essaya de mettre sa gêne de côté : ces informations pourraient être utiles à Kyle, alors autant encourager Todd à lui dire tout ce qu'il savait. Il rit une nouvelle fois et lui dit en murmurant :

— En même temps, les facteurs peuvent être vraiment sexy.

— Ouais, dit Todd en ricanant. Tu veux savoir autre chose ? Enfin, arrête-moi si ça te met mal à l'aise de parler de ce genre de trucs…

Jesse ne savait pas vraiment de quel genre de trucs il allait parler, mais il répondit :

— Pas de problème, continue.

— Je l'ai baisée.

La mâchoire de Jesse dut tomber, car Todd se mit à rire.

— Je t'assure, ajouta-t-il.

— Tu veux dire… alors qu'ils étaient fiancés ?

— Ouais, Todd leva une main. Après, comprends-moi bien. Je n'ai pas fait ça derrière le dos de mon frère ou quoi que ce soit. Je voulais simplement lui montrer qui elle était vraiment. Donc une nuit, alors qu'on était en soirée ensemble, je lui ai parlé de la fois où Stuart et moi avions fait un plan à trois avec une fille avec qui je sortais. Et elle était clairement excitée par l'idée. Elle n'arrêtait pas de nous demander des détails. Alors j'ai dit, 'Vous savez quoi ? Faisons-le ! '.

Jesse luttait afin que son expression ne trahisse pas le sentiment de dégoût qu'il éprouvait envers Todd. Il était vraisemblablement l'un de ces crétins qui aimaient parler de ses conquêtes à tout le monde. Et… Bon Dieu ! Il était en train de bander en en parlant.

Pensant apparemment que les yeux écarquillés de Jesse signifiaient qu'il était complètement captivé, Todd continua.

— Alors *elle* a convaincu mon frère de le faire ! Il n'en avait même pas envie. Mais quand elle veut quelque chose, elle l'obtient toujours. Je dois avouer que c'était sacrément chaud.

— Apparemment, dit Jesse, jetant un rapide coup d'œil à la forte érection qui pointait vers lui.

Todd sourit et cacha son entrejambe à l'aide de la serviette qu'il tenait.

— Désolé, mec. Je me suis un peu laissé emporter. Enfin bref, je pensais qu'il se réveillerait après ça. Qui voudrait se marier avec une fille qui a baisé son frère juste devant ses yeux ?

Il haussa les épaules et remua la tête.

— Mais il voulait toujours se marier. Quel idiot !

Jesse ferma son casier, se sentant physiquement complexé pour la première fois de sa vie alors qu'il se tenait debout, nu, devant cette espèce de porc machiste superbe et très bien monté. Mais il garda sa serviette loin de son pénis. Plutôt mourir que de le cacher juste parce qu'il ne ressemblait pas à une machine de guerre. C'était un pénis tout à fait respectable.

Todd ne semblait porter aucun intérêt au pénis de Jesse. Il n'y jeta même pas un coup d'œil. Il se tourna et ouvrit la marche vers les douches. Il était encore à moitié en érection lorsqu'il accrocha sa serviette à l'extérieur de la cabine qu'il avait choisie et dit :

— Alors, tu es gay, n'est-ce pas ?

Jesse se figea pendant une seconde, déconcerté par ce changement soudain de conversation.

— Pourquoi ? Je me comporte comme un gay ?

— Joel pense que tu l'es. Tu savais qu'il était gay, non ?

— Oh. Eh bien… oui. Je suis gay. Et j'avais deviné pour Joel.

— Il m'a dit que tu allais le retrouver dans notre chambre avant de dîner.

— Oui.

— Est-ce que vous allez vraiment dîner ? demanda Todd. Ou est-ce que vous allez juste baiser ?

Bon Dieu. Jesse le regarda avec méfiance.

— Pourquoi ? Tu n'espères pas refaire un plan à trois, si ?

— Avec deux gars ? Non. Je ne suis pas intéressé par les hommes. Stuart et moi, ne nous sommes pas touchés, même si c'était plutôt cool de le regarder faire avec Corrie.

Jesse n'était pas sûr de la direction que prenait cette conversation, et cela commençait à le faire se sentir mal. Est-ce que Todd essayait de lui

77

prouver qu'il était ouvert d'esprit par rapport à l'homosexualité ? Si c'était le cas, il avait juste l'air minable.

— Écoute, Joel est un chic type, mais je n'ai aucune intention de coucher avec lui. Je pensais qu'on allait seulement dîner.

Todd sembla soulagé.

— Bien. Dans ce cas, je vais vous accompagner. Je ne veux pas encore me retrouver à manger avec ces putains de Lassiter. En ce qui me concerne, Stuart ne serait pas…

Il sembla avoir un moment de lucidité durant lequel la réalité de la situation surpassa une fois de plus son attitude prétentieuse. Son visage s'assombrit quand il continua :

— On peut manger au bas de la rue, chez Fabyan's. On devrait pouvoir les éviter. Ils veulent toujours manger dans leur foutu Bretton Arms.

Il grimaça et entra sous la douche.

Jesse avait oublié d'ouvrir le robinet pendant leur drôle de conversation, donc il le fit. Pendant qu'il attendait que l'eau se réchauffe, il se demanda si quoi que ce soit dans les propos de Todd pourrait constituer un motif de meurtre. À mon avis, on aurait plutôt dit que Todd voulait tuer Corrie et non pas son frère. Ou peut-être que Stuart aurait voulu *le* tuer après leur plan à trois. Stuart l'aurait-il attaqué, mais perdu la bataille ? Todd ferait sûrement un formidable adversaire.

X

KYLE S'ÉTAIT d'abord rendu à la chambre de Todd Warren, mais il n'y avait personne. Il avait toqué, puis toqué une deuxième fois, et failli s'en aller quand il avait entendu quelqu'un bouger à l'intérieur. Donc il attendit. Comme il ne se passait rien, il toqua une troisième fois, plus fort.

Quelqu'un dit, d'une voix endormie :

— Putain ! Attendez deux secondes…

Une minute plus tard, Joel Owens ouvrit la porte. Il venait vraisemblablement juste de se réveiller. Ses cheveux étaient décoiffés et il avait des traces d'oreiller sur un côté de son visage. Il essayait de cacher son corps derrière la porte et s'y prenait mal, donc Kyle pouvait constater qu'il ne portait rien d'autre qu'une paire de boxers gris.

— Qu'est-ce qu'il y a ? demanda-t-il un peu sonné. J'étais en train de faire une sieste.

De décuver, pour être plus précis. Kyle pouvait sentir l'alcool qui se dégageait de ses pores.

— Je cherche Todd, dit Kyle.

— Je crois qu'il est allé nager.

— D'accord.

Kyle l'observa d'un regard inquisiteur, puis s'autoréprimanda lorsqu'il se rendit compte qu'il était en train d'évaluer si cet homme pourrait plaire à Jesse ou non. Il s'obligea à recentrer son attention sur son travail.

— Retournez vous reposer. J'aimerais discuter avec vous plus tard.

— Pouvez-vous revenir après le dîner ?

— Bien sûr.

KYLE N'ÉTAIT pas particulièrement intéressé par l'idée de déranger Todd à la piscine, donc il changea ses plans et partit à la recherche de Corrie. Il la trouva dans la suite de sa famille, encore accompagnée de tout le clan Lassiter, mais il rencontra immédiatement un problème.

— Je vais appeler notre avocat, déclara M. Lassiter. Vous allez devoir attendre qu'il arrive si vous souhaitez parler à l'un d'entre nous.

— Voyons, Papa, dit Corrie, levant les yeux au ciel. Tu parles comme si nous étions en train d'essayer de cacher quelque chose.

— C'est la procédure classique, mon ange, et seulement pour nous protéger. Je suis certain que le détective me comprend.

Kyle comprenait parfaitement bien, même si cela l'énervait quand même.

— Dans combien de temps votre avocat sera-t-il là, M. Lassiter ?

— Dans peu de temps, répondit Lassiter. Je l'ai appelé hier soir et il est descendu ce matin. Il a une réservation dans cet hôtel.

— Bien. Je vais patienter.

Et donc il attendit là, debout, pendant que les Lassiter continuaient leurs activités à voix basse, comme si Kyle pouvait surprendre une conversation compromettante. Il fut aussi soulagé qu'eux lorsqu'on cogna à la porte. Lassiter fit entrer l'avocat, un homme imposant portant un costume sur mesure et des lunettes, qu'il lui présenta comme étant Charles McDonnell.

Kyle était prêt à laisser McDonnell assister aux interviews, étant donné il n'avait pas vraiment le choix, mais il serait intransigeant sur un point.

— J'aimerais parler à chacun d'entre vous séparément, sans compter la présence de M. McDonnell bien sûr.

Lassiter n'aimait pas l'idée que Corrie soit interrogée sans qu'il soit présent, mais l'avocat lui assura qu'il s'agissait d'une demande tout à fait légitime. Donc, quelques instants plus tard, Kyle était enfermé avec Corrie et McDonnell dans la chambre de Corrie. La jeune femme était assise modestement au pied du lit et McDonnell était installé dans l'unique chaise de la chambre.

Kyle se força à ne pas faire les cent pas pendant qu'il parlait à Corrie.

— J'ai cru comprendre que vous et Stuart étiez fiancés, Mlle Lassiter ?

— Oui, répondit-elle. Nous étions censés nous marier ce samedi.

Elle paraissait étrangement calme et posée pour une jeune femme qui venait de perdre son fiancé.

— Toutes mes condoléances.

— Merci.

Kyle retourna deux pages en arrière dans son carnet de notes.

— J'aimerais savoir comment vous et Stuart vous êtes rencontrés. D'après ce que j'ai pu apprendre concernant Stuart Warren, il venait d'un quartier très pauvre de Rochester.

— Et je n'ai jamais manqué de rien durant ma vie, dit-elle, méfiante. Vous n'avez manifestement pas encore parlé avec ma famille.

— Que me diraient-ils ?

Elle se mit à rire.

— Que je suis une enfant gâtée.

— Ne nous laissons pas emporter, Corrie, la mit doucement en garde McDonnell.

Elle l'ignora, lui demandant de se taire d'un geste de la main.

— Je ne suis pas si désagréable que ça. C'est juste que Papa souhaitait que j'entre à Harvard. J'ai insisté pour m'inscrire dans une université d'État.

— L'Université du New Hampshire ? demanda Kyle.

— N'importe quelle université d'État. Ça n'avait pas d'importance. Je voulais juste…

Elle sembla avoir du mal à trouver les bons mots, et Kyle fut tenté de lui suggérer 'm'encanailler'. Mais quelques instants plus tard, Corrie dit :

—… m'amuser. Passer deux ans à profiter de la vie sans avoir à me soucier de mes notes.

— Vous n'avez pas beaucoup d'estime pour les universités d'État, si je comprends bien.

Elle lui lança un sourire entendu qui leva toute ambiguïté concernant son opinion à ce sujet. En effet, c'était une enfant gâtée. Et Kyle pouvait facilement imaginer les étudiants idiots faisant la queue pour avoir une chance de sortir avec elle.

— Alors, comment avez-vous rencontré Stuart exactement ? demanda-t-il.

— Par l'intermédiaire de Joel. Tous les deux participaient à des cours de rattrapage en mathématiques, plus précisément en algèbre. Et ils avaient du mal avec les équations du second degré. Joel savait que j'étais bonne en maths, donc il m'a demandé de les aider à étudier.

— Comment connaissiez-vous Joel ?

— On s'était rencontré l'année précédente, en cours de peinture à l'huile. Je le trouvais mignon.

Elle haussa les épaules et leva les yeux au ciel. Elle avait manifestement découvert qu'il était inutile de lui courir après.

— Puis vous êtes tombée amoureuse de Stuart.

— Il était adorable, dit-elle, laissant transparaître la première pointe de tristesse depuis qu'ils avaient commencé leur discussion. Et tellement gentil. On est sorti ensemble pendant un an et ensuite je l'ai demandé en mariage.

— Vous l'avez demandé en mariage ?

Le sourire entendu fit à nouveau son apparition.

— Pourquoi devrais-je attendre qu'*il* y pense ? Il pouvait à peine lacer ses chaussures sans mon aide ou celle de Todd.

— Vous le faites passer pour quelqu'un de... déficient intellectuellement.

— Non, dit-elle, il était assez intelligent, sauf quand il s'agissait des mathématiques. Mais il était habitué à ce que Todd lui dise quoi faire, il prenait toujours soin de lui. Est-ce que vous êtes au courant que leurs parents sont morts lorsqu'ils étaient adolescents ?

— Non.

Kyle n'avait pas encore eu le temps de recueillir les informations concernant leurs vies personnelles. Pour l'instant, il n'avait que leurs adresses.

— Todd a élevé Stuart à partir de l'âge de seize ans. Ils ont vécu à deux ces dernières années. Todd est vraiment trop protecteur avec lui. Il était vraiment jaloux que Stuart passe du temps avec moi, du moins au début.

— Mais tout le monde s'entend bien désormais ?

— Bien sûr. J'adore Todd.

— NON, JE ne voulais pas de ce mariage, admit Lassiter.

Lui et Kyle se trouvaient dans la chambre principale avec McDonnell.

— Mais j'aimerais *vous* voir essayer de dissuader ma fille de faire ce qu'elle s'est mise en tête de faire.

— Je vois à peu près en quoi cela pourrait être compliqué, concéda Kyle, essayant de ne pas paraître trop moqueur.

— Je n'avais rien contre ce petit. Il était assez correct, poli. Dieu sait à quel point il était beau. Leurs enfants auraient été magnifiques.

— Donc vous avez décidé de prendre sur vous et de leur offrir un beau mariage.

Lassiter prit une gorgée du scotch qu'il s'était servi sur le chemin de la chambre.

— Oh, je dois avouer que j'ai résisté pendant un moment, j'ai essayé de la dissuader. Voyons, sérieusement, elle n'a que vingt-et-un ans. Elle n'est même pas encore diplômée de ce jardin d'enfants dans lequel elle a décidé d'étudier. Est-ce qu'elle vous a dit quelle était sa spécialité ?

— Elle prépare une licence en lettres, arts et sciences humaines, dit Kyle en lisant ses notes.

— Lettres, arts et sciences humaines ! pesta Lassiter. Elle a un QI de 150. Elle était une élève exemplaire au lycée. Elle pourrait facilement réussir dans tout ce qu'elle entreprend. Et qu'est-ce qu'elle décide de faire ? De *peindre*. Des hommes nus.

Cela ne semblait pas être un si mauvais choix de carrière selon Kyle, même s'il aimerait introduire des femmes nues dans cette idée. Peut-être songerait-il à se reconvertir dans ce domaine s'il venait à quitter son poste de policier.

— Elle n'est ni assez mature, ni assez expérimentée pour savoir ce qu'elle veut, continua Lassiter. Je n'aurais pas du tout été surpris s'ils avaient divorcé dans les deux ans à venir.

Kyle tapota son crayon contre la page sur laquelle il était en train d'écrire.

— Ce n'est… sûrement pas la question la plus délicate que je vais vous poser. Est-ce que Stuart était susceptible de tirer profit d'un mariage avec Corrie ?

Lassiter poussa un petit rire.

— Bien sûr que oui. Elle a accès à ses fonds fiduciaires depuis qu'elle a dix-huit ans. Ce n'est pas une fortune, mais je suis prêt à parier que ça semblait en être une pour Stuart et son frère. Vous savez ce que Todd fait dans la vie ? Il est caissier dans un supermarché. Leurs deux parents sont morts, donc Stuart allait à l'université grâce aux prêts garantis par le gouvernement, et il étudiait la *philosophie*.

M. Lassiter trouvait manifestement cela absurde.

La recherche de la richesse semblait être un bon mobile pour commettre un meurtre – si le meurtre avait été commis *après* le mariage et que Corrie avait été la victime. Dans ce cas, Stuart aurait pu en tirer profit. D'un autre côté, Lassiter lui-même n'avait pas souhaité que Stuart se marie avec sa fille. Il avait essayé de prétendre qu'il avait fini par accepter l'idée, mais il était clairement toujours contrarié. Aurait-il été capable d'avoir recours au meurtre pour empêcher ce mariage ?

Ou peut-être avait-il simplement eu recours à la corruption. Stuart avait bien dégoté ses vingt mille dollars quelque part. Cela représentait une importante somme d'argent pour les Warren, mais ça n'impactait pas vraiment sur le compte bancaire des Lassiter.

— M. Lassiter, dit Kyle, doucement. Nous avons retrouvé une certaine somme d'argent sur la victime. Une somme assez conséquente. Seriez-vous au courant de quoi que ce soit à ce sujet ?

Lassiter haussa les épaules.

— Non. Pourquoi le serais-je ?

— Je ne pense pas que vous devriez ajouter quoi que ce soit d'autre, dit McDonnell avec une sorte d'avertissement dans la voix.

— Je n'ai *rien* à dire. Je ne sais rien à propos de cela.

Kyle n'arrivait pas à savoir s'il mentait ou pas. Mais si Lassiter *avait* acheté Stuart, pourquoi le tuer ensuite ?

XI

À EN croire l'humeur grincheuse de Joel lorsque Jesse arriva dans la chambre qu'il partageait avec Todd, ce dernier l'avait informé que Jesse n'était pas intéressé pour tirer un coup avant de dîner. Pour être honnête, si Jesse n'avait pas pensé à Kyle toute la journée, et que Joel n'avait pas été un suspect dans une affaire de meurtre, il aurait pu l'envisager. Joel était mignon et célibataire. On pouvait faire pire.

Mais cela n'allait pas arriver.

— Je dois encore me doucher, marmonna Joel en laissant entrer Jesse.

Il était en sous-vêtements et la compagnie ne semblait pas le déranger.

— Mets-toi à l'aise.

Jesse s'assit au pied du lit pendant que Joel enlevait ses sous-vêtements pour dévoiler un fessier musclé avec une fine pellicule de poils bruns et se rendait dans la salle de bain. *Mon Dieu*, pensa Jesse. Il n'avait eu aucune idée du nombre d'hommes nus qu'il verrait en faisant une réservation dans cet hôtel et il se demanda s'il s'agissait d'un avantage inclus dans le prix de la chambre. Il fallait qu'il vérifie cela sur la note au moment de partir.

Todd était dans la chambre, déjà prêt étant donné qu'il s'était douché en bas. Il était allongé sur son lit, la télécommande à la main pour zapper sur les différents programmes proposés par la télévision de l'hôtel. Sans grande surprise, il regardait surtout les films pornos.

— Tu es sûr que tu ne veux pas rejoindre Joel sous la douche ? taquina-t-il Jesse. Il reste environ vingt minutes avant l'heure de notre réservation.

— Je ne porte pas de jugement, mais... est-ce qu'il t'arrive de penser à autre chose qu'au sexe ?

Todd rit et haussa les épaules.

— Je pense à ça et à ce que j'aimerais faire à la personne qui a tué mon frère, s'ils finissent par la trouver.

Est-ce qu'il était censé être au courant que la mort de Stuart était une affaire de meurtre ? Jesse n'était pas sûr de ce que lui avait dévoilé Kyle pour le moment. Il choisit de feindre l'ignorance.

— Tu ne penses pas que c'était un accident ?

— La police pense qu'il ne s'agit pas d'un accident, dit Todd d'un air grave. Corrie est passée il y a environ une demi-heure. Elle nous a dit que ce détective leur avait posé des questions à ce sujet.

— Il ne t'a pas encore interrogé ?

— On l'a vu hier soir. Mais il ne nous a rien dit de spécial à propos de ça. Corrie nous a dit qu'il était encore dans leur chambre, en train d'interroger son frère.

— Est-ce qu'on devrait l'attendre ici ? demanda Jesse. Puis il se reprit en disant : je veux dire, toi et Joel.

— Rien à foutre. J'ai faim. Il peut nous suivre jusqu'au restaurant s'il est si pressé de nous parler.

Todd tourna la tête pour le regarder, ses yeux se plissant de manière suspicieuse.

— Quand je t'ai parlé à la piscine… est-ce que tu savais qu'il avait été tué ? Tu ne m'as rien dit.

Merde.

— Quand on l'a trouvé, on aurait dit qu'il était tombé et s'était blessé à la tête, répondit Jesse en restant évasif.

Cela sembla suffire à Todd, qui se tourna à nouveau vers la télévision. Une minute plus tard, Joel sortait de la salle de bain, des gouttes coulant de ses cheveux et une serviette enroulée de manière précaire autour de sa taille. Mais cela ne dura pas longtemps : il s'en débarrassa et la jeta sur le dos d'une chaise pendant qu'il fouillait dans sa valise.

Jesse était étonné de voir quelques flacons de pilules que Joel avait emportés avec lui. Il se pencha pour les voir plus en détail, mais il ne fut pas assez discret. Joel surprit son regard et lui expliqua :

— Je ne suis pas un dealer. J'ai des migraines, donc mon neurologue me fait prendre ces grandes doses de vitamine B et de magnésium.

— OK, dit Jesse en riant. J'étais juste curieux.

— Pas de soucis.

— Hé, tête de bite ! dit Todd, interpellant Joel. Tu veux que je nous trouve un film bi pour qu'on puisse prendre notre pied tous les deux plus tard ?

Joel émit un son de dégoût et leva les yeux pour le regarder.

— Voilà ce qu'on va faire : tu trouves quelque chose qui te fait bander, et je me branlerais en te regardant faire.

Todd lui envoya un baiser de façon moqueuse et Joel secoua la tête, portant son regard vers Jesse pour que quelqu'un fasse preuve de compassion envers lui.

L'HÔTEL DISPOSAIT d'une navette pour transporter les clients soit au Bretton Arms Inn qui était un restaurant très coûteux, soit au Fabyan's Station qui était une sorte de café-restaurant beaucoup plus abordable. Joel et Todd emmenèrent Jesse au Fabyan's Station. Le restaurant arborait une ambiance cosy avec, à l'entrée, un faux poêle qui était en réalité un chauffage au propane, avec de fausses bûches de bois installées en dessous. Un chemin de fer miniature et son petit train faisaient le tour de la salle, près du plafond, et tout le décor était fait de bric-à-brac récupéré dans des trains et dans des gares. Le restaurant était situé à l'entrée de la Base Station Road, route qui reliait le restaurant à l'hôtel, et qui se terminait à la gare du Cog Railway.

Manger avec Joel et Todd était une drôle d'expérience. Jesse n'arrivait pas à savoir s'ils se détestaient ou s'ils aimaient simplement s'envoyer des piques. Parfois, ils se parlaient agréablement, par exemple lorsqu'ils discutaient de retourner à Rochester le weekend – apparemment, Joel était celui qui avait conduit Todd et Stuart jusqu'à Bretton Woods. À d'autres moments, ils se parlaient sèchement concernant des choses futiles comme le choix des entrées. S'ils ne s'appréciaient vraiment pas, ils auraient pu facilement manger sur différentes tables ou à différents moments. Mais ils n'en faisaient rien.

Cela dit, une chose était claire : tous les deux préféraient de loin tolérer la présence de l'autre que de manger avec les Lassiter. Corrie étant une amie de Joel, cela ne l'aurait pas dérangé qu'elle mange avec eux – Todd ne semblait pas du même avis –, mais l'idée de manger avec M. et Mme Lassiter était totalement hors de question.

— Ils ont été… sympathiques, dit Joel, faisant sonner le mot 'sympathique' comme s'il devait chercher au fin fond de son esprit pour trouver quelque chose de plaisant à dire.

— Ce ne sont que de sales prétentieux, corrigea Todd.

Joel haussa les épaules, mais ne le contredit pas.

— Eh bien, pardonnez-moi si c'est une question trop personnelle, commença Jesse, mais qu'est-ce qui va se passer maintenant ? Il semble que vous étiez tous liés par Stuart. Est-ce que vous allez continuer à vous voir une fois que vous serez de retour chez vous ?

Joel et Todd se regardèrent pendant une minute, puis Todd haussa les épaules.

— Je ne sais pas. Je t'apprécie pas mal.

— Peut-être, dit Joel, fronçant les sourcils en tournant son regard vers la purée dans son assiette. Maintenant que je sais que tu ne vas pas me refaire le portrait.

— Combien de fois faut-il que je te le répète ? Je ne suis pas homophobe.

— Du moment que je ne touchais pas à ton frère.

Puis il y eut un silence de mort. Todd prit une bouchée de son steak et le mâcha, regardant au-delà de Joel comme s'il avait trouvé quelque chose d'incroyablement fascinant sur le mur en brique qui se situait derrière lui.

— Oh, fais chier ! marmonna Joel après quelques minutes durant lesquelles ils avaient continué à manger en silence.

Il regardait vers la porte d'entrée. Jesse et Todd se retournèrent en même temps pour voir ce qui avait attiré son attention.

C'était Kyle et son coéquipier. Le détective était en train de scruter la pièce, cherchant manifestement quelqu'un. Quand ses yeux atterrirent sur leur table, Jesse eut l'impression qu'il hésitait pendant une seconde. Puis il dit quelque chose au détective qui se trouvait à ses côtés. L'autre homme resta près de la porte pendant que Kyle traversait la pièce jusqu'à ce qu'il se tienne debout, près de la table.

— Todd, dit-il. Joel. Jesse. Vous connaissez ces personnes ?

Donnez-moi une corde. C'était une question que Kyle était susceptible de lui poser, si l'on s'en tenait au fait qu'il avait simplement rencontré Jesse en recueillant son témoignage sur la scène du crime et qu'il tombait sur lui en train de dîner avec deux des suspects.

— Euh… Je les ai rencontrés à l'hôtel.

Kyle hocha la tête et se tourna ensuite vers Todd.

— Corrie m'a dit que vous alliez venir ici pour dîner. Je ne veux pas vous déranger en plein repas, mais j'apprécierais que vous et Joel me rencontriez dans votre chambre un peu plus tard. Disons, dans deux heures ? J'ai quelques questions que j'aimerais vous poser.

Le visage de Todd se pétrifia. Jesse le soupçonnait d'avoir été l'un de ces gamins qui étaient interrogés assez souvent par la police en grandissant. Peut-être pour rien de bien grave – du petit vandalisme, de la violation de domicile, ou encore du vol à l'étalage –, mais assez pour le rendre hostile. Il acquiesça d'un signe de tête et dit :

— Pas de problème. On sera là.

ILS EMPRUNTÈRENT la navette pour retourner à l'hôtel une fois le dîner terminé, et celle-ci s'arrêta devant le Bretton Arms Inn pour récupérer les personnes qui souhaitaient revenir à l'hôtel. Apparemment, les Lassiter venaient juste de terminer de manger aussi puisqu'ils montèrent à bord. Jesse reconnut Corrie et sa petite sœur – dont il ne connaissait pas le nom – et il supposa que l'homme et la femme plus âgés qui les suivaient étaient leurs parents. Todd et Joel étaient assis avec lui au fond de la navette, donc Corrie se contenta de leur sourire et articula silencieusement un 'salut' avant de s'asseoir à l'avant avec ses parents. M. Lassiter leur fit signe de la tête par pure courtoisie avant de s'asseoir, mais sa femme fit semblant de ne pas les voir.

Le jeune homme qui monta dans la navette en dernier provoqua un frisson dans le dos de Jesse. Il était blond aux yeux bleus et ressemblait fortement à Corrie. Jesse baissa la tête, espérant éviter de croiser son regard. L'inconnu s'assit et ne sembla pas le remarquer.

Jesse resta silencieux sur le trajet du retour et patienta pendant que les autres descendaient de la navette. Mais dès qu'il en sortit à son tour, il courut vers Joel et l'attrapa par le bras.

— Qui était le jeune homme avec la famille de Corrie ?

— Tu connais Corrie ? demanda Joel, semblant déconcerté.

— Elle était avec vous deux, et Stuart, sur le quai de la gare, expliqua Jesse. Et je suppose que la plus jeune fille était sa sœur ?

— Oui. Lisa.

— Mais qui était le gars ?

Joel haussa les épaules.

— Ce n'est pas flagrant ? C'est son frère. Il s'appelle Ryan. Pourquoi ?

Jesse se rendit compte qu'il n'avait pas de bonne raison d'être fasciné par Ryan, donc il sourit légèrement et dit :

— Il est vraiment beau.

Joel fronça les sourcils.

— Ouais, j'ai cette putain de chance d'être entouré par des hommes séduisants cette semaine.

Cela semblait le mettre en colère, et Jesse comprit que Joel se sentait probablement insulté de ne pas avoir attiré son attention. Mais Jesse ne pouvait pas faire grand-chose pour le rassurer sans lui donner de faux espoirs et rendre les choses encore plus compliquées pour eux deux.

Joel recommença à marcher et Jesse le suivit, mais ses pensées fusaient.

— Ryan ne vous a pas accompagné au sommet, hier ?

— Non. Il ne traîne pas avec nous.

En effet, Ryan n'était pas descendu du Cog avec les autres. Mais cela soulevait encore plus de questions. Parce qu'il était *présent* au sommet de la montagne. Juste quelques minutes avant que le train n'entre en gare, il s'était comporté de manière impolie avec Jesse sur le pont d'observation.

PLUS TARD dans la soirée, Jesse attendait avec une appréhension grandissante l'appel de Kyle. Le détective serait forcément énervé que Jesse ait dîné avec deux des suspects. Cela ne correspondait probablement pas à la définition que Kyle se faisait de 'rester en dehors des problèmes'. Jesse pouvait supporter de se faire sermonner ou un peu crier dessus, mais est-ce que cela allait faire changer Kyle d'avis concernant ce qu'ils avaient prévu de faire ce soir ?

Le temps passa très lentement, et Jesse n'arrivait pas à se concentrer sur sa lecture ou sur le programme de télévision. Donc il resta assis sur son lit à se tracasser.

Aux alentours de vingt-et-une heures, le téléphone sonna et il bondit pour répondre.

— Jesse, c'est Kyle, dit-il sur un ton sec.

Merde. Il va annuler.

'Salut' fut tout ce que Jesse put répondre.

— Je dois retranscrire mes notes. Ça peut prendre du temps.

Jesse n'arrivait pas à parler. Il attendait les mots 'donc je ne vais pas pouvoir venir', mais Kyle ne les prononça pas. Finalement, le silence dura tellement longtemps que Kyle demanda :

— Tu es toujours là ?

— Oui ! Oui, je suis là.

— Tu as entendu ce que je viens de dire ? Ça va sûrement me prendre deux à trois heures.

— OK.

— Est-ce que ça te dit toujours de sortir, même si c'est vers minuit ?

— Oui ! S'il te plaît.

Kyle rit doucement.

— C'est ce que j'espérais entendre.

XII

RETRANSCRIRE LES déclarations et les rapports n'avait jamais été une partie de plaisir. Kyle avait toujours considéré cela comme la partie la plus ennuyeuse de son travail, tout comme la plupart des policiers. Mais savoir qu'il y avait un magnifique jeune homme qui l'attendait de l'autre côté de la rue pour prendre un verre avec lui, et qu'il était sans doute en train de s'ennuyer et de s'endormir… eh bien, c'était la pire des horreurs.

Il lui fallut faire preuve d'une grande volonté pour ne pas bâcler les rapports et être sûr qu'ils étaient bien rédigés. Il n'arrêtait pas de jeter des coups d'œil à l'horloge de son ordinateur, et il aurait juré que chaque minute qui passait lui causait une douleur physique. Mais il s'était débarrassé des rapports le matin en les refilant à Wesley, il ne pouvait pas lui refaire le coup ce soir-là. Cela dit, ça ne l'aidait pas que Wesley insiste pour regarder une série criminelle débile à la télévision pendant que Kyle travaillait. Les grands bruits, les cris et la musique étaient extrêmement gênants.

Il était 23 h 56 lorsqu'il rangea ses affaires. Il sortit de la chambre pendant une minute, se tenant debout dans l'air glacé de la nuit alors qu'il appelait la chambre de Jesse avec son téléphone portable. Il fut soulagé lorsque Jesse répondit à la première sonnerie.

— Salut. Tu es toujours debout ?

— Oui ! Est-ce que tu vas passer me voir ?

— Je viens de terminer. Je serai là dans quelques minutes.

Malheureusement, il devait encore s'occuper de Wesley. Son coéquipier était toujours assis sur son lit en sous-vêtements, à regarder la télévision, et il serait difficilement possible pour Kyle de s'esquiver sans qu'il le remarque.

D'ailleurs, Wesley le regarda d'un air suspicieux lorsqu'il entra dans la chambre.

— Qu'est-ce que c'était que ça ?

Kyle rangea son téléphone portable dans sa poche pour se donner un moment de réflexion. Puis il répondit :

— Je vais sortir un moment.

— Sortir ? demanda Wesley, surpris. Où est-ce que tu comptes sortir à cette heure de la nuit ? On est au milieu de nulle part.

— Je connais quelqu'un qui vit dans le coin. On va juste se voir au bar chez Fabyan's.

— Génial ! dit Wesley, remuant ses jambes comme s'il s'apprêtait à se lever. Je viens avec toi.

Kyle avait craint cette réaction. Il leva une main.

— Désolé, coéquipier. Pas cette fois-ci. Je te paierai un coup quand on retournera à Concord. Mais ce soir, c'est… privé.

Wesley posa ses pieds sur le sol avec un bruit sourd et se pencha en avant pour positionner ses coudes sur ses genoux.

— Est-ce que tu es en train de me dire que tu as un putain de *rendez-vous* ?

— Pas vraiment un rendez-vous. On va juste boire un verre ou deux. Le bar va fermer d'ici, je ne sais pas, une heure.

— Quel est son nom ?

— Ce ne sont pas tes affaires.

Wesley se mit à rire et secoua la tête.

— Bon sang.

Il se glissa à nouveau dans son lit et se tourna vers la télévision.

— Très bien. Mais j'arriverais à te faire cracher le morceau un jour ou l'autre.

C'est bien ce que Kyle redoutait.

KYLE GARA son break près de l'entrée du Mount Washington Hotel, mais dans un endroit sombre. Presque immédiatement, Jesse arriva en courant, ce qui sous-entendait qu'il était en train d'attendre que Kyle arrive.

— Salut ! dit-il d'une voix haletante, en sautant dans la voiture et en claquant la porte. Purée, il fait super froid !

Kyle sourit, surpris d'être si heureux que leur 'rendez-vous' soit encore d'actualité malgré l'heure tardive. Il démarra le break et se dirigea vers la route longue et sinueuse qui menait à l'hôtel.

— J'ai bien peur que nous n'ayons pas beaucoup de temps avant que le bar ferme.

— Ce n'est pas grave, répondit Jesse. J'avais juste très envie de te voir.

Kyle détourna le regard, gêné, mais satisfait. Il ne parla pas pendant qu'il conduisait avec attention le long de la route qui menait à la Route 302.

Lorsqu'il tourna pour entrer sur cette dernière, il montra du doigt l'hôtel situé de l'autre côté de la route.

— C'est l'hôtel où je dors avec mon coéquipier, pour ton information. Chambre 104.

— Est-ce que ton coéquipier sait que tu es de sortie avec moi ?

Kyle fit non de la tête.

— Il sait que je vais chez Fabyan's. Je lui ai juste dit que j'y allais avec une connaissance.

Mon Dieu, je suis lamentable, pensa-t-il. Jesse avait sept ans de moins que lui et pourtant il avait mis de l'ordre dans sa vie. Il ne cachait pas son orientation sexuelle. D'accord, il n'avait pas à s'inquiéter de gâcher sa carrière, pour le moment. Mais Kyle ne perdrait probablement pas son travail s'il avouait à Wesley qu'il était bisexuel.

Je ne suis qu'un pauvre lâche.

Si Jesse éprouvait moins de respect pour lui du fait qu'il n'était pas ouvertement bisexuel, il n'en dit rien. Il hocha brièvement la tête et regarda le chemin de fer qui était construit parallèlement à la route et la forêt d'épicéas qui se trouvait derrière les rails.

Ils arrivèrent sur le parking de chez Fabyan's vers minuit et demi, ce qui ne leur laissait pas beaucoup de temps. Kyle entra en premier et ils trouvèrent des sièges à l'extrémité du bar. Kyle se commanda une bière et Jesse le surprit en commandant un soda au gingembre.

— Tu ne veux pas prendre un verre ? demanda Kyle. Je veux dire, de l'alcool ?

Jesse haussa les épaules.

— Pas tout de suite. Je voulais juste sortir avec toi.

— Tu ne… ce n'est pas que tu ne bois pas au moins ? demanda Kyle, craignant de l'avoir blessé.

Mais Jesse se mit à rire.

— Bien sûr que je bois. Quand je suis d'humeur à boire. Mais il est assez tard.

Kyle poussa un grognement et hocha la tête. Il avait envie de s'excuser une nouvelle fois, mais avant qu'il ne puisse dire quoi que ce soit, le barman revint avec sa bière et le soda au gingembre de Jesse. La bière était en bouteille, comme Kyle ne buvait que de la Corona. Le barman décapsula sa bouteille et lui demanda :

— Vous voulez un verre ?

— Non, merci.

Le barman s'en alla et Kyle tendit la main pour prendre sa bière, mais Jesse la saisit avant lui.

— En plus, dit-il, si j'avais ma propre bière, je ne pourrais pas faire ça.

Il but une grande gorgée, puis posa la bouteille sur les lèvres de Kyle, qui sursauta. Puis il se détendit et autorisa le contact. Le verre de la bague avait été réchauffé par la chaleur des lèvres de Jesse, et plutôt que d'incliner la bouteille pour lui en donner une petite gorgée, il la fit glisser doucement le long de la lèvre inférieure de Kyle jusqu'à ce que l'on ne puisse plus se méprendre sur la nature sexuelle du geste. Kyle sentit son membre se raidir.

Il arracha rapidement la bouteille des mains de Jesse et prit une gorgée pour masquer son inconfort, puis il posa la bouteille et lança un sourire en coin au jeune homme.

— Tu es malfaisant.

— Si tu m'en laisses l'opportunité.

Kyle leva les yeux et vit le barman qui les regardait bizarrement. Puis ce dernier se détourna comme si de rien n'était pour parler avec un autre client. Cela mettait Kyle mal à l'aise de savoir que cet homme l'avait démasqué si rapidement, mais il choisit de l'ignorer. Il agissait déjà en douce, cachant des choses à son coéquipier. Il se fichait de ce qu'un homme qu'il ne reverrait probablement jamais pensait de lui.

— Tu veux manger un truc ?

Jesse ouvrit la bouche pour dire quelque chose, et à en croire son regard, cela allait clairement être indécent. Mais il dut y réfléchir à deux fois parce qu'il finit par sourire et prendre une petite gorgée de son soda au gingembre.

— Non, c'est bon, dit-il en reposant son verre.

— Je peux te poser une question ?

— Bien sûr.

— Pourquoi moi ? demanda Kyle. Pourquoi est-ce que tu dragues une personne de mon âge ? Tu es sublime. Je doute que tu aies des problèmes pour trouver des hommes de ton âge.

Jesse fronça les sourcils.

— Oh, arrête, marmonna-t-il. On n'a que sept ans de différence. Ça ne me semble pas si énorme que ça. Je suis content que tu me trouves séduisant.

— Le mot exact était 'sublime'.

95

— Je ne suis pas sublime. Mais merci. Pour ce que ça vaut, je me trouve pas mal. Mais mon physique n'est pas un problème quand je sors avec quelqu'un.

— Ah non ? demanda Kyle, levant un sourcil en le regardant. Quel *est* ton problème, alors ?

— Ils pensent tous que je suis timbré de m'intéresser aux affaires de meurtres.

Kyle rigola et prit une gorgée de Corona.

— Alors, pourquoi est-ce que tu t'intéresses aux histoires de meurtres ?

— Ce n'est pas parce que je suis excité par la violence ou les corps morts ou quoi que ce soit de ce genre, répondit Jesse, sur la défensive. C'est le puzzle qui me captive, c'est de comprendre comment ils ont fait et pourquoi.

— Et, qui, ajouta Kyle.

— Oui. Tu me comprends, n'est-ce pas ?

Le regard dans les yeux de Jesse faisait presque pitié, il ne demandait qu'à être compris.

Kyle comprenait.

— C'est la raison pour laquelle j'ai rejoint les forces de police, dit-il. D'une part ça, et d'autre part parce que je déteste l'idée que quelqu'un comme Stuart soit enterré quelque part pendant que son meurtrier sort faire la fête, baise... se détende dans un putain d'hôtel de tourisme...

Jesse sourit et leva son soda au gingembre. Kyle trinqua avec sa bière contre le verre, et ils burent tous les deux.

Très rapidement, le barman demanda à tout le monde de quitter les lieux, donc ils se réfugièrent dans le break. Kyle n'était pas décidé à ramener Jesse à l'hôtel si vite, alors il roula le long de la Bay Station Road en direction du Cog Railway, puis il se rangea sur le bord de la route. C'était un grand espace verdoyant où il n'y avait aucun lampadaire.

— C'est le moment où tu me tues et te débarrasses de mon corps ? demanda Jesse avec un rire nerveux.

Kyle poussa un grognement.

— Enlève-toi ça du crâne pendant quelques minutes, d'accord ? Je me suis arrêté pour qu'on puisse être seuls.

— On pourrait aller dans ma chambre.

— C'est trop dangereux. Si quelqu'un nous voit ensemble, ils pourraient décider de s'en prendre à toi.

Il regarda l'obscurité qui les entourait puis il jeta un œil par-dessus son épaule.

— Tu veux qu'on s'installe sur la banquette arrière ?

— Est-ce qu'on va coucher ensemble ?

Le visage de Jesse était faiblement éclairé par les lumières du tableau de bord et il regardait la banquette arrière d'un air dubitatif.

Kyle se mit à rire.

— Non. Si je voulais aller aussi loin, je t'emmènerais dans un endroit confortable et, j'espère, romantique.

Il sortit du véhicule, ferma la portière, puis il ouvrit la portière arrière et grimpa.

— Mais on peut se faire des câlins, non ?

Jesse ne s'embêta pas à sortir de la voiture. Il glissa son corps mince au-dessus du porte-CD et entre les deux sièges avant, se glissant naturellement et avec aisance dans les bras ouverts de Kyle. Le moteur continuait à tourner et le chauffage réchauffait encore l'intérieur du véhicule, mais Kyle sentit la chaleur du corps de Jesse contre le sien et douta qu'ils aient besoin de chauffage encore longtemps.

— C'est beaucoup mieux, murmura-t-il, se penchant en avant pour trouver la bouche de Jesse de la sienne.

Jesse lui rendit son baiser sans hésitation. La sensation était aussi intense pour Kyle qu'elle l'avait été cet après-midi sur le lit. Il entendit un grondement sourd de désir et se rendit compte qu'il émanait du fond de sa propre gorge alors qu'il attirait Jesse plus près de lui. Rapidement, il se trouva adossé contre la portière, un pied posé sur le sol et l'autre sur le siège, son entrejambe accueillant le corps de Jesse. Celui-ci était allongé le long de son corps pendant qu'ils s'embrassaient, frottant leurs érections l'une contre l'autre à travers de frustrantes couches de jeans et de sous-vêtements.

Kyle explora profondément la bouche de Jesse avec sa langue, lui donnant son souffle et acceptant le sien en retour. Il voulait que cela dure éternellement, mais soudain Jesse se raidit. Kyle n'en comprit pas la raison jusqu'à ce que le corps entier de Jesse se contracte deux fois de suite. Puis il rigola.

— Putain. Tu viens de jouir, n'est-ce pas ?

Jesse cacha son visage entre le col de la veste et celui de la chemise de Kyle.

— Désolé, dit-il, paraissant gêné, mais amusé. Je ne suis pas comme ça d'habitude. C'est parce qu'avec tous ces baisers et ces frottements et… Mon Dieu, ce que tu es sexy !

— Merci de regonfler mon ego, dit Kyle en caressant son dos avec affection.

Il avait désespérément envie de jouir lui aussi. Cela avait été excitant lorsqu'ils s'embrassaient, puis se retrouver avec Jesse qui *éjaculait* là, dans ses bras… ! Mais sortir son membre maintenant rendrait le moment sordide alors que s'ils restaient ainsi, c'était plutôt mignon. Donc Kyle se contenta d'enfouir son nez dans les cheveux de Jesse et de dire :

— Tu es tellement excitant.

Jesse rit.

— Là, tout de suite, je me sens juste mouillé.

Il marqua une pause et leva son visage pour regarder Kyle dans les yeux.

— Est-ce que tu veux que je… ?

— Non, répondit Kyle, se penchant vers l'avant pour l'embrasser sur le nez. Je veux juste me complaire dans l'idée que je suis un bel étalon qui peut faire jouir les hommes en ne faisant que les embrasser.

— Ce n'est pas qu'une idée.

Kyle sourit et inclina la tête pour embrasser Jesse sur la bouche.

PEU DE temps après, Kyle raccompagna Jesse au Mount Washington Hotel. Toujours réticent à l'idée de conclure leur soirée, il n'avança pas trop vite sur la longue route qui menait à l'hôtel, et coupa le moteur du break non loin du portique. Malheureusement, la vue de l'hôtel raviva ses inquiétudes quant au fait que Jesse réside sous le même toit que les Lassiter, Todd et Joel.

— C'est dangereux pour toi de rester ici, dit-il, regrettant de ne pas pouvoir penser à quelque chose de romantique pour terminer leur soirée plutôt qu'à ça.

— Il ne va rien m'arriver.

— Si la personne qui a tué Stuart apprend que toi et moi sommes… amis…

Il n'arrivait pas à trouver le terme exact. Ils n'étaient pas des amoureux – pas encore. Pas même des amants.

— … et qu'elle se rend compte qu'elle t'a dit quelque chose de compromettant… Elle pourrait essayer de te tuer, Jesse. Quelqu'un qui a déjà commis un meurtre ne va pas hésiter à en commettre un autre pour couvrir le premier. Ils partent du principe qu'ils vont passer leur vie en prison ou bien être condamnés à mort pour le premier meurtre, donc qu'ils en commettent un ou deux ne fait pas de grande différence. Ils n'ont rien à perdre. Tu le comprends, ça ?

— Oui, bien sûr, répondit Jesse.

Kyle fronça les sourcils.

— Vraiment ? Alors pourquoi continues-tu à tenter le diable en mettant ton nez dans les affaires de ces gars ?

— J'ai appris des choses, dit Jesse, comme si cela expliquait tout.

Puis il lui rapporta les propos de Todd concernant le plan à trois entre lui, Corrie et Stuart. Kyle devait admettre que c'était des informations utiles. Jesse rapporta aussi ses observations concernant la relation ambivalente entre Joel et Todd et ses soupçons concernant le fait que Joel ait pu avoir des sentiments pour Stuart au point que cela mette Todd mal à l'aise.

— Mal à l'aise à quel point ? demanda Kyle, ses yeux plissés de manière suspicieuse.

— Il avait l'air d'accepter l'homosexualité de Joel, remarqua Jesse, et ils ne semblent pas avoir de problème à se promener nus dans la même pièce. Mais Joel avait l'impression que Todd érigeait des barrages entre lui et Stuart.

Kyle hocha la tête.

— La première nuit où je leur ai parlé, j'ai cru comprendre que Todd n'autorisait pas Stuart à partager un lit avec Joel. Donc, il était trop protecteur avec son petit frère, il n'aimait pas le voir coucher avec des femmes *ou* des hommes. C'est un peu étrange, mais ça ne constitue pas un mobile de meurtre.

— Pas pour tuer Stuart, en tout cas, approuva Jesse. Mais il y a autre chose… le grand frère de Corrie, Ryan Lassiter.

— Qu'est-ce qu'il a ?

— Il était en haut de la montagne le jour où Stuart a été tué.

Kyle le regarda d'un air perplexe.

— Sa famille nous a dit qu'il était à Concord pour affaires.

— Pour affaire de *meurtre*s, peut-être.

Kyle inclina la tête et leva un sourcil, amusé, mais ne dit rien jusqu'à ce que Jesse continue :

— Désolé. Je lis trop de polars.

— J'avais deviné.

— Mais j'ai *vu* Ryan au sommet, juste avant que le train transportant Stuart et les autres n'arrive. Il était debout sur le pont d'observation. Je lui ai parlé.

Cela attira l'attention de Kyle.

— De quoi avez-vous parlé ?

— Rien. J'ai essayé de le draguer un peu, mais il m'a repoussé.

Kyle soupira et un sourire en coin se dessina sur son visage.

— Je vais juste devoir me faire à l'idée que tu dragues tout ce qui bouge ?

— Eh bien… peut-être, oui, reconnut Jesse. Mais draguer, ce n'est pas coucher. Je connais la différence. Je ne te serai pas infidèle.

— Je ne suis pas inquiet pour ça.

Kyle se pencha en avant et l'embrassa tendrement.

XIII

WESLEY DORMAIT à poings fermés lorsque Kyle rentra dans leur chambre d'hôtel. Dieu merci. Kyle n'alluma pas. Il ferma la porte à clé et se déshabilla dans le noir, puis il se glissa dans son lit. Ses doux souvenirs d'un Jesse comblé dans ses bras le bercèrent malgré le sentiment persistant et plaisant d'excitation qui le consumait de l'intérieur.

Il faisait jour lorsqu'il se réveilla et l'eau de la douche coulait. Sa verge était en pleine érection et il attrapa rapidement l'une de ses chaussettes pour l'enrouler autour. Il se branla à toute vitesse, jouissant dans la chaussette juste au moment où la douche s'arrêtait. Kyle remit vite son boxer en place et se précipita hors de son lit pour aller vers sa valise. Il réussit à l'ouvrir et à fourrer sa chaussette humide dans l'un des compartiments juste au moment où Wesley sortit de la salle de bain, avec seulement une serviette autour de la taille.

— Salut, dit son coéquipier en se dirigeant vers sa propre valise pour y récupérer une brosse à cheveux. Tu veux appeler le service de chambre ou sortir pour le petit déjeuner ?

— Le service de chambre, dit Kyle. J'ai quelque chose à faire sur l'ordinateur avant que nous ne retournions à l'hôtel.

Wesley passa commande pendant que Kyle se douchait et se brossait les dents. Puis ils traînèrent tous les deux en sous-vêtements pendant qu'ils mangeaient. Comme il le craignait, Wesley était toujours curieux de savoir ce qui s'était passé la nuit dernière.

— Alors, comment s'est passé ce torride rendez-vous ?

Kyle choisit de détourner son attention.

— Tu ne nous as pas remarqués baisant sur ton lit ?

— Je dois être un grand dormeur.

— Sûrement.

Comme Kyle n'ajouta rien, Wesley fronça les sourcils et continua :

— Allez ! Qu'est-ce qui s'est passé ? Tu sais que si c'était moi, je te raconterais tout.

Kyle haussa les épaules.

— Ce n'était pas ce genre de rendez-vous. Juste deux amis qui prennent un verre ensemble.

Ce n'était pas *totalement* faux, si ?

Wesley laissa tomber l'affaire, mais il était clairement énervé de ne rien savoir. Pendant un instant, Kyle considéra la possibilité de tout déballer. *Je suis bi et je sors avec un gars en ce moment.* Mais l'idée de le faire réveilla ses craintes. Qu'arriverait-il si Wesley réagissait mal ? Ils devaient travailler ensemble presque tous les jours. Est-ce que cela valait le coup de potentiellement gâcher un bon binôme, alors qu'il n'était même pas certain que sa relation avec Jesse dure ?

Kyle s'efforça de ne plus penser à tout cela pour pouvoir se concentrer sur la prochaine étape de l'enquête. Il alluma l'ordinateur que lui et Wesley partageaient pour l'enquête, se connecta au WiFi de l'hôtel, et effectua une petite recherche sur Internet. Il trouva ce qu'il cherchait sur l'un des fansites non officiels du Mont Washington et téléchargea l'une des images. Quelques minutes sur Photoshop, et il avait exactement ce dont il avait besoin.

— Est-ce que tu as amené ton iPad ?

Wesley détacha son regard des informations télévisées pour le fusiller du regard.

— Qu'est-ce que tu veux encore faire avec mon iPad ?

— Je veux m'essuyer les fesses avec.

— Va te faire foutre.

Kyle soupira.

— Arrête de faire ton trou du cul. J'ai besoin de transférer une photo dessus avant qu'on ne parle à l'un des suspects.

Quelques minutes plus tard, quand Wesley se fut calmé, tout était prêt. Wesley voulut se rendre aux toilettes avant de partir, ce qui donna une minute à Kyle pour appeler Jesse sur son portable.

— Est-ce que Ryan Lassiter sait que tu résides à l'hôtel ? demanda-t-il lorsque Jesse décrocha.

— Je ne pense pas. Je l'ai vu de loin hier et c'était la première fois que je posais les yeux sur lui depuis notre rencontre à l'observatoire.

— Et il ne t'a pas vu ?

— Pas que je sache.

Kyle se mordilla la lèvre inférieure.

— Je vais lui dire qu'on a un témoin qui l'a vu au sommet de la montagne. Il se peut qu'il se souvienne de t'avoir parlé et s'il apprend que tu es à l'hôtel…

— Je vais faire en sorte de l'éviter, répondit Jesse, ne semblant pas plus inquiet que ça.

Mon Dieu, il rendait Kyle *fou* !

— Si je pense que je coure un danger, je t'appellerai.

Cas désespéré !

— Tu as intérêt, oui, marmonna-t-il.

KYLE ÉPROUVA une satisfaction perverse lorsque ce fut Ryan lui-même qui ouvrit la porte de la suite. Il regarda les deux détectives qui se tenaient debout sur le pas de la porte avec de grands yeux, et Kyle sentit que la panique qu'il observait dans ses yeux n'était pas complètement due à son imagination.

— Ryan, dit Kyle, en souriant, vous devriez appeler votre avocat. J'ai quelques questions à vous poser.

Le jeune homme sembla effrayé lorsqu'il se recula pour permettre aux détectives d'entrer. Sans grande surprise, M. Lassiter avait entendu ce qu'il avait dit et se dirigeait déjà vers eux.

— Que signifie tout cela ? demanda-t-il.

— Nous avons un témoin qui place Ryan au sommet de la montagne juste avant que Stuart ne soit tué.

— Il... ou elle... ment. Comme nous vous l'avons déjà dit, Ryan était à Concord pour rencontrer Tom Corby afin de discuter de la promotion de ce dernier au poste de directeur général des ventes. Tom peut en attester sur l'honneur.

— Je n'en doute pas, dit Kyle, imperturbable, mais avant qu'il ne le fasse dans un tribunal de justice, il pourrait vouloir jeter un œil à ceci.

Il leur tendit l'iPad de Wesley, avec la photo affichée dessus, et il eut le plaisir de voir Lassiter pâlir.

— Le pont d'observation possède une webcam qui prend une photo toutes les dix minutes, continua Kyle.

La photo originale montrait Jesse et Ryan Lassiter, mais Kyle avait coupé la photo afin qu'il ne reste que Ryan. C'était une image assez claire de Ryan qui s'éloignait du bord du pont et s'avançait vers la caméra. Ce ne serait pas admissible en tant que preuve, l'image étant modifiée, mais la photo originale le serait peut-être. Ou peut-être pas – les photos, particulièrement les photos numériques, étaient en général considérées avec scepticisme par la cour –, mais le témoignage oculaire de Jesse pourrait suffire à corroborer ce que montrait l'image. D'ici là, Kyle pouvait utiliser la photo pour faire peur à Lassiter.

— Plus personne ne dit un mot tant que Charlie n'est pas arrivé, dit Lassiter à sa famille en se dirigeant vers le téléphone de l'hôtel et en composant de numéro de chambre de McDonnell.

Les filles n'étaient pas dans la pièce, et peut-être même pas dans la suite, mais Mme Lassiter était assise près de la cheminée au gaz avec une liseuse sur les genoux, en train de regarder le drame se passer.

Malgré la mise en garde de son père, Ryan était déjà en train de paniquer.

— Je remettais simplement quelque chose…

— Ryan ! s'écria son père. Puis il dit au téléphone, Charlie ! Nous avons besoin que tu montes immédiatement. Ce… policier…

Kyle sentit qu'il avait eu envie de dire quelque chose de plus insultant.

— … porte des accusations sur Ryan.

— Ah oui, dit Kyle avec un sourire froid, il y a aussi cette histoire d'enveloppe. Vous savez ce qui se trouvait dans cette enveloppe, n'est-ce pas, Ryan ?

— Ne dis rien ! cria son père de l'autre côté de la pièce.

Le visage de Ryan était pâle et il avait les yeux grands ouverts, s'imaginant sans doute allant en prison avec une inculpation pour meurtre. Mais il ouvrit la bouche et la ferma immédiatement sans dire quoi que ce soit.

L'avocat n'allait plus tarder à arriver et tout le monde se tairait à ce moment-là, mais Kyle tenta une dernière chose avant que cela n'arrive.

— Je me demande juste à quoi était destiné cet argent. De la drogue peut-être…

— Non ! s'exclama Ryan.

— Tais-toi Ryan ! gronda Lassiter avant de raccrocher brusquement le téléphone et de traverser la pièce.

— On voulait juste qu'il s'en aille !

— Ryan !

— Oh, Marty ! s'exclama Mme Lassiter. Tu n'as pas fait ça !

Lassiter regarda sa femme, exaspéré.

— On peut en parler plus tard, Meghan.

McDonnell arriva avant que les choses ne deviennent encore plus incontrôlables, et il reprit rapidement les reines de la situation, demandant du temps pour discuter de la situation avec ses clients avant que Kyle ne puisse continuer à les interroger. Mais Kyle était heureux de leur dire au revoir pour le moment. Il savait qu'il n'obtiendrait rien de plus de leur part en présence de McDonnell, mais il avait obtenu ce qu'il était venu chercher.

— QU'EST-CE QUE c'était que ce bordel ? demanda Wesley à voix basse. Ils approchaient de la rotonde qui reliait les couloirs entre eux, et un monsieur plus âgé portant un uniforme était assis sur une chaise, attendant des clients pour faire fonctionner l'ascenseur. Kyle lui fit signe de se taire et l'obligea à attendre qu'ils soient au rez-de-chaussée et à l'extérieur de l'hôtel.

Il amena Wesley dans un coin pendant qu'ils attendaient que le valet leur amène le break.

— Lassiter s'est servi de son fils comme livreur. Ryan n'est jamais allé à Concord. Il est monté au sommet de la montagne avec le Cog, probablement avec l'un des trains qui sont partis dans la matinée. Puis il a attendu que Stuart monte avec Corrie et Todd pour pouvoir lui verser un pot-de-vin.

Les pièces du puzzle se mirent en place dans le cerveau de Wesley.

— L'enveloppe contenant les vingt mille dollars.

— M. Lassiter voulait que Stuart renonce au projet de mariage et disparaisse de la vie de Corrie pour toujours.

Wesley secoua la tête.

— Pourquoi n'a-t-il pas simplement donné l'enveloppe à Stuart lorsqu'ils étaient à l'hôtel ?

— Je ne sais pas encore. Peut-être parce que Stuart était toujours en compagnie de Corrie, de Todd ou de Joel. Même s'il avait essayé de sortir en douce hors de sa chambre d'hôtel au beau milieu de la nuit, il dormait dans le même lit que son frère et il était probable qu'il le réveille. Donc lui et Ryan se sont entendus pour se rencontrer quelques minutes au sommet de la montagne.

Wesley n'avait pas l'air convaincu et Kyle devait reconnaître que cela n'avait pas beaucoup de sens. C'était difficile d'imaginer qu'ils n'aient pas pu se rencontrer par hasard dans un couloir ou dans n'importe quel autre endroit banal pour se passer l'enveloppe. À moins que… peut-être que l'idée du rendez-vous au sommet de la montagne venait de Stuart ? Avait-il proposé cette idée, et Ryan avait-il accepté ce désagrément pour que Stuart soit dans de meilleures dispositions ? Cela signifierait que Stuart savait qu'il allait être payé. Et qu'il envisageait de prendre l'argent.

Si c'est ça le grand amour.

Avait-il déjà décidé que Corrie n'était pas faite pour lui après avoir accepté le plan à trois avec Todd ? Alors quand Lassiter – à travers Ryan – lui avait proposé une grosse somme d'argent, il s'était juste dit 'et puis merde ! ' Et avait accepté son offre ?

Même si tout cela était en grande partie exact, Kyle ne trouvait pas de raison pour laquelle Ryan aurait voulu tuer Stuart après lui avoir donné l'argent. Et s'il l'*avait* tué, n'aurait-il pas récupéré l'enveloppe ? Todd et Joel n'étaient pas d'accord avec ce mariage de toute manière, donc il semblait peu probable qu'ils aient été fâchés contre Stuart pour avoir pris l'argent. Et encore une fois, si l'un d'eux avait tué Stuart, n'aurait-il pas pris l'enveloppe ? Ils auraient bien sûr pu ne pas savoir où elle se trouvait, étant donné qu'elle était bien cachée au niveau de son entrejambe. Mais si Stuart avait envisagé de retourner à Rochester avec eux, ils auraient eu d'autres opportunités bien moins risquées pour la lui prendre.

Il n'y avait qu'une personne qui aurait pu être furieuse que Stuart prenne cet argent et soit assez énervée, et ce de manière concevable, pour le tuer sur-le-champ sans pour autant se soucier du contenu de l'enveloppe même.

Corrie Lassiter.

XIV

JESSE N'ÉTAIT pas trop embarrassé d'avoir joui pendant que Kyle et lui s'embrassaient et se caressaient la nuit précédente. Cela avait été plutôt sympathique d'avoir un orgasme alors qu'il était enfoui dans les bras du détective. Mais il voulait absolument une revanche : Kyle n'avait pas joui, et aucun d'entre eux n'avait enlevé ses vêtements. Rien qu'en imaginant ce à quoi pouvait ressembler Kyle sous son uniforme, Jesse était à nouveau horriblement dur, donc il s'allongea sur son lit superbement doux du Mount Washington et se masturba doucement, se remémorant la sensation de la barbe d'un jour de son amant contre sa joue, la douceur de ses lèvres tièdes... Son orgasme fut intense et il en mit partout. Il resta là, allongé et mouillé, pendant un long moment avec les yeux fermés, se disant que sa vie ne pourrait sûrement pas être meilleure qu'à ce moment.

Un cognement à sa porte l'envoya se ruer sur un paquet de mouchoirs pour se nettoyer lui et ses vêtements.

— Juste un instant ! Attendez, dit-il, se prenant les jambes dans son pantalon en essayant de l'enfiler. Il avait égaré ses sous-vêtements sans trop savoir comment, alors pour le moment, il devrait faire sans.

Personne ne lui répondit, mais lorsqu'il ouvrit la porte, son tee-shirt à la main et son torse nu, il trouva Joel sur le seuil. Celui-ci fixa sa poitrine pendant un moment sans s'en cacher, mais Jesse ne pouvait pas lui en vouloir. Il aurait fait la même chose dans de telles circonstances. Il enfila tout de même son tee-shirt avant de lui dire :

— Salut. Comment ça va ?

Joel n'avait pas l'air bien. Il semblait méfiant, et il avait l'air de ne pas s'être lavé depuis le jour précédent. En tout cas, il ne ressemblait pas à un homme qui voulait tenter sa chance.

— Salut. Euh... Todd et moi... Écoute, j'ai besoin de parler à quelqu'un. Tu semblais...

Il était maladroit, pensant probablement que ce n'était pas une si bonne idée, mais Jesse prit pitié de lui. Bien qu'il sache que Kyle serait énervé contre lui, il dit :

— Entre.

Joel s'avachit sur la chaise, ne faisant pas attention au sous-vêtement sale de Jesse – *C'est ici qu'il avait atterri !* – qui se trouvait sur le dossier.

— Todd me rend dingue, dit-il en se frottant les yeux.

— Je comprends tout à fait comment ça peut arriver.

Joel ricana.

— Ouais. Mais c'est encore autre chose.

Il prit une profonde inspiration et posa sa tête sur le dossier, fermant ses yeux.

— Il se masturbe devant moi.

— Donc il ne blaguait pas lorsqu'il parlait de regarder un film porno plus tard, dit Jesse avec un petit sourire en s'asseyant en tailleur sur le lit.

— Non. Il l'a regardé, et il m'a laissé le regarder se faire plaisir.

— C'est un porc.

— Oui, approuva Joel, mais la vérité c'est que je ne suis pas un ange. En temps normal, si un homme aussi beau se masturbait en face de moi… je serais *ravi* de regarder ! Mais…

Il se pencha en avant et regarda Jesse dans les yeux.

— Je peux te dire quelque chose ? Quelque chose de vraiment intime ? Je sais qu'on vient à peine de se rencontrer.

Jesse se sentit soudainement un peu mal à l'aise. Mettre son nez dans les événements qui entouraient le meurtre était une chose, mais il découvrait que cela allait de pair avec le fait d'apprendre les secrets intimes des gens, et cela le faisait se sentir… poisseux. Pourtant, il répondit :

— Bien entendu.

— Tu ne peux pas le répéter à Todd. Ce serait une catastrophe si tu lui disais.

Jesse leva ses sourcils.

— Tu as un faible pour lui, ou quelque chose du genre ?

— Non.

Joel s'installa droit sur sa chaise et posa une nouvelle fois sa tête contre le sous-vêtement de Jesse.

— Stuart était mon petit ami. Je ne veux pas dire que j'avais un faible pour lui. Ce que je veux dire c'est que je l'aimais, et qu'il m'aimait en retour. Eh oui, on couchait ensemble. Pas simplement une fois parce qu'il s'était dit, 'Hé, Joel, j'aimerais bien voir ce que ça fait ! ' On couchait ensemble depuis pratiquement un an.

108

Jesse le fixa, ne sachant absolument pas quoi dire. Au bout d'un moment, juste pour briser le silence, il se leva et se pencha au-dessus de Joel pour retirer son sous-vêtement d'entre la tête de Joel et la chaise.

— Désolé. C'est juste que ça me démangeait depuis tout à l'heure. Je n'avais pas réalisé qu'il était sur la chaise jusqu'à ce que tu t'asseyes.

Joel jeta un œil au slip qu'il avait dans la main et se mit à rire.

— Je n'avais même pas remarqué. Il n'y a pas de problème.

— Je suis désolé pour Stuart, dit Jesse, jetant son slip sur son sac. Enfin, j'étais déjà désolé avant, mais maintenant…

— Ouais.

Jesse se rassit sur son lit, ne sachant pas comment continuer la conversation.

— Je sais ce que tu penses, dit Joel.

— Ah oui ? Parce que moi je n'en ai aucune idée.

Joel sourit, mais c'était un sourire triste.

— Tu dois penser que je suis une véritable ordure de t'avoir dragué seulement un jour après que mon petit ami ait été tué.

— Honnêtement, je n'y avais même pas pensé, dit Jesse. Mais maintenant que tu le dis, c'est quelque chose d'assez inhabituel, étant donné les circonstances.

— Je le suppose, oui.

Joel laissa sa tête tomber contre le dossier une fois encore – sans le slip/oreiller.

— Je voulais juste tout oublier pendant quelques heures, être baisé jusqu'à en oublier mon nom. Ça n'avait rien à voir avec l'amour que je lui portais. Je ne sais pas ce que je vais faire sans lui.

C'était un peu bizarre, mais Jesse n'était pas là pour imposer sa vision de la fidélité. Il soupira et se pencha en avant, les yeux rivés sur ceux de Joel.

— Tu es mignon, Joel. Et si j'étais célibataire, je te dirais certainement : 'Bien entendu ! Faisons-le ! ', mais j'ai un petit ami et je ne peux pas le tromper.

Il exagérait l'importance de sa relation avec Kyle, très probablement, mais ce n'était pas le problème de Joel.

Joel hocha la tête.

— C'était une très mauvaise idée. Presque aussi mauvaise que celle d'hier soir.

— Hier soir ?

— Mon excitation s'intensifiait en regardant Todd se branler, j'ai failli le supplier de me laisser le sucer.

— Bon sang, grogna Jesse. Est-ce que tu crois qu'il se serait énervé contre toi ?

Joel haussa les épaules.

— Pas vraiment. Il est un peu beauf, mais il n'est pas vraiment méchant une fois qu'on apprend à le connaître. Il ne m'aurait sûrement pas laissé faire, bien qu'on ne soit jamais sûr de rien avec lui. Dans tous les cas, je suis sûr qu'il ne m'aurait plus jamais laissé tranquille avec ça pour le restant de ma vie.

— Laisser tranquille ?

— Oh, tu sais… il m'aurait fait des blagues salaces et montré son entrejambe chaque fois qu'il en aurait eu la possibilité.

Jesse sourit.

— Ouais, je peux l'imaginer faisant ça.

Mais c'était encore quelque chose qui n'avait pas de sens.

— Pourquoi Stuart et toi pensiez-vous préférable de conserver votre relation secrète et de ne rien lui dire ? Ce que je veux dire par là c'est que, bien qu'il soit un porc, il ne me semble pas être homophobe.

Joel grimaça comme s'il avait du mal à trouver les bons mots.

— Ce n'est pas qu'il était homophobe, c'est plus qu'il était… jaloux.

— Jaloux ? De Stuart ?

Joel fit un geste de la main pour nuancer son propos.

— Je ne veux pas parler d'inceste ou quoi que ce soit. Mais il avait un comportement étrange quand il s'agissait du fait que Stuart ait des amis, *n'importe quel* ami. Il n'était pas content que je sois l'ami de Stuart, et quand il a découvert que j'étais gay, il a commencé à m'observer tout le temps, à faire en sorte que je ne…

Il leva les deux mains et remua ses doigts.

— … tripote pas Stuart avec mes petites mains de pédé.

Jesse ne put s'empêcher d'émettre un petit rire en s'imaginant la scène.

— Mais ça ne l'a pas dérangé quand Corrie a commencé à tripoter Stuart ?

— Il n'aimait pas ça non plus. Mais Corrie ne s'est pas laissée faire. Elle a plus de couilles que moi. Enfin… tu sais… au sens figuré.

Joel jeta un œil vers le bureau sur lequel le personnel de ménage avait placé des verres propres et une carafe d'eau la nuit précédente. Mais son nez se retroussa comme si le fait de penser à l'eau le rendait malade.

— Tu veux aller prendre un café ?

— Oui. Mais je vais d'abord prendre une douche.

Joel lui lança un sourire espiègle.

— Je peux regarder ?

— Non, répondit Jesse avec un sourire en coin.

Il se leva pour aller chercher quelques vêtements propres dans son sac. Il ne lui en restait pas beaucoup.

— Comme je te l'ai dit, je ne suis pas libre.

Pour ne pas mentionner que sa technique de drague avait été maladroite et repoussante.

Jesse ne savait pas si Joel était vraiment sérieux en disant cela, mais il ne semblait pas être offensé par son refus. Du moins, il souriait toujours.

— Alors, qui est ce mystérieux petit ami ?

— Je l'ai rencontré pendant que je travaillais à l'observatoire, dit Jesse en restant évasif.

Heureusement, cela sembla satisfaire la curiosité de Joel. Il paraissait déjà ennuyé par la conversation, prenant l'un des verres vides et le remplissant avec l'eau de la carafe.

— Ils disent que la plupart des victimes de meurtre connaissent leurs agresseurs.

Jesse trouva ce petit rappel un peu perturbant, étant donné qu'il était en ce moment même seul avec l'un des suspects. Devrait-il remettre cette douche à plus tard ? Il avait vu *Psycho* un peu trop de fois.

— C'est ce que j'ai entendu dire.

— Ce qui veut dire que c'est l'un d'entre nous qui l'a tué, une des personnes présentes pour le mariage.

— Statistiquement, oui. Mais il est toujours possible qu'un quelconque randonneur ait tué Stuart.

— Oui, mais, pourquoi ?

Jesse haussa les épaules.

— Pourquoi qui que ce soit participant au *mariage* aurait-il voulu le tuer ?

— J'y ai longuement réfléchi, dit Joel. Je sais que *je* ne l'ai pas fait. Todd est un peu taré, mais il a pris soin de Stuart depuis le décès de leurs parents. Je ne peux pas croire qu'il aurait fait du mal à son frère. Il ne reste que les Lassiter.

— Tu n'as pas dit que Corrie était une amie à toi ?

— Si. Je traînais avec elle à l'université. Je l'ai présentée à Stuart. Ce que je n'aurais *jamais* fait si j'avais su où tout cela allait nous mener.

— Mais tu as toléré la situation lorsqu'elle a commencé à coucher avec ton petit ami ? demanda Jesse, interloqué.

Joel eut l'air malheureux lorsqu'il répondit.

— Oui. Stuart n'arrêtait pas de me dire qu'il la faisait juste marcher. Ça ne me plaisait pas, mais… je n'arrivais pas à l'en empêcher. Il insistait en me disant que j'étais la personne qu'il aimait, qu'il était avec elle juste pour s'amuser. Puis il a commencé à coucher avec elle et soudain, il allait *se marier* avec elle…

C'était la première fois qu'il était sous-entendu que Stuart n'avait pas été un parfait ange. Peut-être ressemblait-il plus à son frère que Jesse le pensait. Mais pour le moment, il était moins intéressé par la désastreuse vie amoureuse de Joel que par l'envie de découvrir pourquoi elle s'était conclue d'une manière si abrupte et désagréable.

— Tu penses que Corrie est capable de commettre un meurtre ?

Joel avait apporté le verre à ses lèvres, mais il rigola et dut le reposer sur le bureau.

— Est-ce que je dois prendre ça pour un non ? demanda Jesse, le sourire aux lèvres.

Joel se racla la gorge plusieurs fois.

— Mon Dieu, je n'en sais rien. Elle peut devenir une vraie peste pourrie gâtée quand elle n'obtient pas ce qu'elle veut. Mais j'ai du mal à l'imaginer tuer qui que ce soit.

Il prit une autre gorgée d'eau, semblant pensif.

— D'un autre côté, c'est la seule qui a un mobile.

Cela piqua l'intérêt de Jesse.

— Un mobile ?

— Oui, dit Joel. Tu te rappelles quand je t'ai dit que personne ne voulait de ce mariage ?

— Oui.

— Todd trouvait que toute la famille Lassiter était une bande de snobs riches et que Stuart devrait rester loin d'eux. Corrie aimait bien Todd, même s'il la traitait comme de la merde. Si elle avait eu le choix, elle aurait choisi Todd et non pas Stuart, j'en mettrais ma main à couper.

Jesse se rappela le plan à trois, à propos duquel Todd avait souligné que Corrie était plus partante pour le faire que Stuart.

— Tu penses qu'elle aurait tué Stuart pour se mettre avec Todd ?

— Non, dit Joel en secouant la tête. Elle aurait pu simplement se marier avec Stuart et coucher avec Todd en parallèle.

— Charmant.

Joel se mit à rire.

— Ne pense pas qu'elle en était incapable. Todd aurait pu avoir un problème avec ça, comme il est bien plus loyal envers son frère qu'envers elle, mais ils auraient pu trouver une solution tous les trois.

— Ça ne nous donne pas vraiment de mobile de meurtre pour Corrie.

— À moins que Stuart ne revienne sur son engagement, se tire et la laisse seule devant l'autel ! dit Joel de façon théâtrale, accentuant ses propos d'un geste de son verre, ce qui fit déborder un peu d'eau. Dans ce cas-là, elle aurait perdu et Stuart, et Todd.

— Tu penses que c'est ce qu'il envisageait de faire ?

Joel marqua une pause et regarda Jesse un long moment avant de vider son verre et de le reposer sur le bureau.

— Tu sais, plus je discute avec toi, plus je me rends compte que... nous ne sommes pas de très bonnes personnes. Moi, Stuart, Todd, Corrie, les Lassiter... Je ne peux pas imaginer que tu sois aussi mauvais que n'importe lequel d'entre nous.

Jesse secoua la tête, perplexe.

— Qu'est-ce que tu essayes de me dire ?

— Stuart m'a dit que M. Lassiter lui avait proposé de l'argent pour renoncer au mariage. Une *grosse* somme d'argent. Et je lui ai dit d'accepter. De prendre ce foutu argent pour qu'on puisse enfin se tirer d'ici, partir à New York ou en Californie ou autre part, dans un endroit où l'on pourrait être nous-mêmes et vivre ensemble. On aurait pu envoyer Corrie, Todd et tous les autres au diable.

Il avait raison. Jesse n'aurait pas été capable de faire cela. Mais une fois encore, il n'avait jamais eu un frère comme Todd, qui l'aurait tellement terrifié à l'idée de révéler son homosexualité qu'il aurait fini par se marier avec une femme qu'il n'aimait pas.

— Tu penses vraiment que Corrie aurait pu être tellement paniquée à l'idée que Stuart la largue qu'elle en serait venue à vouloir le tuer ?

— Peut-être, dit Joel. Et surtout parce qu'elle était terrifiée d'avouer à ses parents qu'elle était enceinte.

XV

LORSQUE KYLE et Wesley retournèrent dans leur chambre d'hôtel, ils trouvèrent un e-mail qui les attendait avec une télécopie. Même plusieurs pages de télécopie d'ailleurs, envoyées depuis le bureau de McDonnell. Kyle s'attendait à découvrir un document lui ordonnant de cesser de chercher le coupable, le menaçant de représailles s'il ne laissait pas les Lassiter tranquilles ; ce qu'il trouva fut le rapport d'un détective privé qui avait été engagé par les Lassiter pour fouiller dans le passé de leur futur gendre.

Très intéressant.

Les Lassiter essayaient de détourner l'attention de leur famille, il le savait, mais s'ils jugeaient qu'il y avait quelque chose de compromettant dans le dossier, Kyle n'était pas opposé à l'idée d'y jeter un œil.

La vie adulte des Warren n'avait pas été particulièrement intéressante. Enfin, si : pour les Lassiter, l'incident de vol à l'étalage de Stuart quatre ans plus tôt, ou encore la saisie du véhicule de Todd et son arrestation pour avoir uriné dans un parking faisaient probablement passer ces jeunes hommes pour des dépravés de bas étage. Pour Kyle, cela décrivait la moitié des gars avec lesquels il avait grandi.

Leur enfance était plus intéressante, mais beaucoup moins plaisante. Leur père avait été policier, ce qui contribuait sûrement à l'hostilité peu dissimulée que Todd avait envers Kyle. L'homme n'avait pas été un très *bon* policier : il avait eu un grave problème d'alcoolisme et était cité dans plusieurs dossiers pour avoir utilisé une force excessive lors des arrestations. Il avait fini par être suspendu, et peu de temps après, il était démis de ses fonctions.

Apparemment, ses problèmes avec l'alcool s'étaient aggravés après cela. Les voisins avaient appelé la police plus d'une fois pour tapage nocturne, disputes continuelles avec sa femme, et les services sociaux avaient retiré les garçons de leur maison pendant un an, alors que Todd avait quinze ans et son frère, treize. Selon ce que le détective privé avait trouvé, il y avait des preuves que les garçons avaient été victimes de violences physiques. Mais une année plus tard, tout était redevenu plus ou moins normal : M. Warren se rendait soi-disant aux Alcooliques Anonymes et les garçons vivaient de nouveau chez leurs parents. Pourtant, selon des interviews conduites plus tard parmi leurs voisins, tout le monde savait que M. Warren était plus souvent ivre que sobre.

Pendant ce temps, toujours selon les découvertes du détective privé, Mme Warren avait non seulement cessé de dormir avec son mari, mais elle se rendait ouvertement dans des boites de nuit et couchait à droite à gauche avec d'autres hommes. Leurs amis et leurs voisins faisaient semblant de ne rien voir… jusqu'à une nuit d'été.

Mme Warren était partie danser à Portsmouth. M. Warren était resté à la maison à boire. Lorsque sa femme était rentrée, le père de Todd et Stuart lui avait tiré dans la poitrine plusieurs fois à l'aide d'un Smith & Wesson M&P45 – un pistolet standard de policier, bien qu'il ait dû se procurer celui-ci par ses propres moyens. Elle était morte sur le coup. Les voisins avaient composé le 911, mais pas avant qu'un autre tir soit entendu. M. Warren s'était suicidé, se tirant une balle dans la tête avec le même pistolet.

Lorsque la police et l'ambulance étaient arrivées, les deux adolescents, qui avaient à l'époque seize et quatorze ans, étaient à l'extérieur de la maison. Ils étaient passés par une fenêtre du premier étage pour atteindre le toit du porche et ils avaient sauté. Ils n'étaient jamais retournés à l'intérieur, sauf quelques jours plus tard, durant deux heures, et sous la supervision d'un employé des services sociaux. Ils avaient eu le droit de récupérer quelques-unes de leurs affaires personnelles et, finalement, ils avaient été envoyés vivre chez leurs grands-parents maternels, près de Dover dans le New Hampshire. Mais apparemment, ils n'aimaient pas vivre chez eux. Dès que Todd avait eu dix-huit ans, il avait déménagé et trouvé un boulot ainsi qu'un appartement à Rochester. Stuart avait emménagé avec lui, bien qu'il n'ait que seize ans et que ses grands-parents aient encore sa garde légale. Personne n'avait pris la peine de lui ordonner de retourner chez eux, donc Todd et lui avaient continué à vivre ensemble jusqu'à ce jour.

Une fois de plus, les Lassiter semblaient croire que leur enfance tragique faisait des Warren des personnes psychologiquement instables. Ils avaient même été jusqu'à souligner les commentaires du détective qui sous-entendaient cela. Kyle n'en était pas si convaincu. C'était quelque chose de difficile à traverser pour deux adolescents, mais les gens pouvaient être étonnamment résistants. Todd souffrait clairement d'excès de colère et peut-être que son frère en avait aussi souffert. Mais est-ce que cela en faisait des meurtriers ?

En tout cas, Kyle était curieux d'en apprendre davantage à propos de cette deuxième – ou plutôt première – tragédie dans la vie de Todd et Stuart. Il passa un coup de fil à Concord. C'était un vieux dossier, datant de l'époque où il n'était pas encore en fonction, mais quelqu'un pourrait s'en souvenir. Et peut-être qu'il arriverait à faire en sorte qu'on lui envoie les notes concernant cette affaire.

LES DEUX détectives qui étaient en charge de cette affaire – Malone et Carson – ne faisaient plus partie de l'Unité des Crimes Graves à Concord. Personne ne semblait savoir où se trouvait Carson. Il avait déménagé en Californie des années plus tôt et travaillait apparemment pour un détective privé là-bas. Malone, de son côté, était toujours à Concord. Il avait été transféré dans l'Unité Anti Terrorisme, mais cela n'avait pas été compliqué de le retrouver. Il fallut lui laisser des messages, mais l'officier finit par le rappeler. Kyle prit son appel sur Skype afin que Wesley puisse aussi écouter.

— Oui, je me souviens de cette affaire, dit Malone. Mon Dieu. Ce genre d'affaires est la raison pour laquelle j'ai dû quitter les Crimes Graves. Voir des maris et des femmes qui se font sauter la cervelle a fini par m'user psychologiquement.

— Je comprends parfaitement, approuva Kyle.

— Alors, dites-moi, pourquoi déterrez-vous cette affaire après tout ce temps ?

— Parce que leur fils, Stuart, vient d'être tué au sommet du Mont Washington, répondit Kyle.

Wesley ajouta :

— Son grand frère est l'un des suspects potentiels.

Malone poussa un soupir et marmonna quelque chose d'indécent à voix basse.

— Que voulez-vous savoir ?

Ils connaissaient déjà la plupart des choses que leur raconta Malone, même s'il avait été capable de compléter quelques zones d'ombre. Il y avait des traces de poudre sur la main droite de M. Warren, prouvant bien que c'était lui qui avait appuyé sur la gâchette. Cette même main était aussi recouverte d'éclaboussures de sang – le sien. La trajectoire des balles qui avaient tué sa femme débutait aux alentours du canapé situé à environ cinq mètres dans le séjour, et les balles avaient une trajectoire montante, comme si elles avaient été tirées alors que M. Warren était assis. Elle avait été touchée quatre fois au torse, et deux balles avaient perforé son cœur. La balle qui avait tué M. Warren avait été tirée à bout portant, en dessous du menton de M. Warren, et visait le haut pour atteindre son crâne. Il ne s'était jamais levé du canapé et avait été retrouvé assis avec l'arme toujours à la main, posée sur ses genoux. Le chargeur de l'arme pouvait contenir dix balles et il en restait cinq à l'intérieur.

— Les enfants étaient en haut lorsque ça s'est passé, continua Malone, probablement endormis jusqu'à ce que les coups de feu retentissent.

— Probablement ? demanda Kyle.

— Lorsqu'on a interrogé le plus âgé des frères, euh… Todd, il a insisté sur le fait qu'il était en train de se masturber.

Wesley grimaça, dégoûté.

— Pourquoi est-ce qu'il *vous* dirait ça ?

— Vous lui avez déjà parlé ? Il aime jouer avec les nerfs des gens. En tout cas, il aimait le faire quand c'était un petit garnement de seize ans. Enfin bref, je me fiche de savoir s'il était en train de faire de la peinture avec ses doigts en utilisant son propre sperme. Lui et son petit frère se sont glissés hors de la chambre de Stuart par la fenêtre après avoir entendu les coups de feu. Ils avaient assez de jugeote pour ne pas courir en bas pour voir qui tirait sur qui.

Quand Malone leur eut raconté tout ce dont il se souvenait, Kyle le remercia et mit un terme à leur appel sur Skype.

— Génial, marmonna Wesley, se levant de sa chaise pour s'étirer. Ces gosses ont dû être perturbés après un tel événement.

Kyle fronça les sourcils.

— C'est certainement ce que pensent les Lassiter.

— Et ils ont raison !

— Oui, dit Kyle, peut-être que Todd et Stuart ont fini avec des problèmes de confiance envers les autres, ou des phobies, ou des choses comme ça. Cela changerait n'importe qui. Mais ça n'en fait pas des psychopathes. Tout ce qu'on a appris jusque-là montre que Todd était protecteur envers Stuart, et peut-être que ce qu'on vient d'apprendre en est la raison. Mais je ne suis pas du tout convaincu qu'il le tuerait.

Wesley s'affala sur son lit.

— Je suppose que non. Alors, que devons-nous faire maintenant ?

— Partir à Dover, dit Kyle.

— Pour quoi faire ?

— J'aimerais parler à leur grand-mère.

Leur première enquête pour découvrir l'identité de Stuart leur avait appris qu'il n'avait que deux membres de sa famille encore vivants : Todd et leur grand-mère. La vieille femme n'avait pas été contactée puisque les garçons avaient perdu le contact avec elle des années plus tôt, mais elle vivait prétendument dans une résidence pour personnes âgées à Dover.

Wesley ouvrit grand les bras.

— Pourquoi ? Tu n'as établi aucune relation entre ce qui est arrivé aux parents de Stuart et ce qui est arrivé à Stuart. Est-ce que j'ai manqué un épisode ?

Kyle n'était pas sûr. Peut-être était-ce le fait que trois meurtres se soient produits dans une seule famille qui lui semble être une coïncidence très étrange. Mais Wesley avait raison. Il n'avait rien pour relier les deux incidents l'un à l'autre.

— Disons que c'est une intuition, dit-il à son coéquipier.

Il se leva et éteignit l'ordinateur portable.

— Si l'on n'obtient rien lors de cette rencontre, je laisserais tomber. Mais nous n'avons pas vraiment d'autres pistes pour le moment.

Wesley soupira et secoua la tête. Il attrapa la télécommande de la télévision et l'alluma.

— D'accord.

— Tu peux rester ici si tu veux, suggéra Kyle.

Il espérait que Wesley accepte sa proposition. L'idée que cela pouvait être un moyen de passer plus de temps avec Jesse venait de lui passer par la tête. Non pas de l'emmener pour enquêter, bien sûr, cependant il ne ferait de mal à personne en l'emmenant simplement pour le voyage, n'est-ce pas ?

Wesley renifla et dit :

— Hors de question ! Si tu y vas, j'y vais. J'ai besoin de sortir de cette foutue chambre d'hôtel.

Kyle se mordilla l'intérieur de la joue pendant un instant, le temps de mettre ses idées en ordre. Puis il soupira et dit :

— Éteins la télé.

— Pourquoi ?

— Contente-toi de le faire, s'il te plaît.

Clairement réticent, Wesley l'éteignit, puis jeta la télécommande sur son lit. Il regarda Kyle avec les sourcils levés, impatient.

Kyle s'assit sur le bord de son propre lit, posant ses coudes sur ses genoux.

— Écoute… Je pense qu'il est temps qu'on ait une discussion.

— Sur le sexe ? Parce que j'ai en grosse partie résolu ce problème en camp de vacances.

Kyle ricana.

— Tais-toi ! J'essaye d'être sérieux, là. C'est à propos de *moi*. Et d'un truc auquel je fais face depuis un moment.

Les sourcils de Wesley se froncèrent, le faisant paraître inquiet et perplexe à la fois. Il était sur le point de lui annoncer la nouvelle de manière soudaine. Mais c'était soit ça, soit inventer une nouvelle piètre excuse pour sortir secrètement ce soir-là. Wesley était son ami, n'est-ce pas ? La personne qui se rapprochait le plus d'un ami en tout cas. Il avait au moins le droit de lui dire s'il avait un problème avec ça... ou non.

— Tu sais que j'étais marié à Julie pendant cinq ans, continua Kyle.

— Oui.

— Et j'étais vraiment heureux avec Julie. Je l'aimais et j'aimais... tu sais... *être* avec elle...

Wesley paraissait mal à l'aise, et Kyle ne pouvait pas lui en vouloir. Aurait-il pu tourner cette phrase d'une manière encore plus maladroite ?

— Mec.

— Désolé, dit Kyle, riant de manière peu enthousiaste. J'essaye juste de dire que j'aime les femmes.

— C'est nouveau ?

— Non. Mais... ce que j'essaye de dire c'est que... j'aime aussi les hommes.

Wesley commençait à paraître agacé.

— Tu es gay ?

— Non. Bisexuel.

— Depuis quand ?

Kyle haussa les épaules.

— Depuis toujours. Julie le savait. Mais je ne l'ai jamais dit à personne d'autre jusqu'à cette semaine.

Wesley ne sembla pas relever la subtilité entre 'cette semaine' et 'maintenant', mot que Kyle aurait utilisé s'il avait été la première personne à laquelle il aurait révélé sa bisexualité. À la place, il fit une grimace de dégoût et demanda :

— Donc vous aimiez tous les deux faire des plans à trois avec d'autres hommes ?

Kyle grogna et se mit debout.

— Non ! Julie et moi étions monogames. Je n'ai jamais eu de relation sexuelle avec un homme.

Il commença à faire les cent pas, dans l'agitation.

— Alors quelle différence ça fait ?

— Ça fait une différence parce que j'ai rencontré quelqu'un. Un homme. Et j'ai commencé à… je pense que 'sortir avec lui' est la bonne expression.

Il regarda la compréhension s'installer dans les yeux de Wesley.

— C'est la personne avec qui tu étais au bar, hier soir.

— Oui, répondit Kyle. Et je vais dîner avec lui ce soir. Du moins, j'espère.

— Putain ! Tu vas encore me laisser tout seul ce soir ?

— Désolé.

Wesley semblait réfléchir à quelque chose pendant un moment.

— Attends une seconde, dit-il finalement. Comment as-tu réussi à rencontrer cet homme ? Tu es allé le chercher dans un bar ?

Son expression traduisit clairement son dégoût pour ce genre de rencontres.

— Va te faire voir, s'énerva Kyle, s'arrêtant à la tête du lit de Wesley pour pouvoir lui lancer un regard noir. Tu penses vraiment que je suis dégueulasse à ce point ?

— On est là que depuis trois foutus jours ! Comment aurais-tu pu le rencontrer sinon ?

— Comment peux-tu savoir que je ne l'ai pas rencontré avant qu'on arrive ici ?

— D'où est-ce que tu le connaîtrais ?

Kyle s'affala à nouveau sur son lit.

— Peu importe. Je l'ai rencontré cette semaine, avoua-t-il. Mais je n'ai pas été le chercher dans un bar. Il travaillait au sommet de la montagne la nuit où nous avons été appelés pour venir.

Kyle pouvait pratiquement voir les neurones s'activer dans la tête de Wesley alors qu'il essayait d'identifier les personnes qui avaient été présentes au sommet cette nuit-là.

— Ce n'est pas Ted, n'est-ce pas ?

Au moins, Ted était un bel homme. Wesley aurait pu choisir pire.

— Non, dit Kyle. Il s'appelle Jesse Morales.

— Bon Dieu ! s'écria Wesley. Le gars qui est au *lycée* ?

120

— Il n'est pas au lycée, pour l'amour du ciel ! Il a vingt-trois ans. Il vient d'être diplômé de l'université.

Cela sembla apaiser Wesley, mais il grogna :

— Ça me semble quand même jeune.

— Oui, acquiesça Kyle. Mais il n'a pas l'air de trouver que la différence d'âge soit un grand problème. Si l'on y réfléchit, est-ce que ce sera toujours un problème d'ici dix ans ?

— Mon ami, tu ne vas pas rester dix ans avec ce petit.

Il leva une main lorsque Kyle lui lança un regard noir.

— Tout ce que je dis c'est que personne ne tombe sur le Prince charmant dès le premier rendez-vous. Si tu veux t'amuser avec une jeune et mignonne petite chose, pas de problème. Tu mérites de t'amuser un peu. Mais ne va pas croire que tu as trouvé le grand amour dès le départ, tu es plus malin que ça.

Kyle savait qu'il avait en partie raison, mais il ne voulait pas y penser. Il se sentait bien avec Jesse. Tout ce qu'il voulait, c'était du temps pour voir comment les choses allaient se dérouler.

— Ne t'inquiète pas pour ça, dit-il à Wesley. Mais ce que j'ai besoin de savoir c'est si tu as un problème avec ça.

— Avec quoi ? Le fait que tu sois bi ? Ou que tu ne branles rien pendant une enquête ?

Aïe. Kyle n'était pas certain que 'branler' soit le bon mot, mais il avait compris l'idée générale. Et Wesley avait peut-être raison.

— Eh bien… commençons par la première.

Wesley haussa les épaules, puis il sourit et lui jeta l'un de ses coussins. Kyle l'attrapa au vol pour éviter qu'il ne lui atterrisse en pleine figure.

— Mec, dit-il. Ça ne me pose aucun problème. Je n'en ai rien à faire.

C'était déjà une bonne chose.

— Mais veux-tu que j'arrête de le voir ?

— Comme si tu allais m'écouter !

Kyle se mit à rire et lui relança le coussin.

— Non. Pas à long terme. Mais je suppose que je peux lui dire de se faire discret pendant que l'enquête est en cours.

Wesley lui lança un regard bougon.

— Ce ne serait pas vraiment différent de la fois où je sortais avec Sharon, si ?

Wesley n'avait pas de bons antécédents. La plupart de ses petites amies n'étaient pas restées avec lui plus de quelques semaines. Mais Sharon, restée un an avec lui, faisait partie de ses plus longues relations. Wesley avait même parlé de l'épouser avant qu'elle ne reçoive une très bonne offre d'emploi de New York.

— Ce que je veux dire c'est qu'elle et moi sortions dîner même quand nous étions sur une affaire. Et ce n'est pas comme si ce type faisait partie des suspects ou un truc du genre.

— J'espérais que tu le vois de cette façon, dit Kyle, parce que j'ai une grosse faveur à te demander.

XVI

JESSE SAVAIT que ce n'était pas une bonne idée de continuer à traîner avec les suspects, mais après que Todd se fut joint à lui et Joel pour aller prendre un café, il avait mentionné que Corrie et sa petite sœur Lisa allaient les rejoindre à la piscine plus tard. Cela éveillait la curiosité de Jesse qui n'avait pas encore eu l'occasion de discuter avec Corrie. Ce serait peut-être sa seule occasion. Peut-être, que cela n'apporterait rien de nouveau, mais… après ce que Joel lui avait dit, il mourrait d'envie d'en savoir plus à propos d'elle. Donc lorsque Todd l'invita à se joindre à eux, il accepta.

Il n'était pas convaincu que Joel avait arrêté d'essayer de coucher avec lui. Et bien sûr, aller nager impliquait qu'il devait se changer dans les vestiaires, ce qui serait l'occasion parfaite pour Joel de le reluquer alors qu'il serait nu… ce qu'il fit. Il essaya d'être discret, mais c'était un mauvais comédien. Mais Jesse n'était pas trop inquiet par rapport à cela. Reluquer n'était pas la même chose que faire des avances, et bien qu'ils soient tous les trois assez serrés dans le petit vestiaire, Joel ne tenta jamais de le toucher.

Corrie Lassiter était belle, même un homme gay pouvait le voir. Avec son maillot de bain une pièce bleu turquoise, elle était absolument renversante. Jesse ne put s'empêcher de regarder si elle paraissait être enceinte, mais si elle l'était, cela ne se voyait pas. Peut-être n'était-elle enceinte que de quelques semaines, ou alors Joel avait menti.

Todd, égal à lui-même, la regarda de haut en bas avec un regard vicieux alors qu'elle s'approchait à la piscine, Lisa la suivait de près, portant un maillot de bain une pièce rose. Mais Corrie semblait apprécier l'attention qu'elle suscitait chez Todd. Elle lui sourit de manière faussement timide, et lui retourna ce regard élogieux.

La façon dont elle regarda Jesse quand Joel le présenta n'exprimait pas du tout la même tension sexuelle, mais elle lui sourit chaleureusement et dit :

— Les gars m'ont parlé de toi ! Je suis vraiment ravie de te rencontrer.

J'ai aussi entendu parler de toi, pensa Jesse, mais il se dit qu'il valait mieux ne pas le mentionner.

— Toutes mes condoléances, dit-il.

— Merci.

— Salut ! Les interrompit l'autre fille. Je suis Lisa.

D'après le sourire et le regard en coin qu'elle lançait à Jesse, il était clair qu'au moins *une* des Lassiter le trouvait mignon.

— Salut.

Que Dieu me vienne en aide.

L'adolescente de quinze ans resta avec lui sur le bord de la piscine pendant un moment, tous les deux avec les pieds pataugeant dans l'eau. Pendant qu'ils regardaient les autres nager, elle jacassait en lui disant à quel point ce serait plus amusant d'être dans cet hôtel si leurs parents n'étaient pas présents et qu'elle avait pu emmener sa meilleure amie. C'est seulement après quelques minutes durant lesquelles elle continuait à parler ainsi qu'elle pensa à ajouter :

— Oh ! Et évidemment, si Stuart était encore en vie !

— Bien entendu.

— Il était vraiment gentil, dit-elle, comme si elle cherchait à rattraper son précédent oubli.

— C'est ce que j'ai entendu dire.

— En fait… il était plutôt… discret. Il ne parlait pas beaucoup. Mais Corrie l'aimait vraiment.

C'était une bonne chose, étant donné qu'elle envisageait de se marier avec lui.

Quelque chose attira l'attention de Lisa et son visage s'assombrit.

— Merde ! Revoilà ce foutu Ryan.

Jesse leva les yeux et vit le jeune homme qui se tenait debout dans le couloir du sous-sol menant à Stickney's et vers plusieurs magasins touristiques. Il regardait la piscine à travers une grande fenêtre en verre. Jesse paniqua un instant, essayant de cacher son visage derrière sa main. Mais Ryan ne regardait pas dans sa direction, il semblait observer les nageurs, dont une plus particulièrement.

— Il est trop louche, dit Lisa, une grimace de dégoût sur le visage.

— C'est ton frère, non ?

— Beurk. Oui. Heureusement, ce n'est pas *moi* qu'il fixe tout le temps comme ça.

Non, Ryan ne la fixait pas des yeux. Il semblait regarder Corrie. Après un moment, il détourna le regard et redescendit le couloir. En effet, *c'était* assez louche. Désirait-il sa propre sœur ? Jesse réprima un frisson en

124

pensant au fait qu'il avait essayé de draguer ce même homme au sommet de la montagne.

Corrie nagea dans leur direction et se hissa hors de l'eau, son corps agile se courbant lorsqu'elle se souleva, attirant l'attention de plus d'un homme hétérosexuel présent. Quand elle se mit debout et qu'elle marcha vers l'une des chaises longues, Lisa la suivit.

— Tu l'as vu ? demanda-t-elle à voix basse.

Corrie attrapa sa serviette et hocha la tête.

— Oui.

Elle s'essuya et s'assit sur la chaise longue, se refusant à tout autre commentaire. Mais Jesse se dit que c'était l'occasion de lui parler, donc il se leva et se dirigea vers elle aussi naturellement que possible, s'affalant dans la chaise longue située près de la sienne. Corrie lui sourit pendant que sa sœur retournait sur le bord de la piscine, mais elle n'avait pas l'air décidée à parler. Elle regarda Todd réaliser quelques plongeons à partir du petit plongeoir, pendant que Lisa, son intérêt pour Jesse oublié, proposa à Joel de faire la course le temps de quelques longueurs.

Corrie regarda Todd réaliser un nouveau plongeon. C'est seulement lorsqu'il disparut sous l'eau qu'elle poussa un soupir et réfléchit à voix haute :

— Les choses étaient tellement parfaites il y a quelques jours.

Jesse hocha la tête par sympathie, mais il ne savait pas vraiment quoi répondre.

Elle continua :

— On passait un moment tellement agréable ensemble, tous les quatre. Et Lisa aussi. Mes parents râlaient en privé, mais ils ont toujours été comme ça.

— C'était gentil de leur part d'organiser le mariage ici, dit Jesse. C'est le plus bel hôtel que j'aie jamais vu.

Corrie haussa les épaules comme si elle avait vu des hôtels bien plus beaux.

— Papa a insisté pour qu'il y ait un certain niveau de sophistication, dit-elle d'un ton moqueur. Une petite église à Portsmouth m'aurait parfaitement suffi, mais ce n'était pas assez bien pour lui. Par contre, j'ai réussi à imposer mon choix concernant les invités. Ma mère aurait rempli la grande salle de bal !

Elle marqua une pause, son sourire s'effaçant alors que son regard devenait lointain.

125

— Maintenant, tout ça, c'est...

Elle ne termina pas sa phrase et il y eut un long silence entre eux jusqu'à ce qu'un cri d'indignation soit émis par Joel. Lisa venait de l'éclabousser, initiant une course jusqu'à l'autre bout de la piscine. Corrie se tourna vers Jesse.

— Tu vis où ?

— Dover.

— Oh ! Tu n'habites pas loin de chez nous. Je vis dans le dortoir à l'Université du New Hampshire, mais Joel a un appartement à Dover. J'espère que vous allez continuer à vous voir quand on rentrera.

Jesse avait envie de lui dire qu'il sortait déjà avec quelqu'un, mais il se contenta de sourire et d'acquiescer de la tête de manière évasive.

— J'ai entendu dire que Todd habitait à Rochester.

Sa grimace montra clairement qu'elle ne portait pas cette ville dans son cœur.

— Je passe mon temps à essayer de le convaincre de déménager hors de cet endroit. Tu devrais voir le dépotoir qu'il loue.

— Tu penses que vous allez souvent vous voir une fois rentrés ? demanda Jesse.

— Pourquoi pas ? Nous sommes toujours une famille. Du moins, c'est ce que je pense.

Cela ne semblait pas être l'avis de Todd. Il l'avait un peu draguée lorsque, quand il en avait eu assez de nager, il était venu les rejoindre. Mais une fois seul dans le vestiaire avec Jesse et Joel, il marmonna :

— Bon Dieu ! Elle n'arrête pas de me faire les yeux doux !

— Les yeux *doux* ? Joel demanda en riant. Qu'est-ce que tu appelles des yeux doux ?

— Tu sais, elle n'arrête pas de... perdre son souffle en me regardant.

— Qui peut résister à tant de charisme ?

Todd ne semblait pas être d'humeur à plaisanter. Il avait l'air écœuré.

— Stuart vient juste de *mourir*... et elle est déjà en train de me courir après.

— Allons, Todd, dit Joel de manière plus douce, tu sais que ce n'est pas nouveau. Si elle en avait eu l'opportunité, elle vous aurait gardé tous les *deux*.

— Putain de salope. Elle est malade.

— Tu l'as cherché en faisant ce plan à trois.

Joel avait une expression renfrognée.

126

Todd enleva son maillot de bain et l'accrocha dans son casier.

— J'essayais juste de montrer à Stuart que c'était une vraie pute.

— Bien sûr, dit Joel. *Tu* suggères un plan à trois et c'est *elle* la pute.

Todd sortit sa serviette du casier, mais il ne s'embêta pas à l'enrouler autour de sa taille. Dans ce petit espace, ses fesses étaient quasiment pressées contre la hanche de Jesse.

— La différence c'est que je sais que je suis une ordure. Je ne prétends pas être mieux que tout le monde.

Joel leva les yeux au ciel, mais ne répondit pas. Todd claqua la porte de son casier et partit vers les douches. Jesse était resté discrètement en retrait pendant cet échange, mais Joel le regarda et secoua la tête. Puis il ferma son casier et suivit Todd. Il n'y avait que deux douches donc Jesse enroula sa serviette autour de sa taille et s'assit sur le banc en attendant que l'une des deux se libère.

JESSE ACCEPTA, non sans hésitation, leur invitation à dîner au Stickney's, juste lui, Joel et Todd. Mais une heure plus tard, alors qu'il était seul dans sa chambre en train d'essayer de reprendre sa lecture du *Faucon maltais*, Kyle l'appela sur son portable.

— Salut, gamin. Qu'est-ce que tu dirais de sortir pour dîner ?

— Ce serait génial !

La perspective de voir Kyle avant d'aller se coucher était bien meilleure que celle d'écouter Joel et Todd essayant de se surpasser l'un l'autre au niveau de la grossièreté.

— Ça te dérange si nous allons quelque part d'un peu… moins chic que l'hôtel ?

Jesse rit.

— Même si tu m'emmenais à Burger King, ça m'irait très bien.

— Je pense qu'on peut trouver quelque chose de mieux que Burger King. Je passe te chercher à dix-huit heures, OK ?

Jesse appela Joel pour le prévenir qu'il ne pourrait pas dîner avec eux. Quand Joel lui demanda ce qui se passait, il répondit :

— Je vais dîner avec mon petit ami.

Il y eut un moment d'hésitation à l'autre bout du fil. Puis Joel dit :

— Cool. Tu peux l'inviter à dîner avec nous.

— Merci. Peut-être une autre fois.

Il pouvait parfaitement imaginer leur réaction s'il se ramenait au Stickney's avec Kyle à ses côtés.

KYLE APPELA à nouveau quelques minutes avant qu'il ne soit dix-huit heures et dit à Jesse :

— Je ne veux toujours pas que tu sois vu avec moi. Est-ce que tu peux sortir sur le parking ?

— Ça ressemble à une scène où je me laisse bêtement attirer dehors durant la nuit afin que je devienne la deuxième victime.

— Si je n'étais pas encore *plus* parano que toi, je pourrais me sentir vexé que ce soit la deuxième fois que tu te demandes si j'envisage de te tuer. D'autant plus que je suis presque sûr que tu as passé toute ta journée à frayer avec de *vrais* suspects de meurtre.

— Je ne me suis retrouvé que deux fois dans une situation où ils auraient pu me tuer sans être vus et s'en sortir.

Il pouvait pratiquement entendre Kyle grogner à travers le téléphone.

— Contente-toi de descendre tes jolies fesses ici, Jessica, dit-il en ayant certainement l'intention de l'agacer. Je vais te guetter et je m'arrêterai aussitôt que tu seras assez éloigné de la porte.

Jesse refusa de laisser la vanne sur 'Jessica' l'énerver. Il descendit au rez-de-chaussée et traversa le hall d'entrée, puis le portier lui ouvrit la porte afin de le laisser sortir dans la nuit froide comme la glace. Même emmitouflé dans sa veste de ski, son bonnet, et ses gants, il ne prit pas plaisir à laisser derrière lui le hall d'entrée chauffé. Cependant, il n'eut pas à marcher longtemps avant de ne plus être illuminé par le portique et que le break de Kyle s'arrête près de lui. Il sauta sur le siège passager et fut ravi de découvrir qu'il faisait chaud à l'intérieur.

Kyle se pencha au-dessus du frein à main et lui donna un baiser.

— Tu as parlé à un meurtrier sur ton chemin à travers le hall d'entrée ?

— Cinq ou six. L'un d'entre eux pourrait être innocent.

— J'en doute.

Ils se rendirent à Gorham, qui se trouvait à seulement dix minutes du point de départ de la Mount Washington Auto Road. Pourtant, grâce à la façon qu'avaient les montagnes de forcer toute chose à se courber, cela prit quarante-cinq minutes à partir de l'hôtel. Kyle l'emmena dans un restaurant japonais appelé Yokohama.

— Je ne sais pas si c'est très authentique, dit-il à Jesse, mais j'aime bien y aller.

Cela convenait à Jesse. Il ne plaisantait pas vraiment lorsqu'il avait dit qu'il se serait contenté d'un Burger King si c'était l'endroit où Kyle voulait l'emmener. Il voulait juste passer plus de temps avec le détective. Et il se trouvait que la nourriture fut assez bonne, bien qu'elle ne ressemble à aucun des plats japonais ou chinois qu'il ait déjà mangés. Il ne put s'empêcher de remarquer qu'il n'y avait pas d'Asiatiques parmi les employés du restaurant et eut l'impression que c'était une sorte d'interprétation franco-canadienne unique de la nourriture japonaise.

— Alors… commença Kyle, tandis qu'ils mangeaient une très bonne version de riz frit, différente de toutes celles que Jesse avait goûtées dans le passé. Autant tout déballer maintenant. Qu'est-ce que tu as appris aujourd'hui ?

Il semblait légèrement agacé, mais il avait un sourire en coin.

Jesse regarda autour d'eux, mais ils étaient placés dans un coin et personne ne se trouvait proche au point de pouvoir entendre leur conversation.

— Joel déclare que les Lassiter, du moins les parents, ont proposé de l'argent à Stuart pour qu'il abandonne ce projet de mariage.

Kyle hésita une seconde avant de dire :

— Oui, on est au courant. Mais comment est-ce que *lui* le savait ?

— Stuart le lui a dit avant qu'ils ne montent au sommet de la montagne. Il dit qu'il a demandé à Stuart d'accepter l'argent pour qu'ils puissent s'enfuir tous les deux.

— Joel pense que Stuart voulait s'enfuir avec *lui* ? demanda Kyle, sceptique.

— Il m'a dit qu'ils étaient amants. Ils le cachaient à Todd et Corrie.

— Pourquoi ?

Jesse haussa les épaules.

— Je suppose que Stuart pensait que son frère allait mal réagir. Todd semble bien s'entendre avec Joel, mais peut-être que l'idée que son frère soit gay lui aurait fait péter les plombs. C'est un enfoiré de machiste.

— J'avais remarqué.

— Je ne pense pas que Corrie l'aurait très bien pris non plus. Même si Joel affirme qu'elle est en fait plus intéressée par Todd qu'elle ne l'était par Stuart.

— Si c'était vrai, demanda Kyle, pourquoi ne se serait-elle pas simplement mariée avec Todd ?

Jesse prit une nouvelle gorgée de son cocktail zombie, qui lui avait été servi dans un verre en plastique en forme de tiki ; la serveuse lui avait donné la permission de le garder.

— Todd ne se serait jamais marié avec elle. Il la trouve sexy, mais il ne l'apprécie pas vraiment. Par contre, Joel pense qu'elle espérait pouvoir continuer à avoir des relations sexuelles avec Todd après s'être mariée à Stuart.

— Génial.

— Eh bien, elle ne savait pas nécessairement que Stuart était gay, mais elle a peut-être senti qu'il ne lui portait pas un grand intérêt, dit Jesse avec philosophie.

L'air renfrogné de Kyle montrait l'opinion qu'il avait concernant ce genre de mariage.

— Et il y a autre chose, ajouta Jesse. Je ne suis pas certain d'y croire, mais Joel affirme que Corrie est enceinte.

Kyle leva un sourcil.

— De Stuart ou de Todd ?

— Qui sait ? Peuvent-ils faire la différence quand les deux pères sont si étroitement liés ?

— Un test de paternité le pourrait, dit Kyle, mais si Corrie voulait faire croire à tout le monde que le bébé était de Stuart et qu'elle était mariée avec lui, il n'y aurait pas de raison de remettre sa parole en cause. L'enfant *ressemblerait* à Stuart après tout.

— Ce qui tiendrait debout si elle voulait cacher son aventure avec Todd à ses parents, dit Jesse.

Kyle fit une grimace et secoua la tête, écœuré. Puis il prit une bouchée de son poulet à la sauce aigre-douce, mâcha, avala, et dit :

— Je ne devrais pas te le dire, mais j'ai reçu quelques informations ce soir sur l'histoire personnelle de Todd et Stuart. Ça concernait surtout la mort de leurs parents et la manière dont Todd s'est retrouvé à élever son frère alors qu'ils étaient tous les deux adolescents. C'est tout ce que je peux te dire aujourd'hui, mais j'ai besoin de descendre à Dover demain, et je veux que tu viennes avec moi.

Jesse leva les yeux de son cocktail zombie, pris d'appréhension.

— Tu ne me ramènes pas chez moi, si ?

Kyle le regarda longuement, en réfléchissant. Puis il haussa les épaules.

— Tu veux retourner chez toi ? Si tu veux, on peut simplement prendre nos deux voitures, comme ça tu peux rester chez toi quand je reviendrai.

— Non ! dit rapidement Jesse.

Puis il détourna les yeux de Kyle, gêné. C'était peut-être une manière pratique pour le détective de mettre fin à leur relation. *Merci, gamin. On a passé un bon moment. Contacte-moi si jamais tu repasses dans le coin un jour.*

Kyle tendit la main au-dessus de la table et la plaça sur l'avant-bras de Jesse.

— Je ne te dis pas que tu dois retourner chez toi. Et je ne dis surtout pas que je *veux* te voir retourner chez toi. Mais tu dois libérer ta chambre demain à onze heures et demie, n'est-ce pas ? Où est-ce que tu envisageais d'aller après ça ?

— Je ne sais pas, dit Jesse d'une voix nerveuse.

Il avait évité d'y penser. Il ne pouvait naturellement pas supplier son père de payer pour passer plus de temps au Mount Washington. C'était trop coûteux et il y avait des limites à l'attitude d'enfant gâté de Jesse.

— Je me disais qu'il y avait sûrement un motel abordable dans les environs.

Bien sûr, il ne pourrait pas se permettre de rester plus de deux nuits avec l'argent qu'il lui restait dans son portefeuille. Et il serait sûrement obligé de manger des menus à un dollar dans les chaînes de fast food.

Kyle poussa un soupir et sembla l'examiner avec attention. Finalement, il dit :

— Je dois bien entendu revenir ici, mais je pensais dormir chez moi à Concord demain soir avant de remonter ici le lendemain. Aimerais-tu passer la nuit avec moi ?

Jesse regarda dans ses yeux couleur noisette, et il crut lire un peu d'appréhension sur le visage de Kyle. Tous deux savaient que rester seuls chez Kyle pourrait se révéler être le moment, le moment où ils auraient leur première véritable relation sexuelle, à la différence de ce qui s'était passé sur la banquette arrière du break. Était-il à ce point inquiet de ce que serait une relation sexuelle avec un homme ? Était-il inquiet que ce ne soit finalement pas une bonne idée de s'investir dans une relation avec Jesse ? Ou était-il juste inquiet que Jesse refuse sa proposition ?

— Est-ce que tu es sûr de toi ?

— Oh oui, dit Kyle, ses yeux se plissant. Je veux que tu passes la nuit avec moi. Mais est-ce que *toi* tu es certain de le vouloir ?

Jesse se mit à rire.

— On pourrait tourner en rond comme ça pendant un moment. Est-ce que tu es vraiment, *vraiment* sûr de le vouloir ?

Il se pencha en avant et regarda Kyle directement dans les yeux.

— *Putain… oui.*

Kyle expira un bon coup et lui lança un sourire en coin.

— Heureux que nous ayons réglé ce problème.

Il jeta un œil autour d'eux.

— Wesley, mon coéquipier, n'est pas très heureux de tout ça. Je lui ai raconté ce qui se passait, à propos du fait que je sois bi et que j'ai maintenant une liaison avec toi. Je pense qu'il l'a bien pris, bien qu'il te trouve trop jeune pour moi.

Jesse était resté bloqué au moment où il avait parlé d'avoir une 'liaison' avec lui. La plupart de ses amis détestaient ce terme. Cela leur paraissait ringard et surtout, ça se rapprochait trop de l'idée d'engagement. Ils préféraient 'sortir'. Mais Jesse aimait l'idée d'engagement.

— Tu dois vraiment laisser tomber cette idée que je suis trop jeune pour toi. Ce n'est pas comme si j'étais une vierge de quinze ans que l'on envoyait se marier à un vieil homme dans les années 40, ou à n'importe quelle époque durant laquelle ces conneries étaient légales. Je suis diplômé de l'université et j'essaye de démarrer une carrière. Je suis extrêmement attiré par toi, et nous avons encore beaucoup de temps avant d'avoir à nous inquiéter du fait que je me réveille avec tes dents baignant dans un verre sur la table de chevet.

Kyle grimaça.

— C'est une image agréable.

— Sept ans ce n'est rien, Kyle.

— OK, OK, dit Kyle avec un sourire. Je vais essayer de me taire là-dessus. Mais pour en revenir à nos moutons, j'ai tout révélé à Wesley parce qu'il vient avec nous demain.

— Quoi ?

— On travaille toujours sur l'affaire. Donc, oui, il vient avec moi à Dover pour interroger quelqu'un. Je ne pouvais pas t'amener avec moi sans lui dire ce qu'il se passait entre nous.

Cela ne posait pas plus de soucis que ça à Jesse que le coéquipier de Kyle se joigne à eux pour le voyage, mais il réfléchissait au lendemain soir.

— Il ne dort pas chez toi, si ?

Kyle fit une grimace.

— Pour un plan à trois ? Non. Il a son propre logement. On aura toute la maison pour nous deux.

— Parfait.

XVII

QUAND ILS retournèrent à l'hôtel, Kyle arrêta le break dans le parking, à un endroit où l'on apercevait l'entrée de l'hôtel, et lui dit :

— Je passerai te prendre vers neuf heures demain matin. Est-ce que tu pourrais m'attendre dans le hall d'entrée ?

— Bien sûr.

Ils s'embrassèrent, en prenant leur temps. Kyle était tenté d'attirer une nouvelle fois Jesse sur la banquette arrière, mais ils auraient tout le temps de se toucher, et plus encore, le lendemain soir. Il se contenta de savourer les lèvres et la langue de Jesse jusqu'à ce dernier halète dans sa bouche. Bon Dieu, c'était tellement excitant. Mais finalement, Jesse se sépara de lui et Kyle le laissa faire.

— Bonne nuit, dit Jesse.

— Bonne nuit.

Jesse lui sourit timidement et lui donna un dernier baiser sur la bouche, puis il descendit de la voiture. Kyle le regarda partir, le suivant du regard jusqu'à ce qu'il entre dans le hall d'entrée de l'hôtel afin de s'assurer qu'il était en sécurité.

Kyle s'était trituré l'esprit tout l'après-midi en se demandant s'il devait ou non inviter Jesse à l'accompagner sur ce voyage. Il était… peu courant, pour ne pas dire plus, d'autoriser un civil à suivre les détectives sur une enquête. Kyle ne se faisait pas d'idées sur le fait que leur capitaine à Concord allait penser qu'il était tout sauf professionnel. Merde, même *Kyle* trouvait qu'il ne se comportait pas en professionnel. Il savait seulement que l'idée que Jesse retourne à Dover, alors que les choses commençaient tout juste à devenir intéressantes entre eux, le rendait malade. Jesse était la première personne à avoir éveillé quelque chose en lui depuis le décès de Julie. Il était terrifié à l'idée de le voir retourner chez lui et l'oublier totalement.

D'un autre côté, si Jesse *était* susceptible de l'oublier, peut-être que ce serait mieux ainsi. Peut-être avait-il juste un penchant pour les hommes plus âgés et que Kyle faisait l'affaire. Et le fait qu'il soit policier lui donnait probablement plus de sex appeal, étant donné la fascination de Jesse pour les histoires de meurtre. S'il retournait chez lui et ne contactait plus jamais Kyle, ce serait alors probablement une bonne chose qu'il y eut une heure de trajet qui les sépare. Kyle aurait moins de chances de se ridiculiser en conduisant jusque chez lui en plein milieu de la nuit pour se retrouver à pleurnicher devant Jesse en lui demandant de bien vouloir lui parler 'juste une minute'.

Quelle horreur ! Kyle avait été appelé assez souvent pour intervenir sur des querelles domestiques de ce genre. Même si ce n'était pas des situations graves, les voisins avaient tendance à les appeler simplement pour qu'ils fassent taire le pauvre bougre et qu'ils le ramènent chez lui.

Mais qu'en serait-il si Jesse était fait pour lui ? Et s'il était cette personne qu'on ne rencontre qu'une ou deux fois dans sa vie ? Kyle ne croyait pas en cette idée d'avoir un seul et unique amour, qu'il n'y ait qu'une personne au monde qui soit faite pour lui, un point c'est tout. Quelle triste idée ! Qu'arrivait-il si cette personne venait à mourir ? Était-il voué à passer les cinquante à soixante-dix prochaines années de sa vie seul et malheureux ? Julie était faite pour lui. Ils s'étaient adorés. Elle lui manquerait pour le restant de ses jours. Mais s'il se laissait aller à croire qu'il ne retrouverait jamais l'amour, il finirait par se suicider.

Jesse semblait être une seconde chance. Peut-être que c'était simplement parce qu'il était magnifique, qu'il lui portait de l'intérêt et qu'il savait vraiment comment embrasser. La seule chose dont Kyle était certain, c'était qu'il voulait plus de temps pour mettre de l'ordre dans tout cela.

KYLE SE rendit finalement compte qu'il était resté longtemps sur ce parking. Il devait retourner à l'hôtel et dormir un peu s'il prévoyait de passer la plus grande partie de la journée du lendemain sur la route. Il posa sa main sur le levier de vitesse pour reculer, mais quelque chose attira son attention et le fit hésiter. Il y avait quelqu'un dans les buissons situés sur le bord du parking, assez tapis dans l'ombre pour qu'on ne puisse pas le voir clairement. Mais il était en train de se frayer un chemin à travers les buissons, et le mouvement des branches amplifiait ses mouvements. Avait-il été là plus tôt ? Avait-il regardé Jesse retourner à l'hôtel ? L'avait-il vu sortir du véhicule de Kyle ?

Kyle retira sa main du levier de vitesse et ouvrit sa portière aussi discrètement que possible. Puis il se glissa hors du véhicule et s'avança doucement vers les buissons. En s'approchant, il posa une main sur son arme et interpella l'individu :

— Qui est là ?

— Où ça ? répondit la voix d'un jeune homme.

— Dans les buissons.

— C'est moi.

Joel Owens sortit en titubant de derrière l'un des arbustes, bataillant pour refermer sa braguette.

— Joel.

Kyle se détendit et retira sa main de son arme.

— C'est ce que je vois. Qu'est-ce que vous faites ici au beau milieu de la nuit, Joel ?

— Je voulais pisser.

Vu la manière dont il vacillait sur ses jambes, il était manifestement saoul. Il loucha en regardant Kyle.

— Oh, c'est vous.

— D'où revenez-vous ?

Joel leva sa main et tourna sur lui-même, essayant de se repérer. Il trébucha un peu, mais finit par indiquer l'entrée nord de l'hôtel, qui se trouvait à proximité.

— Il y a des toilettes à l'intérieur de l'hôtel, Joel. Vous ne devriez pas faire vos besoins dehors.

— Vous allez m'arrêter ? demanda Joel, semblant effrayé et pathétique.

Kyle aurait certainement pu lui donner une amende, mais il n'était pas particulièrement motivé à le faire. Ce n'était pas comme si le jeune homme avait dégainé son engin pour que tout le monde le voie.

— Pourquoi vous promenez-vous saoul à l'extérieur, Joel ? Vous n'êtes même pas habillé pour être dehors.

Joel portait un sweat, mais c'était une nuit plutôt fraîche.

— Je m'en fous, dit Joel. Peut-être que je vais mourir de froid. Ce serait mieux comme ça.

— Mieux que quoi ?

— Vivre sans lui.

— Stuart ? demanda gentiment Kyle.

Joel hocha la tête, puis son visage se tordit dans une expression d'agonie alors que les larmes coulaient. Cela percuta Kyle comme un coup au ventre, lui rappelant les nuits qui avaient suivi le décès de Julie, lorsque boire jusqu'à l'oubli semblait être la seule solution pour faire cesser la douleur. Il n'était pas encore convaincu de l'innocence de Joel, mais il ne pouvait pas le laisser se morfondre si son deuil était réel. Il s'avança et plaça délicatement sa main sur l'épaule du jeune homme, n'ayant pas l'intention d'aller plus loin que ce simple geste de consolation. Mais Joel s'effondra contre lui, et Kyle se retrouva à le tenir dans ses bras pendant qu'il pleurait.

Il patienta, se sentant gêné en pensant au fait que cela semblerait peu professionnel pour quiconque les croiserait. Mais personne ne passait par ici à cette heure de la nuit. Enfin, quand Joel parut avoir vidé toutes les larmes de son corps, Kyle dit doucement :

— Je vais vous ramener à l'intérieur avant que vous n'attrapiez une pneumonie.

Joel laissa Kyle le guider vers l'hôtel, en le soutenant d'une main. Quand ils entrèrent dans le hall d'entrée, Kyle était si soulagé d'être de retour dans une pièce chauffée qu'il se détendit et lâcha l'épaule de Joel. Celui-ci se déporta immédiatement et s'affala sur l'un des canapés rembourrés.

Kyle soupira, mais le prit patiemment par le coude et l'aida à se remettre debout.

— Hors de question, mon pote. Je ne peux pas te laisser décuver dans le hall d'entrée.

Malheureusement, il était assez clair que Joel était trop saoul pour pouvoir retrouver le chemin jusqu'à sa chambre, donc Kyle continua à le tenir par le coude et le guida vers l'ascenseur. Priant pour que le jeune homme ne vomisse pas, Kyle fit signe de la tête au liftier et dit :

— Quatrième étage, s'il vous plaît.

Le vieil homme leva les sourcils et lui sourit en tirant la poignée.

Joel s'appuyait assez fortement contre Kyle le temps que l'ascenseur monte. Il leva les yeux vers ceux de Kyle et dit :

— Je fais de bonnes fellations.

— Tout le monde a besoin d'avoir des passe-temps.

— Vous voulez tester ?

Le liftier ne les regardait pas, trop professionnel pour laisser paraître qu'il entendait la conversation inappropriée qui se déroulait à côté de lui. Cela n'empêchait pas Kyle d'être extrêmement gêné. Il grimaça lorsque la porte de l'ascenseur s'ouvrit et secoua la tête.

— Désolé. Je pense que vous devriez retourner dans votre chambre et dormir... *seul*.

Joel semblait une nouvelle fois être au bord des larmes, mais Kyle continua à le guider le long du couloir. Quelques instants plus tard, ils se trouvaient devant la chambre que le jeune homme partageait avec Todd.

— Vous avez la clé de votre chambre ?

Joel fouilla pour trouver sa carte dans son jeans et la remit à Kyle, mais avant que le détective ne puisse essayer de l'introduire dans la serrure, la porte s'ouvrit d'un coup. Todd se tenait debout dans toute sa splendeur, ou du moins en grande partie, et les fusillait du regard. La seule chose qu'il portait était un slip et Kyle devait avouer que Jesse avait raison : Todd était superbe sans ses vêtements.

— Qu'est-ce qui se passe ? demanda-t-il.

— Votre voisin de chambre est devenu une nuisance publique, dit Kyle, lançant un sourire en coin à Todd.

Et vous vous exposez à une accusation pour outrage public à la pudeur, pensa-t-il. Kyle n'avait pas vérifié les décrets locaux, mais de nombreuses villes du New Hampshire considéraient que se tenir debout dans l'entrebâillement d'une porte en étant habillé de manière inappropriée était une infraction. Mais ce n'était pas son boulot de s'occuper des problèmes locaux, et il n'était pas intransigeant à ce point.

Todd haussa les sourcils et regarda Joel.

— Il m'a dit qu'il allait prendre un coup au bar.

— Je le soupçonne d'en avoir pris plus d'un.

Todd ouvrit davantage la porte et fit signe à Kyle d'entrer. Le détective guida Joel dans la chambre et l'assit sur son lit.

Aussitôt que Kyle lâcha son bras, Joel commença à enlever son sweat et son tee-shirt. Il se retrouva coincé, mais Kyle ne pensait pas qu'il serait approprié de l'aider à se déshabiller. Heureusement, Todd ferma la porte et se dirigea vers le lit pour aider Joel.

— Je pense que je vais vous laisser tranquille, dit Kyle, se sentant de plus en plus mal à l'aise alors que Joel déboutonnait son jeans. Faites juste en sorte qu'il décuve et qu'il ne se promène pas trop tard. Joel poussa son jeans et son slip en dessous de ses genoux, s'exposant complètement.

— Bon Dieu, marmonna Todd, mais il s'agenouilla et enleva les chaussures de Joel.

Celui-ci s'allongea sur son lit pour laisser Todd finir de le déshabiller. Il leva les yeux vers Kyle en faisant la moue et écarta les jambes autant que son pantalon le lui permettait, étant toujours descendu en bas de ses jambes.

— Vous êtes sûr que vous ne voulez pas me baiser ?

Kyle n'était pas un saint. Joel était mignon dans son genre, et le détective sentit son entrejambe se contracter à la vue du jeune homme qui était allongé nu devant lui, le suppliant d'être baisé. Mais il avait une offre bien meilleure qui l'attendait le lendemain soir.

— Décuvez, Joel. J'espère que vous ne vous attirerez pas de problèmes plus tard, en agissant de la sorte.

Il fit un signe de la tête à Todd, qui leva les yeux au ciel et lui sourit véritablement pour la première fois... ou du moins, il esquissa un petit sourire. Kyle sortit de la chambre.

XVIII

JESSE SE sentait un peu coupable le lendemain matin, en faisant ses valises avant de libérer la chambre. Cette chambre d'hôtel avait coûté à son père une somme considérable et il n'avait pas vraiment accompli grand-chose. Enfin, cela lui avait peut-être apporté un petit ami. Il était très enthousiaste par rapport à cela, particulièrement car ce petit ami avait un travail et ne vivait pas dans le sous-sol de ses parents.

Mais il mentirait s'il disait qu'il n'avait pas voulu résoudre le mystère, et quitter l'hôtel à ce stade était comme admettre la défaite. Il avait appris à connaître un peu les suspects et en avait appris davantage à leur sujet, mais en réalité, ils lui donnaient l'impression d'être des personnes normales. Il n'aimait pas beaucoup Corrie qui était superficielle et égocentrique. Mais il appréciait vraiment Joel, si l'on omettait ses tentatives grossières pour le séduire, et Todd n'était pas mal non plus – assez dégoûtant, mais cela n'en faisait pas un tueur. Jesse avait eu un colocataire du même genre en première année d'université. Topher traitait plutôt mal les filles, mais il était sympathique avec Jesse et pas du tout timide lorsqu'il s'agissait de nudité ou de plaisanteries portées sur le sexe. C'était le genre de gars dont on tombe facilement amoureux : hétérosexuel, mais tellement débauché qu'on ne pouvait jamais être certain que quelques bières ne le fassent pas basculer de l'autre côté.

De toute manière, Joel avait raison : les seuls mobiles valables pour avoir tué Stuart étaient soit de l'empêcher de profiter de la richesse de Corrie, soit de se venger de l'avoir larguée. M. Lassiter pourrait être le principal suspect pour le premier mobile, mais sa fille était la première suspecte pour le second. D'un autre côté, si Stuart avait accepté le pot-de-vin pour partir, M. Lassiter n'avait aucune raison de le tuer. Ce qui ne laissait une fois de plus que Corrie, mais était-elle assez forte pour attraper un homme costaud comme Stuart et le pousser contre un rocher ? De premiers abords, cela semblait impossible à Jesse. À moins qu'elle ne fasse du judo ou un sport de ce genre. Elle avait les moyens d'engager quelqu'un, bien entendu, ou elle aurait pu manipuler quelqu'un pour le faire, vu qu'elle ne manquait pas du tout de sex appeal. Une personne aurait pu gravir la montagne plus tôt dans la journée, ou bien prendre le Cog avant que la cérémonie de mariage ait lieu, et tuer Stuart en se disant que Corrie allait l'aimer pour ça. Ou avait-elle réussi à monter les frères l'un contre l'autre, et encouragé Todd à tuer Stuart dans un élan de jalousie ? Ainsi, il aurait été libre de se marier avec elle.

Sauf qu'il ne montrait aucun signe d'intérêt pour ça. Et si l'on en croyait les dires de Joel, Todd aurait pu avoir Corrie quand il le souhaitait, même après le mariage. Stuart ne l'en aurait pas empêché.

Jesse était en bas juste avant neuf heures, mais il n'eut pas à attendre. Kyle était déjà dans le hall d'entrée. Il n'était apparemment plus inquiet que Jesse soit vu avec lui, maintenant qu'il quittait l'établissement. Jesse rendit sa clé à la réception, et Kyle insista pour prendre son sac de voyage alors qu'ils traversaient l'énorme hall d'entrée, lui laissant seulement son sac à dos. C'était plutôt mignon, mais agaçant. Jesse n'était pas une petite chose fragile qui avait besoin d'un homme fort pour le protéger. Il avait porté un sac à dos deux fois plus lourd que ce sac de voyage en gravissant la montagne. Mais il ne voulait pas commencer la journée par une dispute, donc il laissa Kyle jouer le protecteur machiste. Quand ils eurent rangé ses sacs dans le coffre du véhicule, Kyle dit :

— Est-ce que ta voiture est garée ici ?

— Oui.

— Demande au valet d'aller la chercher et ensuite, suis-moi. Tu peux la laisser à mon hôtel pendant qu'on descend à Dover.

LE COÉQUIPIER de Kyle était dehors lorsqu'ils arrivèrent au Lodge, se tenant debout près de l'entrée avec une petite valise. Kyle arrêta sa voiture près de celle de Jesse et étira son bras par la fenêtre côté conducteur pour lui indiquer une place de parking en face d'eux. Jesse se gara sur cette place, verrouilla son véhicule et les rejoignit.

Il n'était pas surpris de voir que l'autre détective avait pris le siège passager. *Peut-être que j'aurais dû crier 'Prems ! '*, pensa-t-il en s'asseyant sur la banquette arrière.

— Jesse, dit Kyle. Voici mon coéquipier, le détective Roberts.

Jesse dit 'Salut' à Roberts, mais le détective le regarda à peine. Il se contenta d'émettre une sorte de grognement de manière évasive.

OK.

Roberts fouilla dans sa poche et en sortit une feuille de papier pliée, qu'il lança au visage de Jesse.

— Tu dois signer ça.

Kyle fusilla son coéquipier du regard, mais il ne le contredit pas.

— C'est quoi ? demanda Jesse.

Le titre en haut de la page disait : 'Programme d'observation en milieu de travail – Autorisation pour adulte.'

— Je n'en ai pas déjà signé une ?

— C'en est un autre, expliqua Kyle. Les civils sont censés en remplir un nouveau chaque fois qu'ils montent dans une voiture de police pour observer notre routine quotidienne. La première autorisation que tu avais remplie n'était valable que pour la nuit du meurtre. Théoriquement, on est censé s'occuper de ce genre de documents à l'avance, mais…

— Mais, cela ne suffirait pas pour *cette* opération, marmonna Roberts.

Jesse fouilla dans la poche de son jeans pour récupérer le stylo qu'il avait toujours sur lui – il ne savait jamais à quel moment l'inspiration lui viendrait – signa la feuille et la rendit au détective Roberts.

Roberts lui dit 'Merci' à contrecœur et la rangea dans la poche de sa veste.

Ils entrèrent sur la Route 302 et prirent la direction du sud vers Conway. Jesse savait qu'ils allaient finir sur la Route 16, l'autoroute qu'il avait empruntée pour aller dans les Montagnes Blanches. Elle traversait la ville de Rochester et continuait jusqu'à Dover.

Les premiers kilomètres du trajet furent inconfortablement silencieux. Kyle essaya d'entamer une discussion avec son coéquipier en lui parlant de leurs projets pour l'après-midi, mais Roberts jetait des coups d'œil vers Jesse par-dessus son épaule et refusait de trop en parler.

À Conway, Kyle s'arrêta à une station-service pour faire le plein. Il sortit du véhicule pour aller remplir le réservoir, laissant Jesse seul avec Roberts pour la première fois. À la surprise de Jesse, le détective se tourna et le scruta d'un air inquisiteur.

— Alors… Kyle m'a dit que tous les deux vous… tu sais… dit-il finalement.

Jesse ne savait pas. Sortiez ensemble ? Couchiez ensemble ? Alliez former un groupe de musique ? Il détestait quand les gens ne disaient pas directement ce qui leur passait par la tête.

— Est-ce qu'il a dit qu'on sortait ensemble ?

— Oui.

— Donc on sort ensemble.

Roberts hocha la tête, mais il y avait une sorte de méfiance dans son regard, comme s'il pensait que Jesse était un genre d'arnaqueur qui essayait de profiter de Kyle. Ou peut-être une personne intéressée par l'argent. Mais si Jesse voulait jouer à ce jeu-là, il ne s'en serait pas pris à un homme tel que Kyle. Le détective ne mourait pas de faim, mais il n'avait pas vraiment l'air riche.

— Je n'ai pas de problème avec ça, dit Roberts. Tu sais, vivre et laisser vivre.

— Merci, dit Jesse.

Si Roberts perçut le sarcasme dans sa réponse, il ne le montra pas.

— Tu sais qu'il a perdu sa femme il y a quelques années ?

— Oui, il m'a parlé de Julie.

— Il a traversé beaucoup d'épreuves, continua Roberts. Et tu es le premier homme avec qui il est sorti depuis qu'elle est décédée – la première *personne* avec qui il est sorti.

Mon Dieu, donnez-moi une corde. C'était le discours du 'Si tu lui fais du mal, je te tuerai'. Dans un sens, c'était plutôt mignon de voir que Roberts ressentait le besoin de faire attention à Kyle. Mais franchement ? Jesse n'aimait pas vraiment être considéré comme une sorte de Casanova gay qui prenait pour cible le pauvre et innocent Kyle.

— Écoutez, détective Roberts, dit patiemment Jesse. Je n'ai aucune intention de lui faire du mal. C'est lui qui a des doutes à propos de cette relation. Je *sais* que je l'aime bien. Je sais qu'il est l'homme le plus intéressant que j'aie jamais rencontré. Je ne vais pas lui briser le cœur. J'espère juste qu'il ne va pas briser le mien.

Roberts laissa sortir un grand soupir et regarda par sa fenêtre, un air sombre sur le visage. Dehors, Jesse pouvait entendre Kyle remettre le bouchon sur le réservoir.

— Wesley, dit Roberts.

— Quoi ?

— Si tu sors avec mon meilleur ami, tu ferais aussi bien de m'appeler Wesley. Évite juste de le faire quand on est… tu sais… en public.

Jesse se retint de rire.

— Wesley, dit-il.

LE RESTE du trajet leur prit une heure, temps durant lequel Jesse trouva Kyle et Wesley plus bavards, mais peu disposés à parler de tout ce qui était relatif à l'affaire. Les deux détectives étaient clairement amis depuis un bout de temps, et ils avaient beaucoup d'endroits favoris dans lesquels sortir à Concord et à Manchester. Il apparut clairement à Jesse que, s'il envisageait de sortir avec Kyle, il devrait s'habituer au fait que Wesley soit tout le temps dans les parages.

À un moment, son téléphone vibra, donc il le sortit de sa poche. C'était un texto de Joel : *Mec ! Tu as quitté l'hôtel !*

Jesse envisagea d'ignorer ce message. N'était-il pas censé rester en dehors de toute cette pagaille maintenant qu'il avait quitté l'hôtel ? Mais ignorer des personnes qui n'avaient rien fait pour le mériter allait à l'encontre de son éducation, donc il lui répondit : *je n'avais pas les moyens de rester plus longtemps.*

T où ?

Suis avec mon petit ami ce soir

Il pensa s'arrêter là, mais quelque chose le poussa à ajouter : *de retour demain.*

Tu m'appelleras ?

Dac

Kyle le tuerait probablement pour avoir fait ça, mais Jesse devait de toute manière retourner au Lodge pour récupérer sa voiture. Déjeuner avec Joel ou quelque chose de ce genre ne compromettrait pas l'enquête, n'est-ce pas ?

LEUR ROUTE les faisait passer par Rochester avant de les mener à Dover, et à la surprise de Jesse, Kyle sortit de la route principale pour prendre une petite rue. Après avoir tourné plusieurs fois, il s'arrêta au niveau d'une rue étroite bordée de maisons en piteux état. La plupart avaient été divisées en deux appartements ou plus, si l'on en croyait les portes, et les jardins n'étaient pas entretenus, remplis de jouets cassés et de grils à charbon bon marché et rouillés.

— C'est ici que se trouve l'appartement de Todd et Stuart ? demanda Jesse, comme c'était la seule chose qui lui venait à l'esprit.

Il savait que leur appartement était quelque part à Rochester, et probablement pas dans un bon quartier.

Mais Kyle fit non de la tête. Il regardait derrière Wesley, par la fenêtre du côté passager. Jesse se tourna pour voir un immeuble marron, laid, recouvert de cet affreux revêtement en bardeau d'asphalte qui avait été utilisé sur de nombreuses maisons à une certaine époque. Sur celle-là, il s'était désintégré au fil des années. L'une des fenêtres dans cette rue était cassée, mais elle avait été rafistolée avec du ruban adhésif.

— Ce n'est pas l'endroit où ils vivent aujourd'hui, du moins Todd. Mais ils ont vécu ici durant quelques années lorsqu'ils étaient adolescents.

— Va-t-on y entrer ?

Wesley se tourna pour lui lancer un regard noir, donc il se corrigea rapidement en disant :

— Enfin, est-ce que vous allez y entrer, tous les deux ?

— Personne ne va entrer, répondit Kyle. Ce sont d'autres personnes qui vivent ici désormais. Et plus aucun de leurs voisins de l'époque ne vit ici.

— Alors pourquoi s'est-on arrêté ?

— Je voulais juste voir, dit Kyle.

Il regarda Jesse et sembla réfléchir à quelque chose avant de continuer.

— Cela pourrait n'avoir aucun rapport avec ce qui est arrivé à Stuart, mais, lorsque lui et Todd étaient adolescents, leurs parents sont morts. De manière assez effroyable.

Jesse jeta de nouveau un œil vers le revêtement de l'immeuble, comme s'il pouvait lui montrer ce que Kyle voulait dire.

— Comment ?

Wesley redirigea son regard noir vers Kyle, qui secoua sa tête en réponse.

— Je ne vois pas pourquoi je ne devrais rien lui dire. C'est de l'histoire ancienne, et c'était écrit dans une tonne de journaux, donc ces informations appartiennent au domaine public. Il peut tout apprendre en cinq minutes s'il fait une recherche sur Internet.

Et c'est alors qu'il raconta toute l'histoire à Jesse.

XIX

KYLE AVAIT peu de raisons de s'arrêter en face de l'ancien appartement des Warren, hormis une curiosité morbide. Mais il y avait une autre raison pour laquelle il était passé par Rochester. Les bureaux de l'agence d'investigation à laquelle les Lassiter avaient fait appel, *Rochester Investigations Inc*, se situaient dans une petite ruelle près de la grand-rue. Il les avait contactés le jour précédent, à propos du rapport faxé au département par McDonnell, et on lui avait dit que Richard Winchester, l'enquêteur chargé de l'affaire des Lassiter qui avait rédigé le rapport, était en déplacement jusqu'à ce jour. Donc il avait pris rendez-vous avec lui à seize heures.

Cela leur donnait presque quatre heures à tuer. Il avait insisté pour partir de l'hôtel assez tôt, parce qu'il voulait avoir le temps de parler avec la seule personne civile qu'il avait été capable de retrouver et qui pourrait se souvenir de ce qui s'était passé sept ans plus tôt : Estelle Moore, la grand-mère de Todd et Stuart. Donc il conduisit le long des petites rues jusqu'à trouver l'agence, conserva l'emplacement en mémoire, puis il continua vers Dover qui se trouvait à un peu plus de seize kilomètres d'ici.

Depuis la mort de son mari, survenue trois ans plus tôt, Mme Moore vivait dans une résidence pour personnes âgées sur Back River Rd. Cela ressemblait à un grand hôtel.

— Tu restes dans la voiture, ordonna Wesley à Jesse aussitôt qu'ils se garèrent.

Kyle leva les yeux au ciel.

— On se les gèle dehors.

— Alors, laisse le moteur tourner.

Kyle n'avait aucune idée du temps que cela allait leur prendre. Il comprenait que Wesley ne veuille pas que Jesse les suive, maintenant qu'ils étaient en mission officielle, mais l'établissement devait posséder un hall d'entrée dans lequel il pouvait patienter. Il demanda à Jesse :

— Tu as une liseuse ou quelque chose comme ça ?

— Non, mais, je peux prendre mon livre.

— Tu peux patienter dans le hall d'entrée le temps qu'on fasse ce pour quoi nous sommes venus.

146

Wesley le fusilla du regard, mais ne broncha pas. Néanmoins, il claqua sa portière un peu plus fort que nécessaire en sortant du véhicule.

Jesse sortit *Le Faucon maltais* de son sac à dos et les suivit à l'intérieur du bâtiment. L'entrée donnait sur un petit hall avec, sur le côté, une salle à manger ressemblant à un restaurant. Cet endroit semblait agréable à vivre. Si Kyle était un jour obligé d'emménager dans une résidence pour personnes âgées, il espérait que ce serait dans un endroit comme celui-ci, au lieu d'une maison de retraite ressemblant à un hôpital, comme celle où sa grand-mère avait connu ses derniers instants.

La réceptionniste demanda aux trois hommes de bien vouloir s'asseoir pendant qu'elle appelait la chambre de Mme Moore, et quelques minutes plus tard, une dame âgée étonnamment petite – étant donné la taille de ses petits-enfants – descendit par l'ascenseur. Elle aurait pu être la grand-mère de tout le monde avec son doux sourire, son pantalon rose pastel, son sweat en coton couleur lilas, et ses cheveux blancs coiffés dans un chignon impeccable. Kyle l'avait appelée la veille et avait convenu d'un rendez-vous, donc elle n'était pas surprise de le voir. Elle traversa le hall et regarda les deux détectives en uniforme lorsqu'ils se levèrent pour la saluer.

— Détective Dubois ?

Elle ne semblait pas décidée à leur serrer la main, donc Kyle se contenta de lui sourire et de hocher la tête.

— Bonjour, Mme Moore.

Jesse se leva pour être poli, ce qui n'était pas anormal, mais cela obligea Kyle à le présenter.

— Et voici notre ami, Jesse Morales. On le ramène simplement chez lui en voiture, donc il patientera ici, dans le hall.

Jesse sourit à la dame.

— Les employés m'ont dit qu'on pouvait utiliser l'un des salons, dit Mme Moore.

— Oui, dit la réceptionniste. Estelle, pourquoi n'emmèneriez-vous pas vos amis dans le salon et je vais demander à Marty de vous apporter du café.

— Merci, Marie.

Elle lança un regard vers Jesse puis regarda de nouveau Kyle.

— Y a-t-il une raison pour laquelle votre ami ne puisse pas se joindre à nous pour un café ?

— Ça ne me dérange pas d'attendre ici, dit rapidement Jesse.

Wesley le fusillait à nouveau du regard, tel un pitbull, mais Mme Moore refusait de le laisser seul.

— Hors de question que vous restiez ici, dit-elle en se tournant vers la salle à manger. Suivez-moi, s'il vous plaît.

Kyle, Wesley, et Jesse échangèrent des regards, et Kyle haussa les épaules. Quand ils suivirent Mme Moore, Jesse fit de même. Ce n'était pas strictement illégal pour lui d'entendre cet échange, mais Wesley avait raison d'être agacé. Le chef ne serait pas du tout content d'apprendre qu'un civil les avait suivis alors qu'ils étaient en mission officielle. Kyle n'avait pas pensé que ce serait un si grand problème d'emmener Jesse sur ce voyage pour lui tenir compagnie, mais peut-être que cela n'avait pas été une si bonne idée après tout.

Ils traversèrent la salle à manger et passèrent sous un énorme escalier qui menait au deuxième étage, puis ils se dirigèrent vers un recoin dans lequel étaient installés quelques canapés et quelques chaises autour d'une table basse. Techniquement, ce n'était pas une pièce séparée, mais elle était assez reculée pour leur donner un peu d'intimité.

Mme Moore prit l'une des chaises et Wesley s'assit sur l'un des canapés, Kyle prenant place sur le canapé situé en face. Jesse s'assit près de lui. Kyle était fortement conscient du fait qu'il était en train de conduire une mission, son compagnon à ses côtés. C'était pour le moins troublant. Julie ne l'avait jamais accompagné sur ses enquêtes, l'idée ne lui aurait jamais traversé l'esprit, ni à lui, d'ailleurs. Il ne pensait pas que Jesse ferait ou dirait quoi que ce soit pour le mettre dans une position délicate, mais c'était tout de même angoissant.

— Vous m'avez dit au téléphone que vous aviez quelques questions à propos de ce qui est arrivé à ma fille et mon gendre il y a sept ans ?

— C'est bien cela, madame.

Elle frotta sa cuisse de sa main et son front se plissa.

— Je n'arrive pas à comprendre pourquoi quelqu'un voudrait ressasser le passé. C'était… horrible.

— Oui, ça l'était.

Kyle gesticula, mal à l'aise, et dit :

— J'ai malheureusement une très mauvaise nouvelle. L'un de vos petits-enfants, Stuart, a été tué cette semaine alors qu'il se promenait sur le mont Washington.

— Oh.

La vieille dame cligna des yeux et sembla fixer intensément le chemin de table placé sur la table basse qui les séparait, sur lequel était imprimé d'une scène hivernale de la Nouvelle-Angleterre.

— Pauvre garçon.

Elle resta silencieuse un long moment et Kyle lui donna un instant pour digérer la nouvelle. Un jeune homme arriva, portant un plateau sur lequel étaient disposés une carafe de café, quatre tasses avec leur soucoupe, ainsi que de la crème et du sucre. Il le posa sur la table et murmura :

— Voilà, Estelle. Avez-vous besoin d'autre chose ?

— Non, Marty. Merci.

L'homme s'en alla et Mme Moore s'occupa en versant une tasse de café à chacun d'entre eux. Elle reposa la carafe et dit :

— Servez-vous en crème et en sucre.

— Merci, dit Kyle.

— Je suis… désolée à propos de Stuart, dit-elle, levant sa tasse près de son visage. Mais après sept ans sans aucune nouvelle de lui ou de Todd… j'ai bien peur de ne pas pouvoir dire que nous étions particulièrement proches. Cela m'attriste, bien entendu, mais… ils ne m'ont jamais répondu lorsque je leur ai fait parvenir la nouvelle qu'Howard, leur grand-père, était décédé.

— Je comprends. Mais nous essayons d'assembler les pièces du puzzle concernant la mort de Stuart, et j'espérais que vous seriez en mesure de nous aider.

— Je ne vois pas de quelle façon, mais je serai heureuse de répondre à autant de questions que possible.

Kyle sortit son carnet de notes de sa veste et l'ouvrit sur une page vierge.

— J'ai lu le rapport du service de police de Rochester, mais j'aimerais que vous me disiez ce que vous savez à propos de cette nuit, et la manière dont les enfants se sont retrouvés à vivre avec vous et votre époux.

Elle plissa les lèvres comme si elle venait de goûter quelque chose de mauvais.

— Joe Warren, mon gendre, n'était *pas* un homme bien. On peut même dire qu'il était horrible. Mesquin et amer, même étant jeune. Nous avons averti Michelle de rester éloignée de lui, mais… elle était malheureusement égocentrique. Nous la gâtions trop.

— Le rapport indique que les garçons subissaient des violences physiques.

Mme Moore prit une gorgée de son café et Kyle remarqua que sa main tremblait. Elle tint sa tasse au-dessus de ses cuisses.

— Nous n'étions pas au courant. Pas au début. Nous les voyions si rarement… pour Noël… parfois pour Thanksgiving. Quand les services

149

sociaux leur ont retiré les garçons… nous étions tout aussi choqués que n'importe qui d'autre. Je vous prie de me croire.

Elle regarda Kyle d'un air implorant. Il n'était pas certain de vraiment la croire, il était facile de se mettre des œillères, surtout lorsqu'il s'agissait de la famille. Est-ce qu'elle et son mari avaient remarqué des hématomes sur les garçons et ne les avaient pas pris au sérieux, pensant qu'il s'agissait des conséquences de bagarres entre adolescents ? Elle n'en savait peut-être plus rien, plus maintenant. Cela s'était passé il y a trop longtemps et c'était facile de modifier le passé, de le rendre plus agréable que la réalité.

Mais il hocha la tête pour la rassurer et elle continua :

— Je mentirais si je disais que Michelle était un meilleur parent que Joe. Pour autant que je sache, elle ne les a jamais frappés, mais…

Elle expira brusquement et secoua la tête.

— Elle était méchante avec eux. Particulièrement avec Stuart. Je ne sais pas pourquoi, mais elle était juste… elle paraissait ne jamais manquer une occasion de le rabaisser. J'ai essayé d'en discuter avec elle, mais elle m'a dit que c'était un perturbateur et qu'elle savait ce qu'elle faisait…

— Est-ce qu'il *était* perturbateur, d'après ce que vous pouviez voir ? demanda Kyle.

Elle soupira et haussa les épaules.

— C'était un adolescent. Tous deux étaient des adolescents. Et ils s'étaient parfois fait attraper pour vol à l'étalage et vandalisme au fil des années.

Elle eut une expression renfrognée.

— Ce n'est pas comme s'ils avaient eu des modèles respectables dans leurs vies.

Le fait que Joe Warren ait été un policier énervait vraiment Kyle. Il savait que les officiers de police étaient aussi vulnérables aux problèmes liés à leurs vies personnelles que n'importe qui d'autre : l'alcoolisme, les divorces et les suicides étaient de grands problèmes dans leur profession. Mais battre des enfants était ignoble, peu importe la manière dont on tourne la chose. Et le fait qu'un officier de police, qui avait juré de protéger la population, s'en prenne à ses propres enfants…

— Mme Moore, dit Kyle, tournant une page de son carnet de notes pour consulter ce qu'il avait griffonné lorsqu'il était à l'hôtel. Le rapport de police dit que votre fille avait entamé une procédure de divorce.

— Enfin ! s'exclama la vieille dame. Si seulement elle l'avait fait plus tôt ! Je lui en ai parlé juste quelques mois avant que… ça ne se passe.

Elle m'avait appelé après l'une de leurs disputes régulières, déterminée à venir vivre chez nous, parce qu'elle disait en avoir finalement eu assez. Joe avait recommencé à boire, autant qu'avant, et ils se disputaient tellement qu'il dormait sur le canapé.

— Est-elle venue vous voir ?

Mme Moore fronça les sourcils.

— Non, bien sûr que non. Je lui ai dit qu'elle serait la bienvenue, qu'elle pouvait amener les garçons, mais je n'ai jamais vraiment cru qu'elle viendrait. Ce n'était pas la première fois qu'elle menaçait de le quitter, et je ne m'attendais pas à ce que ce soit la dernière.

— Le rapport dit qu'elle a commencé à se rendre dans des bars la nuit, à coucher avec d'autres hommes.

— Je ne suis au courant de rien par rapport à cela, dit Mme Moore d'un ton sec.

Elle posa sa tasse de café, qui n'était pas terminée, sur sa soucoupe placée sur la table.

— Je suppose que ce n'était pas contraire à sa nature. Elle n'avait pas peur de lui, malgré son caractère. Je pense qu'elle aimait le contrarier.

Charmant. C'était comme taper un ours avec un bâton et puis être surpris quand l'ours vous arrachait la tête.

— Pensiez-vous que Joe était capable de meurtre ?

— Je suppose que je n'ai jamais imaginé qu'il irait aussi loin, répondit-elle, ses épaules tombant un peu. Michelle pensait pouvoir le gérer, et je voulais croire qu'elle avait raison.

Kyle décida d'accélérer. Elle n'avait pas été présente au moment du meurtre/suicide, et il avait déjà le rapport de police.

— Donc les garçons sont venus vivre avec vous et votre mari.

— Oui.

— Et comment ça s'est passé ?

Elle le regarda d'un air curieux.

— Que voulez-vous dire ?

— Est-ce que vous et votre mari vous êtes vous bien entendu avec les garçons ?

— Oh. Non, pas vraiment.

Elle haussa les sourcils.

— Todd était… très en colère. Ce que l'on comprenait parfaitement. Mais il ne voulait pas écouter ce que nous lui disions à ce moment-là. Et il était plus âgé. Il était trop tard pour que l'on puisse réparer les dommages que son père, et sûrement aussi sa mère, avaient causés.

— Et Stuart ?

Une drôle d'expression passa sur le visage de la vieille dame, comme s'ils avaient touché du doigt un sujet dérangeant – , et cela après avoir discuté du meurtre de sa propre fille.

— Stuart était... bizarre.

— Bizarre ?

— Il était... indifférent... à *tout*. Il était poli et pas particulièrement désobéissant, sauf quand Todd l'entraînait dans ses mauvais plans. Parfois, il pouvait même être charmant. Bien plus que son frère. Mais... Todd a pleuré lors des funérailles, et lorsqu'on est rentré à la maison, il a mis un coup de poing dans le mur de sa chambre, si fort qu'il a fait un trou.

Mme Moore secoua la tête.

— Nous n'avons pas *apprécié* cela, bien entendu, mais au moins c'était une réaction humaine normale.

— Comment a réagi Stuart ?

— Il n'a pas réagi ! Il ne semblait pas du tout bouleversé. On aurait dit qu'il *s'ennuyait* aux funérailles, et quand on est rentré à la maison, il voulait juste regarder la télévision comme si rien ne s'était passé.

XX

Jesse trouvait que ce qu'avait raconté Mme Moore à propos des Warren était intéressant, mais il n'était pas certain que cela apporte grand-chose en ce qui concerne l'enquête. Cette opinion se confirma lorsqu'il fut de nouveau dans la voiture avec Kyle et Wesley, en direction de Rochester.

Wesley semblait irritable. Il était assis sur le siège passager avec ses bras croisés sur son torse et marmonna :

— Eh bien, *ça*, c'était utile.

Kyle fronça les sourcils, mais resta silencieux.

Jesse trouvait intéressant que les grands-parents de Stuart aient apparemment été si troublés par son manque d'émotions lors de la mort de ses parents, qu'ils n'avaient pas protesté lorsque Todd avait demandé à ce que Stuart vienne vivre avec lui, alors qu'il n'avait pas encore dix-huit ans. Vu la manière dont Mme Moore avait décrit ce manque d'émotions chez Stuart, ils l'avaient considéré comme une sorte de sociopathe. C'était intéressant, mais cela ne révélait rien. Si Todd avait été la personne tuée en haut de la montagne, l'attitude étrange de Stuart au moment de la mort de ses parents aurait pu indiquer qu'il était assez dépourvu de sentiments pour tuer son frère. Mais comme il était la victime, n'importe quelle sociopathie le concernant semblait non pertinente.

Kyle s'arrêta au McDrive pour qu'ils puissent tous prendre quelque chose à manger, puis il retourna à Rochester et gara la voiture dans la rue en face de l'agence d'investigation. Une fois de plus, Kyle tint tête à Wesley en lui disant que Jesse pouvait entrer avec eux.

— Essaye juste d'être le plus discret possible.

— Bon sang ! répliqua Wesley brusquement. Pourquoi ne pas carrément lui donner une plaque de jeune détective ? Ensuite, tu pourras lui offrir son propre bureau au QG !

— J'ai essayé de me faire discret avec Mme Moore, dit Jesse, sur la défensive. Ce n'est pas de ma faute si elle m'a invité à venir avec vous.

— Tu n'as rien fait de mal, dit Kyle.

Mais Wesley ne s'était pas calmé.

— Ce n'est carrément pas professionnel et tu le sais pertinemment.

Quand Kyle refusa de répondre, Wesley soupira et lui dit :

— D'accord. Mais il n'y aura pas un seul foutu mot concernant Lassie le Compagnon Fidèle qui se retrouvera sur les rapports, ou bien je te brise le cou.

Lassie ? pensa Jesse, essayant de ne pas sourire. Au moins, ce n'était pas 'Jessica'.

— Bien sûr que non, dit Kyle. Je ne suis pas un idiot fini.

— Tu *es* un idiot fini, et tu réfléchis avec ta queue !

Wesley jeta un œil vers Jesse à l'arrière de la voiture.

— Sans vouloir te vexer.

— Pas de soucis.

Kyle semblait sur le point de dire quelque chose, mais Wesley ouvrit sa portière et sortit, la claquant derrière lui. Kyle grogna et sortit de la voiture. Comme personne ne lui avait expressément ordonné de rester dans la voiture, Jesse les suivit.

Le bureau de *Rochester Investigators, Inc.* était petit et ne disposait que de trois bureaux, deux chaises pour les clients, et un petit coin avec un micro-ondes, un grille-pain et une cafetière. Il y avait deux hommes qui se présentèrent comme étant le détective privé Taylor et le détective privé Winchester. Winchester était apparemment la personne qu'ils étaient venus voir, étant donné que dès que les présentations furent faites, Taylor s'excusa et sortit de la pièce.

— Asseyez-vous, dit Winchester, se positionnant derrière l'un des bureaux.

Il jeta un œil vers Jesse et demanda à Kyle :

— Qui est le gamin ?

Kyle tira l'une des deux chaises libres devant le bureau et fit signe de la tête à Wesley pour qu'il en fasse de même. Jesse s'assit non loin de là, dans une chaise installée près de la fontaine à eau.

— C'est un ami, Jesse Morales. J'espère que ça ne vous dérange pas que je l'aie amené, mais il écrit des polars et il n'a jamais rencontré de détective privé.

— Vraiment ? dit Winchester, semblant ravi. Eh bien, je serais heureux de répondre à toutes vos questions.

Jesse sourit et dit 'Merci', même s'il savait que Kyle et Wesley ne seraient pas très heureux qu'il fasse dévier la conversation.

Heureusement, Kyle reprit le contrôle de la situation et poussa le détective privé à parler d'un rapport qu'il avait apporté. Jesse n'avait pas été mis au courant de ce que contenait ce rapport, mais il comprit rapidement qu'il s'agissait d'informations à propos des Warren, collectées par l'agence à la demande des Lassiter qui souhaitaient s'assurer que leur fille n'était pas sur le point d'épouser un psychopathe. Malheureusement, le rapport n'avait pas vraiment dissipé leurs craintes. Jesse n'apprit pas grand-chose de la conversation entre Kyle et Winchester. Ce qu'il n'avait pas glané de ses conversations avec Joel et Todd, il l'avait appris lors de l'entretien entre Kyle et Mme Moore.

Winchester avait été le détective privé chargé de cette affaire, et Kyle avait apparemment espéré obtenir plus de détails qu'il n'y en avait dans le rapport, mais le détective privé le déçut.

— Je suis désolé, dit-il en ouvrant les bras. C'est tout ce que j'ai. Les enfants ne sont pas vraiment des anges. Je ne pense pas que je voudrais voir ma fille se marier avec l'un d'eux. Mais ce n'est que des choses insignifiantes. Rien de bien méchant.

Kyle tapa son stylo sur son carnet de notes à quelques reprises et puis il le ferma.

— Je ne sais pas ce que j'espérais. Mais merci de nous avoir accordé du temps.

— Pas de problème.

Winchester regarda Jesse, puis les deux détectives, sa bouche ouverte comme s'il voulait ajouter quelque chose. Puis il se pencha en avant dans sa chaise et baissa d'un ton.

— Cela ne vous sera probablement d'aucune utilité, si vous enquêtez sur les Warren, mais j'ai découvert une chose que M. Lassiter m'a demandé d'effacer du rapport. Il était plutôt énervé que je le découvre.

Cela sembla éveiller l'attention de Kyle. Il hésita à remettre son carnet de notes dans la poche de sa veste.

— Oui ? Qu'est-ce que c'était ?

Winchester lui sourit.

— Dites que vous obtiendrez un mandat si je ne déballe pas tout.

— J'obtiendrai un mandat si vous ne déballez pas tout, s'exécuta Kyle.

Winchester leva les mains en l'air en signe de capitulation.

— Bon, je suppose que je n'ai pas le choix alors.

Il posa à nouveau ses mains sur le bureau.

— Leur fils, Ryan. Il a passé un an au Silver Hill Hospital dans le Connecticut.

— Un hôpital ? demanda Wesley.

— Un hôpital psychiatrique, dit Winchester, presque joyeusement.

Kyle semblait pensif.

— Pour quoi était-il soigné ?

— Avez-vous vu sa petite sœur ? Corrie ?

— Oui…, dit Kyle, hésitant.

— C'est une bombe, n'est-ce pas ?

— C'est une jolie fille.

— Eh bien, il se trouve que Ryan aussi pense qu'elle est vraiment très jolie, dit Winchester.

Jesse ne put s'empêcher d'ouvrir grand les yeux en entendant cela, et Winchester se tourna vers lui, en riant.

— Oh, oui.

Il regarda de nouveau Kyle.

— Ce pervers la drague depuis des années. Elle a réussi à ne pas le prendre au sérieux parce qu'il n'était pas trop entreprenant : des commentaires louches, la porte de sa chambre ouverte lorsqu'il se déshabillait, des contacts inappropriés. Mais il y a environ un an, il a essayé de la violer. Donc ils se sont arrangés pour l'envoyer loin de la maison pendant un temps, et personne n'en a jamais plus parlé. Il vient tout juste de sortir d'un établissement situé en Floride.

— N'est-ce pas magnifique ? commenta Wesley d'un air grave.

— Je ne vous le fais pas dire. Comme je le disais, ça ne va sûrement pas vous être utile, mais…

— Non, dit Kyle, c'est… en fait, c'est utile. Comment pensez-vous que Ryan se sentait à l'idée que Corrie se marie avec Stuart ?

Winchester renifla.

— Vous plaisantez ? C'est lorsqu'il a entendu parler des fiançailles de Corrie qu'il est passé à l'action.

XXI

APRÈS AVOIR laissé Winchester, Kyle se rendit au poste de police à Concord pour que Wesley et lui puissent faire quelques petites choses, comme déposer la paperasse concernant le statut d'accompagnateur de Jesse. Il donna la permission à Jesse de les suivre à l'intérieur et lui trouva un badge de visiteur, mais il conserva un œil sur lui tout le temps. Non pas qu'il s'attendait à ce que Jesse parte se promener et rencontre des problèmes, mais il n'avait pas besoin des soucis que cela apporterait si quelqu'un l'attrapait dans un couloir, ou dans une pièce, alors qu'il se trouvait seul. Bien entendu, Wesley le fixait aussi du regard tel un faucon. Jesse n'aurait pas pu s'éclipser pour se retrouver seul, même s'il l'avait voulu.

Jesse, pour sa part, ne semblait pas être dérangé de devoir suivre Kyle et de rester silencieusement assis pendant que le policier s'occupait de quelques dossiers sur son ordinateur. Il fit un bref commentaire :

— Mon Dieu, ce que j'aimerais prendre quelques photos de cet endroit pour m'en inspirer plus tard !

Cela lui valut un regard noir de Wesley, donc il ajouta rapidement :

— Mais je ne me le permettrai pas.

Après cela, ils partirent tous les trois dîner dans un pub du centre-ville qui s'appelait le Barley House. Puis Kyle déposa Wesley à son appartement et roula jusque dans le quartier calme, situé en périphérie de la ville, où il vivait.

Sa maison était un petit pavillon de plain-pied avec un revêtement vert clair et des volets vert foncé. C'était mignon et charmant, situé sur une parcelle de gazon de forme rectangulaire dans un quartier de banlieue. Il y avait même une petite barrière devant. La maison avait semblé petite lorsque lui et Julie l'avaient achetée, mais ils lui avaient apporté leur touche personnelle. Il la considérait maintenant comme sa maison et n'en aurait changé pour rien au monde.

Jesse regarda la maison avec attention pendant que Kyle ouvrait la porte du garage à distance et entrait à l'intérieur du garage éclairé. Kyle utilisa la télécommande pour refermer la porte du garage derrière eux, éteignit le moteur et ouvrit sa portière.

— Est-ce que tu veux directement aller au lit ? demanda-t-il, observant la manière dont les paupières de Jesse se fermaient. Je veux dire, pour dormir ?

Jesse s'étira.

— Quelle heure est-il ?

— Environ vingt-et-une heures.

— Oh mon Dieu ! Je ne me couche jamais si tôt. Donne-moi juste une tasse de café et ça devrait aller.

Kyle sourit et se pencha vers l'avant pour lui donner un rapide baiser.

— Va pour un café. Aussitôt qu'on aura apporté tes affaires à l'intérieur.

Ils descendirent ses affaires du coffre et il les porta pendant que Kyle déverrouillait la porte d'entrée de la maison.

Lorsque Kyle alluma dans la cuisine, Jesse s'exclama joyeusement :

— C'est propre !

Et ça l'était. Pas parfaitement propre – il y avait des tasses de café dans l'évier et un journal ouvert sur la table, près d'une assiette dans laquelle se trouvaient des miettes. Mais la gazinière était nettoyée et le plan de travail était propre et rien ne traînait dessus.

Kyle leva un sourcil en le regardant.

— À quoi t'attendais-tu ?

— Une catastrophe, répondit Jesse. Peut-être que j'ai passé trop de temps à l'université, mais chaque fois qu'un gars me ramenait chez lui, c'était sale. J'en ai même rencontré un qui utilisait l'évier de sa cuisine comme urinoir.

Kyle frémit.

— Je me tuerais si je devais vivre dans un endroit aussi dégoûtant. D'ailleurs, est-ce que ça te dérangerait d'enlever tes chaussures ?

— Non, pas du tout.

Jesse enleva ses chaussures et Kyle fit de même.

— Désolé. C'était un truc que Julie faisait. J'ai pris l'habitude.

— Pas de problème.

— Si cela ne te dérange pas de porter les chaussons de quelqu'un d'autre, tu peux emprunter l'une de mes paires.

— OK.

Kyle ouvrit la porte d'un placard et prit deux paires de mocassins en cuir. Il en donna une à Jesse et enfila la deuxième à ses pieds, puis il envoya le jeune homme s'asseoir sur l'une des chaises qui se trouvaient autour de la table pendant qu'il mettait en marche la cafetière.

— On peut aller dans le salon, suggéra Kyle pendant que le café se faisait.

Le salon était petit et bien rangé, comme la cuisine. La tapisserie était beige et il y avait un canapé marron et des chaises, des bibliothèques remplies de livres, et des rangements pour DVD dans lesquels se trouvaient tous les films romantiques que Kyle et Julie avaient adorés. Peu de choses avaient changé dans cette pièce depuis le décès de Julie, excepté la grande télévision HD que Kyle s'était offerte lors des précédentes fêtes de Noël.

Kyle traversa la pièce pour saisir un cadre posé sur une petite table. Il ouvrit l'un des tiroirs de la table et était sur le point d'y ranger la photo quand Jesse l'arrêta.

— C'est elle ?

Kyle hésita, la photo toujours dans sa main.

— Oui.

Il ne savait pas si afficher cette photo alors que son nouveau petit ami venait à la maison pour la première fois était une bonne chose ou pas.

— Je suis désolé. Je ne savais pas que j'amènerais… quelqu'un à la maison, la dernière fois que j'étais ici.

— Est-ce que je peux voir ?

Kyle hocha la tête, et Jesse se rapprocha.

— Elle est charmante, dit Jesse en lui souriant.

Elle l'avait été. Peut-être pas extraordinairement belle, cependant son visage était doux et charmant, avec de courts cheveux châtain clair et des yeux vert émeraude. La première fois que Kyle l'avait vue, assise sur la pelouse en face de leur dortoir, il s'était dit qu'elle semblait être une personne amusante à connaître. Et il avait eu raison.

— Tu n'es vraiment pas obligé de cacher sa photo, dit Jesse.

Kyle lui lança un sourire timide et puis il glissa la photo dans le tiroir et le ferma.

— Merci. Mais je pense que j'ai besoin de la ranger. Du moins pour l'instant.

Il retourna à la cuisine pendant quelques minutes, alors que Jesse s'installait sur le canapé. Puis il revint avec deux tasses de café et s'assit près du jeune homme. Jesse prit sa tasse et la but à petites gorgées, se penchant en avant pour observer sa collection de DVD.

— Tu vois quelque chose que tu aimerais regarder ? demanda Kyle.

— Pas ce soir, répondit Jesse. J'étais juste curieux de voir ce que tu aimais. Tu regardes vraiment toutes ces comédies romantiques ?

Kyle envisagea de nier. Si c'était Wesley qui lui avait posé la question, il aurait pu botter en touche, dire que tous les films appartenaient à Julie et qu'il n'avait pas envie de s'en débarrasser. Mais Jesse ne lui donnait pas l'impression de devoir se cacher.

— Je crois bien que oui. Ils me remontent le moral.

— Et des romans d'amour ! s'exclama Jesse en regardant ses bibliothèques.

Malheureusement, Kyle trouvait cela plus gênant que ses goûts cinématographiques.

— C'est… euh… Je ne veux pas que ça se sache.

Jesse se mit à rire.

— Ce que tu veux dire c'est que tu ne veux pas que Wesley le sache.

— Oui. Il ne me laisserait plus jamais tranquille.

— Je ne lui dirai rien, dit Jesse, se penchant pour l'embrasser sur la bouche.

Ses lèvres étaient douces et tièdes et avaient le goût de café. Il arrêta de l'embrasser le temps de prendre une autre gorgée de son café et de poser sa tasse sur la table basse. Puis il attira Kyle à lui pour l'embrasser à nouveau. Ce baiser fut plus long et plus passionné, et alors que leurs corps se mouvaient sur le canapé pour trouver un moyen de s'accorder, Kyle crut sentir un durcissement notable au niveau de l'entrejambe qui était pressé contre lui.

Il dut reprendre son souffle et inspira profondément.

— Nous ne sommes pas obligés de faire ça ce soir si tu es fatigué.

— Tu plaisantes ? Ça fait trois jours que j'attends ce moment.

— Est-ce que tu meurs si tu passes plus de trois jours sans sexe ?

— Ça se pourrait.

Sur ce, Jesse l'attira vers lui pour un autre long baiser.

Finalement, l'information selon laquelle son lit serait un endroit beaucoup plus confortable pour leurs ébats filtra à travers son cerveau au même moment où il envisageait d'arracher le tee-shirt de Jesse. Il ne prit pas la peine de dire quoi que ce soit, se contentant de se lever, de prendre Jesse par la main, et de le guider le long du petit couloir vers la chambre.

Mais lorsque Jesse entreprit de retirer son propre tee-shirt, Kyle l'arrêta.

— Je t'en prie, laisse-moi faire. Je sais que ça va te paraître un peu bizarre, mais… je n'ai couché qu'avec des femmes. Ton corps est un territoire complètement inconnu pour moi.

— Tu as le tien, le taquina Jesse.

— Je m'ennuie avec le mien. Je veux explorer le tien, chaque recoin. Et je veux prendre mon temps.

— Je suis tout à toi.

Mon Dieu, que c'était bon à entendre.

Ils se tinrent debout pendant que Kyle caressait et embrassait le visage de Jesse, savourant la douceur de ses lèvres, qui n'étaient pas si différentes de celles d'une femme, ainsi que la rugosité de la barbe qui parsemait ses joues, si distinctement masculine. Il glissa ses mains sous le sweat et le tee-shirt de Jesse, le long des muscles contractés de son abdomen, et puis il les souleva pour les lui retirer d'un geste fluide. Il les jeta sur la chaise et continua à caresser le buste et le ventre de Jesse. Sa peau était extrêmement douce, mais les muscles qui se cachaient dessous étaient fermes et durs. Pas baraqué, Jesse n'était pas un bodybuildeur. Mais il avait une bonne condition physique, et Kyle trouvait cela incroyablement sexy.

Il enveloppa ses bras autour de la taille de Jesse et l'attira vers lui pour pouvoir lécher son téton. Il l'entendit prendre une vive inspiration alors que son téton se durcissait. Oui, le téton d'une femme réagissait de la même manière, mais, d'après son expérience, pas de façon si délicate. Il goûta l'autre téton pour être sûr qu'il fonctionnait de la même manière. C'était le cas. Et cela provoqua un gémissement d'excitation chez Jesse, qui passa une main dans ses cheveux.

Kyle était tenté par la bosse prononcée qui se dressait entre les jambes de Jesse et il avait très envie de la caresser, de retirer les couches de jeans et de sous-vêtements, mais il s'abstint. Ce serait pour plus tard. Il s'agenouilla devant Jesse comme s'il le vénérait – ce qu'il était quasiment en train de faire – et déposa un délicat baiser sur la légère traînée de poils noirs qui partait du nombril de Jesse jusqu'à la ceinture de son jeans. Puis il glissa ses mains le long des courbes formées par la chute de reins et les fesses de Jesse, s'attardant seulement un moment avant de continuer le long de ses jambes.

— Assieds-toi maintenant, dit-il avec douceur.

Jesse s'assit sur le bord du lit, et Kyle lui retira ses tennis et ses chaussettes. Il n'était pas spécialement excité par les pieds, mais il caressa doucement ceux de Jesse et embrassa le dessus de chacun d'entre eux. Il les reposa sur le tapis et leva la tête jusqu'à ce que son visage soit une fois encore face à l'entrejambe de Jesse.

— Allonge-toi.

Jesse s'exécuta. Kyle déboutonna alors son pantalon et baissa lentement sa braguette. Il glissa sa main à l'intérieur afin de prendre la verge dure qui se dressait contre le slip blanc. Il la serra une fois, ce qui provoqua un nouveau gémissement chez Jesse et le fit se tortiller délicieusement sur le lit. Kyle retira sa main avec réticence, juste le temps d'attraper le jeans au niveau des chevilles de Jesse et de le lui retirer complètement.

Il le jeta sur le côté et remonta ses mains le long des jambes du jeune homme. Elles n'étaient *définitivement* pas féminines. Les jambes et les bras du jeune homme étaient musclés et plutôt poilus, alors que son torse est presque imberbe. Et puis Kyle se retrouva devant le sexe de Jesse. Sa queue et ses bourses étaient encore dissimulées derrière une couche de coton blanc, mais son slip ne laissait pas beaucoup de place à l'imagination. Kyle pouvait discerner le contour de son sexe en érection, sa taille et sa largeur et même le fait qu'il était circoncis. Il pouvait sentir l'odeur musquée de la sueur de Jesse et la chaleur qui émanait de son entrejambe lorsqu'il rapprocha son visage.

Il effleura le bout du pénis de Jesse avec ses lèvres à travers le coton, et celui-ci grogna, attrapant le dessus-de-lit dans ses poings, de chaque côté de son corps. Kyle tomba sur un endroit humide au bout de son pénis et, pour la première fois de sa vie, il goûta le liquide séminal d'un autre homme. La saveur était presque sucrée, et cela le rendit fou. Il attrapa l'élastique du slip avec les deux mains et le tira d'un coup sec vers le bas. Le sexe de Jesse rebondit après sa libération et glissa le long de la joue de Kyle, laissant du liquide séminal sur son passage.

Kyle en avait assez de jouer. Il avait besoin d'avoir ce pénis dans sa bouche. Jesse eut le souffle coupé lorsqu'il referma ses lèvres autour de son gland et ouvrit grand la bouche pour permettre à son pénis de glisser le long de sa langue. Il avait pensé à ce moment toute la journée, en réfléchissant à ce qu'il ressentirait en prenant Jesse dans sa bouche. À ce stade, il n'y avait plus de doute quant au fait qu'il avait une relation sexuelle avec un homme. Il prenait un homme dans sa bouche, goûtant au sel et au musc de la sueur de Jesse, sentant la solide masse de son pénis glissant en lui. Il pouvait sentir les poils noirs et raides à la base de son pénis lui chatouiller le nez, et en sentir l'odeur. Ce n'était pas un énorme pénis, bien qu'il ne soit pas petit non plus. Il semblait être proportionnel au corps de Jesse. Mais il paraissait immense dans la bouche de Kyle.

Il voulait le prendre en entier, mais il avait du mal à ne pas s'étouffer, donc il le suça et le lécha, le faisant glisser le plus loin possible dans sa bouche, puis se retirant un peu jusqu'à ce que Jesse dise :

— Non, ne me fais pas jouir pour l'instant.

Une partie de Kyle voulait que cela arrive. Il voulait sentir le sexe de Jesse jaillir sur sa langue et goûter le sperme d'un autre homme pour la première fois. Mais il obéit et laissa glisser son pénis hors de sa bouche.

— Ça te dérange si j'enlève mes vêtements ? demanda-t-il à Jesse, qui était allongé devant lui.

— Non ! Fais-le avant que je perde la tête !

Kyle ricana et ôta rapidement ses vêtements, espérant que Jesse ne serait pas déçu par ce qu'il verrait. Mais d'après la façon dont il le fixait, haletant, sa verge dure tressaillant, cela ne semblait pas être un souci. Lorsqu'il libéra son propre sexe, son boxer était pratiquement trempé à l'avant par le liquide séminal.

— Tu veux me baiser ? demanda Jesse.

Kyle ressentit un tiraillement viscéral dans ses testicules en entendant ces mots. Oh que oui ! Il voulait le baiser.

— Tu l'as déjà fait ?

— Bien sûr. J'adore ça.

— Tu as de quoi te protéger ?

Kyle eut honte lorsqu'il se rendit compte qu'il avait complètement oublié de prendre des préservatifs et du lubrifiant. Tout cela était nouveau pour lui, mais il aurait dû y penser.

Heureusement, Jesse était assez prévoyant pour eux deux. Il se tourna sur le ventre et s'agita sur le lit, donnant à Kyle une superbe vue de son cul lisse et pâle. Il atteignit son sac à dos de l'autre côté du lit et en sortit une boite de préservatifs et un petit tube de lubrifiant.

— Est-ce que tu veux me préparer, ou l'idée de mettre tes doigts dans le cul d'un homme te dégoûte ?

— Je veux le faire.

Et il s'exécuta, pendant que Jesse était allongé sur le dos et qu'il ondulait de plaisir tout en caressant l'érection palpitante, et recouverte d'un préservatif, de Kyle d'une main lubrifiée. Il connaissait la routine grâce aux romans d'amour gay qu'il avait lus : un doigt, deux doigts, trois doigts, tout cela en étant doux et patient. Il était difficile d'être patient, mais cela procurait visiblement du plaisir à Jesse, et c'était terriblement excitant.

Finalement, Jesse dit :

— OK, allons-y.

Il souleva ses jambes en l'air et guida Kyle jusqu'à ce qu'il soit agenouillé sur le matelas entre ses cuisses. Même après toute la préparation, Kyle trouva cela un petit peu difficile de pénétrer le sphincter de Jesse, et les différentes expressions qui passèrent sur le visage du jeune homme étaient difficiles à lire : était-ce de l'extase ou de la douleur ? Heureusement, Jesse continuait de marmonner des encouragements, donc Kyle poussa un peu plus fort. Quand le corps de Jesse s'ouvrit pour le recevoir, il sentit une ruée de douceur chaude envelopper son membre, l'aspirer littéralement à l'intérieur, jusqu'à ce que ses poils pubiens soient pressés contre les fesses de Jesse.

— Oh, putain ! s'exclama-t-il. C'est incroyable !

Il regarda entre les jambes de Jesse et ce dernier le regardait aussi, lui souriant.

— Tu vas bien ?

— Je vais plus que bien. Essaye de te pencher vers l'avant sans te retirer.

Kyle suivit ses instructions, faisant peser la majeure partie de son corps contre l'arrière des jambes de Jesse. La manœuvre obligea presque Jesse à se plier en deux, mais il ne semblait pas avoir mal.

— Baise-moi, dit doucement Jesse.

Kyle voulait l'embrasser tout en bougeant, mais ce n'était pas vraiment facile à faire dans cette position. Il réussit à voler quelques baisers lorsque Jesse levait la tête pour le rencontrer à mi-chemin, mais la plupart du temps ils se regardaient simplement dans les yeux pendant que Kyle effectuait un mouvement de va-et-vient. Au début, il se retira sans le vouloir deux fois, jusqu'à ce qu'il comprenne exactement jusqu'où il pouvait se reculer avant que le corps de Jesse ne le pousse dehors. Il finit par trouver un mouvement avec lequel il était à l'aise. Alors que la pression montait dans ses reins, il ressentit quelque chose qu'il ne pensait plus jamais éprouver à nouveau, pas depuis le décès de Julie. C'était une sensation d'union, comme s'il pouvait sentir l'esprit de Jesse fusionner avec le sien à travers la rencontre de leur corps. Puis son abdomen et sa poitrine semblèrent être inondés par une chaleur tourbillonnante.

Il est trop tôt pour cela, pensa-t-il. *On se connaît à peine*. L'attirance entre eux était extrêmement forte, il ne pouvait pas le nier. Mais ce n'était que du sexe. Ou presque que du sexe. Peut-être qu'il y avait quelque chose de plus. La seule chose dont il était sûr, c'était que le sentiment était incroyable. Il le garda en tête jusqu'au moment où il explosa à l'intérieur de Jesse, sa main droite le masturbant pour amener le jeune homme à jaillir entre eux.

Ils restèrent dans cette position durant un long moment après leur orgasme, se regardant dans les yeux sans qu'aucun ne dise un mot.

XXII

JESSE AURAIT aimé que ce moment ne s'arrête jamais, que Kyle reste profondément en lui en le regardant comme s'il pouvait voir son âme. Le prélude – il n'était pas certain de pouvoir appeler cela des 'préliminaires', vu toutes les caresses, les coups de langue et les frottements de nez que Kyle avait parsemés dans son exploration de son corps – avait été un peu frustrant, même si c'était très sexy. Kyle avait eu besoin de quelques instructions au niveau de l'acte sexuel, ce qui était amusant étant donné qu'il était bien plus âgé ; manifestement, le sexe anal n'avait pas fait partie de son répertoire sexuel jusque-là. Mais une fois qu'il avait compris…

Mon Dieu. C'était la meilleure relation sexuelle que Jesse n'ait jamais eue. Pas parce que Kyle s'était instantanément transformé en star de porno, bien que ce fut fantastique, mais parce que c'était la première fois que Jesse ressentait une telle symbiose avec un homme en le faisant. Bien évidemment, il avait aimé coucher avec d'autres hommes, mais il n'avait jamais ressenti ce puissant tiraillement à l'intérieur de sa poitrine, cette envie de rapprocher leurs corps l'un de l'autre autant que possible, de les faire fusionner.

Quand Kyle se ramollit enfin et se retira, Jesse sentit la perte de connexion telle une plaie. Il émit un son grave et rauque en protestation, mais Kyle fit doucement descendre ses jambes et les étendit sur le lit afin de pouvoir s'allonger de toute sa longueur sur le corps de Jesse. Sa peau était brûlante et trempée par la sueur, mais Jesse la trouvait apaisante et accueillante lorsque Kyle le recouvrait de son corps et l'embrassait tendrement.

— C'était incroyable, murmura Kyle. Si je n'ai pas assuré, attends demain matin pour me le dire. C'est tout ce que je demande. Ce soir, je veux juste savourer cette expérience.

Jesse rit bêtement.

— Arrête ça. Tu as assuré. Et puis cette fellation… [9]

---

[9] Dans la version originale, c'est un jeu de mots : « You didn't suck. Well, you *sucked* me, of course– »

166

— Je crois que j'ai besoin de travailler là-dessus.

— Tu auras tout le temps de pratiquer, parce que j'ai aimé chaque seconde et je veux que tu le fasses à nouveau. Beaucoup, beaucoup de fois.

— Il est presque trois heures du matin.

— Je ne voulais pas forcément dire ce soir.

Kyle lui sourit et déposa un baiser sur le bout de son nez.

— Tu es sûr alors ? Que tu veux aller plus loin ?

— Absolument sûr, dit Jesse d'un ton sérieux.

Il regarda Kyle dans les yeux, ne sachant pas quoi dire sans que cela paraisse miséreux ou pitoyable. Kyle sembla comprendre.

— Il est vraiment tard, gamin, et nous sommes tous les deux fatigués. Allons nous coucher et nous discuterons demain de ce que l'on souhaite faire ensuite.

Jesse amena sa main droite vers Kyle pour lui caresser la joue, sentant la barbe d'un jour qui avait parsemé son visage bien rasé du matin.

— D'accord.

AU PETIT matin, Jesse se réveilla enveloppé dans les bras de Kyle, son dos niché contre le torse et le ventre du détective, et ses fesses fermement placées sur ses genoux. L'érection matinale de Kyle avait réussi à se faufiler entre les fesses de Jesse. Il se sentait en sécurité et protégé, il aimait ce sentiment et espérait qu'il le ressentirait encore de nombreuses fois dans le futur.

Il resta allongé ainsi autant que possible avant de décider que faire pipi au lit ne serait pas un bon moyen de commencer la journée. Il s'extirpa des bras de Kyle et courut le long du couloir pour aller aux toilettes. Quand il revint, Kyle était réveillé, le regardant à travers des paupières lourdes.

— Tu m'as gardé éveillé trop tard, grommela-t-il.

— Tu t'es envoyé en l'air, lui rappela Jesse.

Kyle sourit et s'étira, observant de haut en bas le corps nu de Jesse d'un regard vicieux.

— Oh oui. C'était la meilleure partie.

Jesse remonta sur le lit et se glissa sous les draps. Kyle l'amena directement à lui pour le prendre dans ses bras. La chaleur et la fermeté caractéristiques du corps nu d'un homme pressé contre le sien firent instantanément durcir son sexe, et ils finirent par se blottir l'un contre l'autre sans rien dire pendant de nombreuses minutes, tout en se caressant pour atteindre l'orgasme.

— Malheureusement, dit Kyle en attrapant son slip sur le sol et en l'utilisant pour nettoyer le sperme sur son ventre, je n'ai pas vraiment la possibilité de passer ma journée au lit à ne rien faire d'autre que l'amour au plus bel homme sur lequel j'ai jamais posé les yeux.

Jesse se sentit rougir à l'écoute de ce compliment.

— Pourquoi pas ? Tu ne peux pas leur dire que tu es malade ?

— J'enquête sur un meurtre. Et je ne peux pas garder tout le monde séquestré à l'hôtel indéfiniment. Ils prévoient tous de quitter l'hôtel dimanche et je ne peux pas leur demander de rester sans aucune raison.

— L'un d'eux a tué Stuart. Ce n'est pas une bonne raison ?

Kyle fit non de la tête.

— Je dois trouver quelque chose de plus précis que ça si je veux les empêcher de rentrer chez eux. Ils ont accepté de rester jusqu'à la date de départ prévue, mais je ne peux pas me permettre de les obliger à payer des frais d'hôtel aussi exorbitants pour une journée de plus s'ils ne le souhaitent pas.

Il était allongé sur le dos et Jesse s'accroupit près de lui, écartant ses jambes involontairement. Kyle tendit doucement sa main droite et la fit glisser sous ses bourses, les chatouillant avec les poils de son avant-bras. Un moment plus tard, Jesse sentit un frisson le traverser lorsque le doigt de Kyle effleura son entrée.

— Tu trouves ça dégoûtant lorsqu'un gars lèche le cul d'un autre gars ? demanda Kyle.

Jesse se mit à rire.

— Mon Dieu non ! J'adore quand les hommes me font ça. Ou était-ce une façon de me demander de te le faire ?

— Moi, à toi, dit Kyle en lui lançant un sourire en coin. Même si ça ne me dérangerait pas de le faire dans l'autre sens.

Il jeta un coup d'œil à l'horloge sur la table de chevet et soupira.

— Malheureusement, ça devra attendre. Nous devons prendre notre petit déjeuner et nous rendre chez Wesley.

JESSE SE serait contenté d'un bol de céréales et d'une tasse de café – après tout, il avait passé ces quatre dernières années à l'université –, mais Kyle insista pour préparer des pancakes et du bacon. Il était étonnamment bon cuisinier ; les pancakes étaient légers, aériens et parfaitement dorés, le bacon était craquant sans être brûlé, et il savait faire du bon café.

Alors qu'ils mangeaient, Jesse demanda avec hésitation :

— Quel rapport y a-t-il entre le meurtre de Stuart et la mort de ses parents ?

Il s'attendait à moitié à ce que Kyle l'assomme parce qu'il mettait à nouveau son nez dans l'enquête, mais le policier le regarda attentivement, tout en mâchant sa bouchée de pancake. Puis il l'avala et dit :

— C'est peut-être une coïncidence. Parfois, les gens mènent des vies remplies de tragédies, avec des événements horribles qui se succèdent. Et il n'y a aucune raison à cela. Ils sont juste malchanceux.

— Tu ne penses pas que voir ses parents mourir de cette manière a transformé Todd en un dangereux psychopathe, si ?

Kyle fit non de la tête.

— C'est de la pseudo-psychologie. Bien entendu, je suppose que lui et Stuart ont dû avoir quelques problèmes d'ordre psychologique après un tel événement. Mais il y a un assez grand fossé entre être témoin de la mort de ses parents et tuer des personnes soi-même. D'accord, ils ont été élevés dans un environnement difficile, leurs parents étant violents. Mais je connais de très nombreux survivants qui ont subi des violences durant leur enfance et qui ne sont *pas* devenus des meurtriers.

— Qu'est-ce que tu penses de l'étrange Ryan ?

Kyle se mit debout et marcha jusqu'à la cuisinière, puis sortit une assiette de pancakes du four, où il les avait laissés afin qu'ils restent chauds.

— Pourquoi parles-tu de lui ?

— Si on laisse de côté toute cette histoire d'attirance envers sa sœur – chose malsaine – est-ce qu'il a un mobile pour tuer Stuart ?

— La jalousie ?

— Je suppose que ça dépend de la décision qu'a prise Stuart concernant le pot-de-vin. S'il avait décidé de ne pas l'accepter, Ryan aurait pu être poussé à le tuer. Mais je pense qu'il a pris l'argent, et Ryan le savait.

Kyle revint à table et utilisa une spatule pour déposer trois autres pancakes sur l'assiette de Jesse, en gardant deux pour lui.

— Qu'est-ce qui te fait penser ça ?

Jesse n'était pas sûr de pouvoir manger trois autres pancakes, mais il ne voulait pas vexer Kyle en refusant, donc il les badigeonna de sirop d'érable.

— Il n'avait aucune raison de se trouver au sommet de la montagne, et de ne pas vous dire qu'il y était, à moins d'avoir quelque chose à se reprocher.

— Comme un meurtre ? demanda Kyle en lui souriant légèrement.

Il posa l'assiette vide sur la cuisinière, puis retourna s'asseoir à table. Jesse était légèrement agacé qu'il se moque une nouvelle fois de lui, mais il laissa passer.

— Probablement pas. Je pense que Ryan était le livreur. Il n'avait aucune autre raison de se trouver en haut de la montagne. Donc si quelqu'un sait si Stuart a pris l'argent ou pas, c'est bien lui.

Kyle prit une bouchée de pancake et ne dit rien pendant un moment, continuant à mâcher. Lorsque Jesse essaya de le regarder dans les yeux, Kyle détourna le regard vers son assiette et versa un peu plus de sirop d'érable sur le pancake qu'il était en train de manger.

— Vous avez retrouvé l'argent sur le corps de Stuart, n'est-ce pas ? demanda calmement Jesse.

— Pourquoi penses-tu ça ?

— Parce que tu viens juste de verser bien trop de sirop sur tes pancakes et tu évites mon regard. Tu caches quelque chose.

Kyle poussa un grognement et éloigna son assiette de la main.

— Bon sang, tu peux arrêter ? Je ne peux pas discuter de l'affaire avec toi.

— Si vous n'aviez pas trouvé l'argent, vous n'auriez aucun moyen de savoir si c'est Stuart qui l'a refusé ou si c'est le meurtrier qui lui a repris après qu'il l'ait accepté.

— OK ! dit-il brusquement. Oui, on a trouvé l'argent sur lui. Mais tu gardes ça pour toi, compris ? Je sais que tu envoyais des messages à quelqu'un hier pendant qu'on était sur la route, sûrement Joel ou Todd.

— Joel.

— Tu as déjà parlé de ce sujet avec lui ?

— Non, bien sûr que non.

Kyle fronça les sourcils et se pencha en avant, faisant tomber sa fourchette sur son assiette.

— Est-ce que tu envisages de le voir quand on sera de retour à l'hôtel ?

— Il m'a demandé de l'appeler, avoua Jesse. Mais ce n'est pas comme si je m'*intéressais* à lui, si c'est ce qui te tracasse.

— Ce n'est pas ce qui m'inquiète, et tu le sais très bien. Nom de Dieu, Jesse ! L'un d'entre eux est un meurtrier. Même si ce n'est pas Joel, tu te mets en danger en continuant à te rendre là-bas. Tu te rends compte de ça ?

170

Kyle n'avait désormais plus aucun problème pour le regarder dans les yeux, et Jesse dut rassembler toute sa bonne volonté pour le regarder sans broncher.

— Est-ce que tu es en train de m'interdire de lui parler ?

Jesse ne savait même pas pourquoi il était si déterminé à rester en contact avec Joel. Peut-être était-ce que de l'obstination et qu'il s'entêtait parce qu'il savait que Kyle *voulait* l'obliger à arrêter. Ils savaient tous les deux que Kyle ne pouvait pas vraiment faire cela, mais Jesse se rendait compte que l'homme commençait à être en colère par rapport à ce sujet. Cela valait-il la peine d'entrer en conflit ?

Heureusement, la conversation fut interrompue par la sonnerie du téléphone portable de Kyle. Il gronda et quitta la table pour récupérer le téléphone dans la poche de sa veste.

— Salut, Wes.

XXIII

KYLE AVAIT déjà compris qu'il était inutile de dire à Jesse de rester en dehors de l'enquête. Ce n'était pas tant que Jesse avait envie de mourir, mais surtout qu'il ne semblait pas avoir une réelle conscience du danger. Malgré les propos rassurants de Jesse concernant ce sujet, Kyle était certain que c'était un domaine dans lequel l'âge faisait une différence. C'était sûrement dû à l'expérience. Kyle avait été impliqué assez de fois avec des personnes violentes durant ses huit ans dans la police pour savoir que quelqu'un, qui avait tué une fois ne trouverait pas cela difficile de recommencer.

Mais il ne prit pas la peine de reprendre la dispute où il l'avait laissée après avoir parlé avec Wesley. Jesse ne l'écouterait pas. La meilleure chose à faire était de garder un œil sur lui.

Il se rendit dans la salle de bain pour prendre une douche pendant que Jesse finissait ses pancakes, mais peu de temps après être entré dans la douche, il entendit la porte de la salle de bain s'ouvrir.

— C'est Jesse. Je te prie de ne pas paniquer et de ne pas me tuer à mains nues.

Kyle rit.

— Je vais essayer.

Un moment plus tard, la porte de douche en verre granité s'ouvrit et Jesse entra, complètement nu et beau à en perdre le souffle. Kyle sentit son membre se durcir presque immédiatement.

— Hmm, murmura-t-il, admiratif, en s'avançant et en plaçant ses mains pleines de savon sur les hanches de Jesse. Je peux réfléchir à d'autres choses que j'aimerais faire avec mes mains nues.

— Tu veux me fouiller ?

Kyle lui lança un petit sourire satisfait et attrapa le savon. Sans dire un mot, il le fit mousser, le reposa et commença à faire glisser ses mains le long du torse de Jesse. Ce dernier battit des paupières et ferma les yeux, puis gémit alors que Kyle explorait à nouveau chaque parcelle de sa douce peau. Son pénis se dressa avant même que Kyle ne le prenne en main pour le masturber.

Je ne me lasserai jamais de ça, pensa Kyle.

Il fit jouir Jesse et puis il laissa ce dernier lui rendre la pareille. Malheureusement, ils n'eurent pas le temps de faire grand-chose d'autre, mais c'était définitivement la douche la plus divertissante que Kyle ait prise depuis vraiment très longtemps.

ILS PASSÈRENT chercher Wesley environ une heure plus tard. Il vit Jesse qui se trouvait à nouveau à l'arrière du véhicule et ses yeux se plissèrent d'agacement.

— Tu repars avec nous à ce que je vois.

— Je suis obligé, dit Jesse. Ma voiture est sur le parking du Lodge.

— Arrête de jouer au con, Wesley, marmonna Kyle.

Wesley leva la main pour les stopper.

— Je me demande juste où il va dormir ce soir, c'est tout.

Kyle avait réfléchi à cela.

— Il peut prendre une chambre au Lodge. Je vais payer pour lui, s'il ne reste qu'une nuit ou deux.

— Tu n'as pas à faire ça, insista Jesse. Je peux payer.

Kyle ne savait pas vraiment de combien d'argent disposait Jesse, mais il doutait qu'il en ait beaucoup. Devrait-il insister pour payer ? Ou bien Jesse se sentirait-il insulté ?

Wesley soupira et secoua la tête.

— Écoute, j'y ai réfléchi et… Jesse peut rester dans notre chambre s'il le souhaite. Enfin, seulement si vous ne commencez pas à niquer quand je suis dans la pièce ou quoi que ce soit.

Kyle haussa les sourcils, se demandant si ce compromis allait intéresser Jesse, mais ce dernier se contenta de sourire.

— Je vais avoir du mal à me maîtriser, mais je pense que je peux le faire, répondit-il.

— Et on ne se balade pas tout nu non plus, l'avertit Wesley.

— Oui, chef.

Kyle resta concentré sur la route alors qu'ils sortaient de Concord et se retint d'ajouter quelque chose. Il imaginait que cela valait le coup si ça leur permettait de gagner quelques centaines de dollars.

Peut-être.

LA SUITE du voyage fut calme. Wesley refusait de discuter des détails concernant l'affaire en présence de Jesse, ce qui était bien évidemment une bonne chose. Kyle commençait à avoir du mal à se souvenir de ne pas le faire, donc c'était probablement bien d'avoir Wesley à ses côtés pour le faire taire. Mais les trois hommes n'avaient pas grand-chose en commun donc la conversation avait tendance à tourner court, sauf lorsqu'ils parlèrent de s'arrêter pour déjeuner. Mais même ce sujet de conversation tomba à l'eau quand ils décidèrent que ça ne valait pas la peine de s'arrêter, étant donné qu'ils seraient à Bretton Woods vers treize heures et pourraient se rendre chez Fabyan's à ce moment-là.

À un moment donné, le téléphone de Jesse vibra et il commença à écrire des messages successifs à quelqu'un. Kyle pensait qu'il s'agissait de Joel, ce qui l'agaçait, mais il ne dit rien : Wesley paniquerait totalement s'il apprenait que Jesse était en train de converser avec l'un des suspects, et Kyle n'avait pas besoin que les deux hommes soient en guerre l'un contre l'autre. Il essayerait de prendre Jesse à part plus tard et de savoir ce qui se passait.

Il en eut finalement l'opportunité quand ils entrèrent chez Fabyan's et qu'ils s'installèrent pour manger. Wesley s'éclipsa pour aller aux toilettes, et Kyle profita de ce moment d'intimité.

— C'est Joel qui t'envoyait des messages dans la voiture, n'est-ce pas ? demanda-t-il.

— Oui, reconnut Jesse.

— Qu'est-ce que tu mijotes ?

— Lui, Todd et Corrie vont se rencontrer ce soir pour une sorte de soirée d'adieu en l'honneur de Stuart. Après tout, ils rentrent chez eux demain, à moins que tu ne les en empêches.

Kyle savait qu'il n'avait aucune bonne raison de les empêcher de partir. Jesse continua :

— Ils se sont dit qu'ils allaient m'inviter comme j'ai traîné avec eux ces derniers jours.

— Je ne pense pas que ce soit une bonne idée, lui dit Kyle.

Jesse hocha la tête.

— Je sais. Mais je serai en sécurité s'ils sont tous là. Et ils seront en train de boire. S'il y a un moment où ils ne seront pas sur leurs gardes, c'est ce soir.

Kyle fronça les sourcils, mais il n'eut pas le temps de dire autre chose parce que Wesley revint des toilettes à ce moment.

— Qu'est-ce qu'il y a ? demanda-t-il à Kyle. Pourquoi as-tu l'air énervé ?

Kyle fit de son mieux pour afficher une expression neutre.

— Je ne suis pas énervé. Tout va bien.

APRÈS LE déjeuner, ils retournèrent à l'hôtel et installèrent les affaires de Jesse dans la chambre. Cela ne prit pas longtemps, tout ce qu'il avait à faire étant de jeter son sac à dos et son sac de voyage dans un coin. Il s'allongea sur le lit queen size de Kyle avec son livre, ne portant que son jeans et un tee-shirt vert foncé, provoquant le désir du policier de déchirer ces vêtements de son corps agile et de lui faire l'amour. Mais bien entendu, Wesley était juste là, dans la chambre avec eux, à regarder la télévision. Donc Kyle s'efforça de rester concentré sur la rédaction du rapport sur ce qu'il avait appris le jour précédent grâce à Mme Moore et au détective privé Winchester.

Le plus frustrant, au regard de leurs informations, était que Kyle savait qu'il n'avait pas de quoi faire endosser la responsabilité du meurtre à quelqu'un. Tout ce qu'il avait, c'était un tas de mobiles possible, dont aucun n'était vraiment satisfaisant selon Kyle, et un tas de personnes qui avaient l'opportunité et les moyens de commettre ce crime.

Todd aurait pu être jaloux de Corrie, bien que cela semble peu probable, ou il aurait pu être au courant pour l'argent et avoir voulu le garder pour lui seul. Joel aurait pu vouloir garder l'argent pour lui seul, ce qui était improbable s'il était vraiment amoureux de Stuart, ou peut-être avait-il eu peur que Stuart décide finalement de se marier. Dans ce cas, il aurait pu le faire par jalousie ou parce qu'il s'était senti trahi. Ryan aurait pu penser que Stuart n'était pas fiable, qu'il n'allait pas prendre l'argent et partir, donc il voulait faire en sorte que le jeune homme ne puisse pas revenir sur sa parole. Une fois encore, cela semblait plutôt improbable.

Ou Corrie aurait pu vouloir tuer Stuart parce qu'il renonçait au mariage. Ceci semblait être une raison probable, si elle était réellement enceinte de Stuart, ou même si Kyle acceptait la théorie de Joel selon laquelle Corrie voulait le garder sous son emprise afin que Todd soit toujours dans les parages. Mais était-elle physiquement capable d'attraper un homme de la taille de Stuart et de lui écraser la tête contre un rocher ? Peut-être si elle était assez vive. Mais cela ne paraissait pas très plausible.

Il avait beau retourner la situation dans tous les sens, Kyle devait admettre qu'il avait besoin de plus d'informations. Et le plan de Jesse de se rendre à leur fête ce soir semblait être un moyen de les obtenir. Pas forcément un *bon* moyen – c'était dangereux et Kyle ne voulait pas qu'il soit plus impliqué dans cette affaire qu'il ne l'était déjà –, cependant il semblait avoir obtenu leur confiance et s'ils étaient détendus et en train de boire, peut-être que l'un d'entre eux laisserait échapper une information.

Ou peut-être que l'un d'entre eux deviendra violent.

Ses pensées furent interrompues par Wesley qui éteignit la télévision et se leva pour s'étirer.

— J'en ai marre. Je m'ennuie comme un rat mort. À moins que vous n'ayez d'autres idées brillantes, je vais prendre la voiture et aller boire une bière.

Il regarda avec insistance Kyle et Jesse.

— Je m'en vais pour une heure. Donc, faites ce que bon vous semble. Mais je m'attends à ce que tout le monde soit habillé quand je repasserai le pas de cette porte.

Kyle le regarda d'un air bougon et marmonna :

— Oui, mère.

Mais en réalité, il était ravi d'entendre que Wesley allait leur laisser un peu d'intimité. Jesse se contenta de lancer un petit sourire coquin à Kyle.

Wesley était en boxer donc il prit deux minutes pour récupérer les vêtements qu'il avait étalés sur le sol, à côté de son lit, et pour les enfiler à nouveau. Puis il attrapa son manteau et sortit de la chambre.

— Amusez-vous bien les garçons !

Lorsque la porte se ferma derrière lui, Jesse demanda :

— Est-ce que je devrais lui dire que ses testicules n'arrêtent pas de se faire la malle quand il est en caleçon ?

— Je suis sûr qu'il est au courant, répondit Kyle, grimaçant en s'imaginant la chose. C'est juste qu'il s'en fiche parce que, pour lui, je ne suis qu'un autre gars. J'aimerais que ça continue comme ça alors ne le fais pas commencer à se sentir mal à l'aise.

Jesse rit.

— OK.

Kyle se leva et commença à déboutonner sa chemise tout en marchant vers le lit.

— Il essaye juste d'être sympa.

— Donc j'en conclus que tu aimerais profiter de sa généreuse offre de temps de baise ?

Jesse posa son livre sur la table de chevet et s'agenouilla au bord du matelas.

— Oh oui. Je suis déjà dur comme de la roche.

— Vraiment ? demanda Jesse innocemment, se penchant en avant et glissant une main le long de l'abdomen de Kyle pour finir au niveau de sa ceinture. Laisse-moi voir.

Il ne pouvait pas glisser plus loin à cause de la ceinture, donc Kyle la défit. Il ressentit une vague de plaisir lorsque Jesse continua à glisser sa main à l'intérieur de ses sous-vêtements et à travers ses poils pubiens. Les doigts de Jesse s'enroulèrent autour de la base de son dur pénis et le serrèrent.

— Le voilà !

Kyle gémit et baissa la tête pour mordiller le lobe de l'oreille de Jesse pendant qu'il glissait ses mains sous son tee-shirt, le long de ses côtes et de sa peau nue et brûlante. Il les dirigea ensuite vers le dos musclé et doux de Jesse, puis plus bas vers son jeans et ses sous-vêtements dans lesquels il saisit ses fesses. En souriant, Jesse ouvrit le bouton et la fermeture de son jeans, puis il le baissa jusqu'à ses genoux.

— Pourquoi ne t'allongerais-tu pas sur le lit ? murmura Kyle à son oreille.

Ils commencèrent à ôter leurs vêtements le plus vite possible, les jetant au hasard sur le sol. Jesse s'allongea sur le dessus-de-lit, chaque centimètre de sa peau douce et ambrée visible. Kyle se retrouva emmêlé dans son pantalon et se sentit idiot pendant une minute, le temps de lutter pour séparer ses chaussettes de son jeans. Finalement, il réussit à tout enlever et posa ses vêtements soigneusement sur le dossier d'une chaise. Il s'approcha du lit, complètement nu, se sentant embarrassé par son érection qui se balançait devant lui lorsqu'il marchait. Mais Jesse n'avait pas l'air de penser que son pénis était drôle à voir. Ses yeux étaient fixés dessus, le désir se traduisant sur son beau visage, sa bouche légèrement ouverte alors qu'il léchait inconsciemment ses lèvres.

Mon Dieu, c'était chaud.

L'érection de Jesse était dressée dans les airs alors que son corps était allongé et Kyle savait qu'il devait y goûter avant de faire quoi que ce soit d'autre. Il monta sur le lit, mais s'arrêta à mi-chemin du corps de son amant, embrassant délicatement l'intérieur de ses cuisses, les faisant trembler. Jesse gémit doucement lorsque les lèvres de Kyle trouvèrent ses bourses, et sa langue se précipita pour savourer le goût de sa peau à cet endroit, mélange de musc et de sel. Elles étaient propres, bien entendu – l'odeur du savon de l'hôtel que Jesse avait utilisé pour se doucher était encore présente –, mais Kyle savait qu'il ne fallait pas longtemps à l'odeur d'un homme pour réapparaître, et il en était ravi.

Il découvrit que chaque testicule bondissait un peu lorsqu'il les léchait, et il s'en amusa en les léchant l'une après l'autre jusqu'à ce que le scrotum de Jesse soit tellement tendu par l'excitation que cela ne fonctionne plus. Puis Kyle fit glisser sa langue en dessous du pénis de Jesse, de la base jusqu'au gland, adorant la manière dont cela faisait tressaillir le membre et le faible gémissement que ses attentions suscitèrent au plus profond de sa gorge.

Il prit Jesse dans sa bouche et réussit à faire glisser son dur membre plus profondément qu'il ne l'avait fait le jour précédent, mais la peur de s'étouffer l'empêcha de le prendre entièrement dans sa bouche. *Il faut que je demande à Jesse de me donner des leçons*, pensa Kyle. Quoiqu'il ne semblait pas trop mal s'en sortir : Jesse était en train de se tortiller sur le lit et d'enfoncer ses doigts dans le dessus-de-lit comme si c'était des griffes.

Kyle était partagé entre l'envie de continuer à le sucer, l'envie de remonter le long de son corps et de sucer d'autres choses, l'envie de l'embrasser, et l'envie de faire ce dont il fantasmait depuis le matin. Mais lorsqu'il s'imagina en train d'explorer le cul de Jesse, un puissant désir sexuel déferla à travers sa verge dure.

Apparemment, le choix était fait.

Kyle laissa la queue de Jesse sortir de sa bouche, provoquant chez le jeune homme un nouveau gémissement – *Bon sang, que j'aime ça !* – puis il s'enfonça derrière ses bourses pour lécher l'endroit qui se trouvait en dessous. Comment ça s'appelait déjà ? Le périnée. C'était ça. Kyle lécha le long du muscle tendu, allant des testicules jusqu'au pli des fesses de Jesse, mais il était frustré de ne pas pouvoir accéder à son anus. Il glissa ses bras sous les cuisses de Jesse et les souleva, l'encourageant à plier ses jambes et à faire pivoter ses hanches pour dévoiler son parfait petit trou serré et contracté. Il était petit et rose, niché entre deux fesses pâles et douces.

Kyle se pencha en avant et glissa sa langue sur son ouverture. Il s'arrêta un instant pour voir si ce goût le refoulait, mais ce n'était pas le cas. Pas du tout. Le goût musqué était plus fort que sur les testicules et peut-être un peu différent, mais pas du tout désagréable. Ce qui était une bonne chose puisque Kyle était encore plus excité qu'il ne l'avait été quelques instants plus tôt. Il enfonça une nouvelle fois sa langue et fut récompensé par un petit gémissement. Pendant que Kyle continuait à lécher son entrée, Jesse émit de plus en plus de légers bruits et se cambra dans ses bras. Cela rendait

Kyle fou de voir que Jesse répondait si bien à ce qu'il lui faisait, et ça le poussa à enfoncer sa langue encore plus profondément jusqu'à ce qu'il soit surpris par plusieurs mouvements de hanches brusques chez Jesse et un cri de surprise : 'Non ! '

Ayant peur d'avoir fait quelque chose qui aurait pu lui faire mal, Kyle leva la tête au-dessus de l'entrejambe de Jesse juste à temps pour voir son sperme jaillir tout le long de son ventre. *Oui, vas-y !*

— Oui, grogna Kyle en plongeant sa tête vers l'avant pour lécher le sperme blanc et épais qui jaillissait du gland de Jesse.

Il n'avait jamais goûté au sperme d'un autre homme de sa vie, et il n'était pas absolument certain que ce soit prudent de lécher celui de Jesse de cette façon, mais il était incapable de se contrôler. Cela avait un goût fantastique et l'odeur était tellement excitante qu'il était prêt à éjaculer à son tour sur le dessus-de-lit. Une fois que Jesse eut terminé d'éjaculer, et que Kyle eut fini de tout lécher, son visage était pratiquement couvert de sperme.

— Je suis désolé, dit Jesse, à bout de souffle. Je ne voulais pas éjaculer si vite.

— C'était absolument génial ! Je n'ai pas perdu le contrôle comme ça depuis…

Kyle n'arrivait pas à se rappeler s'il s'était *un jour* laissé autant aller sexuellement.

— Tu as joui ?

— Pas encore.

— Retourne-toi, insista Jesse.

Il se déplaça jusqu'à ce qu'ils se trouvent en position 69, ce qui convenait parfaitement à Kyle. Il continua à sucer doucement le pénis ramolli de Jesse, récupérant les dernières traces de sperme pendant que son amant prenait son pénis douloureusement dur dans sa bouche. Il ne fallut pas longtemps à Kyle pour jouir. Jesse faisait de bien meilleures fellations que lui, prenant sa queue profondément dans sa gorge et la caressant avec sa langue. Kyle jaillit encore et encore dans la gorge de Jesse qui avala chaque goutte.

Kyle était un peu réticent à l'idée de l'embrasser, compte tenu de l'endroit où la bouche de son amant s'était trouvée un instant plus tôt, mais le jeune homme n'avait pas l'air de s'en soucier. Il rampa le long du corps de Kyle jusqu'à ce qu'ils soient de nouveau face à face et il commença à l'embrasser sans hésitation. Kyle se laissa aller et lui rendit son baiser.

179

Finalement, Kyle se recula.

— Ce n'est pas que je veuille interrompre ce moment, mais est-ce que tu as toujours l'intention d'aller voir Joel et compagnie ce soir ? demanda-t-il.

— Je le suppose, dit lentement Jesse. Je pourrais apprendre quelque chose d'important, n'est-ce pas ?

Kyle ne voulait pas être d'accord avec lui. Il ne voulait pas avoir l'air de l'encourager à le faire, ou même de le cautionner.

— Je préférerais que tu ne le fasses pas.

— Je sais, mais je vais le faire.

Kyle fronça les sourcils et poussa un long soupir de mécontentement.

— Bon, eh bien, tu ferais mieux de t'en aller. Si tu attends jusqu'à ce que Wesley soit de retour, tu vas devoir te débrouiller avec lui quand il perdra son sang-froid avec toi.

— Est-ce que tu veux poser un micro sur moi ? demanda Jesse.

Kyle savait qu'il plaisantait, mais, s'il avait été capable de forcer Jesse à en porter un, il l'aurait fait.

— Bien sûr, répondit-il sur un ton sarcastique. Je vais juste en sortir un de mon cul et le mettre dans le tien.

Jesse sourit et Kyle ajouta, plus sérieusement :

— On devrait mettre ça en place à Concord, et nous n'avons pas le temps.

Il déposa un baiser sur le front de Jesse.

— Prends ton téléphone, et appelle-moi si tu rencontres un problème. Je serai là en moins de deux.

XXIV

JESSE ENVOYA un message à Joel juste avant de monter dans sa voiture et reçut en réponse : *rejouis-moi dans la chambre.*

Jesse n'était pas sûr que Joel avait fait la faute sur « rejoins-moi » intentionnellement, mais le connaissant, c'était probablement le cas. Il n'en tint pas compte.

Il effectua le court trajet à travers la Route 302 et, après quelques minutes, il frappait à la porte de la chambre de Joel et Todd. Il pouvait entendre de la musique à l'intérieur, 'Mexican Moon' par les Concrete Blonde, et une seconde plus tard, la porte s'ouvrit en grand. Joel lui adressa un grand sourire, déjà un peu saoul si l'on en croyait la manière dont il s'appuyait contre la porte. Il avait un verre à la main qui semblait être rempli de vodka-orange.

— Jesse ! Le magnifique homme avec lequel je ne peux pas coucher !

— Essaye de le faire boire ! cria Todd de quelque part dans la chambre.

Alors que Joel le faisait entrer, Jesse découvrit qu'ils n'étaient pas que trois dans la pièce. Corrie était allongée auprès de Todd sur son lit, tous les deux habillés, et étonnamment, Ryan était aussi présent. Il était assis dans l'une des chaises rembourrées au style vintage et semblait vraiment mal à l'aise, mais au moins il avait une bière à la main. Il y avait un stock de bouteilles d'alcool et de boissons sur le bureau près de lui : bière, vodka, rhum, tequila, coca, jus d'orange, jus de cerise ainsi qu'un seau de glaçons à moitié rempli.

— Tu as déjà rencontré Corrie, dit Joel, fermant la porte derrière eux.

Il fit un geste de la main dédaigneux en désignant Ryan.

— Et c'est *Ryan.*

La manière dont il prononça son prénom traduisait clairement le peu d'estime qu'il avait à son égard. Ryan le fusilla du regard.

— Va te faire foutre, Joel.

Il regarda ensuite Jesse avec une expression perplexe, et celui-ci se dit qu'il devait essayer de se rappeler où il l'avait déjà vu. C'était la première fois qu'ils se voyaient face à face depuis qu'ils s'étaient croisés par hasard au sommet de la montagne. Jesse décida qu'il serait probablement mieux que Ryan ne se souvienne pas de lui, donc il évita de croiser son regard.

— On se calme les enfants, dit Corrie. On est censé dire au revoir à Stuart, pas se battre.

— Il *n'appréciait* même pas Stuart, se plaignit Joel, faisant un geste de la main avec son verre comme si c'était une parodie de Bette Davis, et en en renversant sur le tapis. Il était totalement jaloux de lui.

Ryan fixa le tapis des yeux, son visage devenant rouge. Mais Corrie se contenta de glousser et lui dit :

— Assieds-toi, Joel.

Il s'affala sur le bord de son lit, et faillit renverser son verre une nouvelle fois, puis il tapota le matelas près de lui.

— Viens ici Jesse. Prends un verre et assieds-toi avec moi.

Jesse n'avait aucune intention de se saouler alors qu'il était entouré des quatre principaux suspects dans le meurtre de Stuart. Ou d'être ivre et de se blottir contre Joel, d'ailleurs. Mais il ne pouvait pas rester debout à fixer tout le monde, donc il prit une bière sur le bureau, se disant qu'il pourrait la boire à petites gorgées, lentement, et ainsi rester sobre. Puis il s'assit sur le lit de Joel.

Joel essaya immédiatement de s'appuyer contre lui, mais Jesse leva sa main libre et lui dit gentiment, 'Non'.

Joel soupira et engloutit le reste de son verre.

LA 'FÊTE' n'en était pas vraiment une, du point de vue de Jesse. Tout le monde était plutôt larmoyant. Corrie avait eu l'idée de faire une soirée en l'honneur de Stuart le jour où ils auraient dû fêter leur nuit de noces, donc elle n'arrêtait pas d'essayer d'évoquer des souvenirs le concernant. Elle raconta des anecdotes sur le jour où ils s'étaient rencontrés, avec Joel fournissant à contrecœur quelques détails sur lesquels elle était un peu vague, et de la première fois où Stuart l'avait emmenée rencontrer Todd. Il grogna pour reconnaître qu'il avait été hostile envers elle, mais c'est tout. Les histoires étaient assez intéressantes selon Jesse – il était toujours curieux d'entendre les histoires de vie des personnes, et bien évidemment encore plus lorsqu'il s'agissait de celle de Stuart –, mais assez médiocres. Tout le monde avait ce genre d'anecdotes plus ou moins.

Les garçons passaient pratiquement leur temps à boire. Corrie tentait de se blottir contre Todd pendant qu'elle parlait, et il tolérait cela sans pour autant lui porter une attention particulière. Ryan n'arrêtait pas de les observer du coin de l'œil, ce que Jesse trouvait inquiétant. Néanmoins, Todd pourrait certainement se défendre si Ryan devenait violent après quelques verres.

Et bien entendu, Joel poussait Jesse à finir sa bière pour pouvoir passer à un alcool plus fort – espérant sans doute qu'il serait plus coopératif après quelques verres. Jesse n'était pas inquiet. Il avait déjà eu affaire à des types comme lui par le passé.

Mais le fin mot de l'histoire, c'était que cette fête n'avait pas d'intérêt. Jesse commençait à se résoudre au fait qu'il n'apprendrait rien d'utile lorsque Ryan termina sa bière, lança un regard à Todd qui aurait pu faire fondre du tungstène, puis annonça :

— Bon, je me suis bien amusé, mais…

— Tu ne peux pas partir maintenant, l'interrompit Corrie. On doit se rendre dans les *catacombes*.

Elle prononça le dernier mot d'une voix ridicule, censée 'donner la chair de poule', et tout le monde se tourna pour la regarder, ce qui était sans doute le but recherché.

Joel rigola, et Jesse eut l'impression qu'il était dans le coup. Mais les deux autres n'étaient clairement pas au courant de ce qui se passait. Ils avaient tous les deux l'air déroutés.

— Les catacombes ? demanda Todd.

— Quelles catacombes ? demanda impatiemment Ryan. Tu parles de la Cave en bas ?

— Non, dit Joel. Les catacombes *en haut*.

Il indiqua le toit. Tous les yeux suivirent la direction qu'indiquait son doigt, mais Todd et Ryan semblaient toujours confus, et Jesse n'avait aucune idée de ce dont voulait parler Joel non plus. Est-ce que l'hôtel disposait d'un grenier ?

Corrie se mit à rire et se pencha en avant, ses yeux bleus s'élargissant avec l'excitation.

— Il dit que là-haut, ça ressemble à un hôtel fantôme.

— Un hôtel fantôme ? demanda Todd.

Il ne semblait pas enthousiaste à l'idée d'explorer cette partie de l'hôtel.

Joel se mit debout en vacillant et prit la main de Jesse.

— Viens. Tu vas adorer.

Il se tourna vers les autres.

— On va jouer à un jeu !

KYLE ÉTAIT de moins en moins convaincu que le plan de Jesse était une bonne idée alors que l'horloge de l'hôtel approchait des huit heures du soir. Il n'avait pas eu d'autre choix que de dire ce qui se passait à Wesley lorsque son coéquipier était revenu de chez Fabyan's. Il n'y avait aucun moyen de lui cacher le fait que Jesse était parti *quelque part*, et il n'y avait aucun autre endroit où il pouvait se rendre à part au Mount Washington.

Wesley avait été en colère, à juste titre.

— Putain de merde, Kyle ! Où est passé ton foutu cerveau ? Il va se faire tuer, et *nous* allons être tenus responsables parce que *nous* l'avons laissé aller là-bas !

— Recevoir un blâme du département de police est la dernière chose dont je me soucie, s'énerva Kyle. Je l'aime beaucoup. Il va peut-être finir par être mon petit ami. C'est clair que je ne veux foutrement pas que quelqu'un lui brise le cou !

— Alors pourquoi ne l'as-tu pas arrêté ?

— Parce que, d'une, il a parfaitement le droit de traîner avec Joel, je ne peux pas l'arrêter parce qu'il se lie d'amitié avec un meurtrier potentiel, même si j'aimerais le faire. Et de deux, il s'est mis en tête qu'ils laisseront une information s'échapper s'ils sont en train de boire et de se détendre. Il pourrait avoir raison.

— Il pourrait déjà être *mort*, gronda Wesley, enlevant sa ceinture et laissant tomber son jeans sur le sol.

Il l'enleva complètement à l'aide de ses pieds et s'affala sur son lit en boxer. Quand Kyle ne répondit rien, il attrapa la télécommande et alluma la télévision.

Ils tombèrent dans un silence déplaisant pendant un moment, regardant une série policière sanglante que Kyle n'avait jamais regardée auparavant et qu'il n'avait pas particulièrement envie de découvrir. Quand les séries télévisées étaient-elles devenues des films d'horreur ? Il avait bien sûr vu beaucoup de choses horribles dans son travail, mais cette série s'en réjouissait. C'était dégoûtant.

Puis vint le moment où il ne put plus le supporter.

— J'y vais, annonça-t-il.

Wesley soupira et éteignit la télévision. Puis, sans un mot, il se leva et chercha son jeans sur le sol.

J'aurais dû faire ça dès le départ, pensa Kyle. Il n'y avait aucune raison de croire qu'il pouvait se rendre à l'hôtel à temps si Jesse rencontrait un problème. Il pouvait tout aussi bien errer dans l'observatoire du rez-de-chaussée. De là, il pourrait se précipiter en haut s'il devait le faire.

Il jeta un œil à son téléphone, mais bien entendu, Jesse n'avait pas appelé.

Bon Dieu, pourquoi ne l'ai-je pas attaché au lit ?

ILS DURENT cacher les bouteilles d'alcool à l'intérieur de leurs vestes lorsqu'ils passèrent à travers les halls, en particulier pour traverser la rotonde où se trouvait le vieux et sympathique liftier, qui leur sourit et leur fit un signe de tête. Joel les guida dans un coin où se trouvait un autre ascenseur que les clients pouvaient faire fonctionner eux-mêmes.

C'est seulement une fois que Jesse, Todd, Corrie et Ryan furent à l'intérieur avec lui et que les portes furent bien fermées que Joel dit à voix basse :

— Hier, je m'ennuyais et j'ai décidé d'aller explorer un peu l'hôtel. Je pensais que le cinquième étage serait l'étage le plus luxueux de l'hôtel, comme il se trouve tout en haut, mais j'avais tort.

Il appuya sur le bouton et l'ascenseur monta silencieusement de deux étages. La porte s'ouvrit et Corrie poussa un cri de surprise.

L'endroit où ils arrivèrent aurait pu servir de décor à un film d'horreur.

Cela ressemblait aux autres étages de l'hôtel sur plusieurs points : le tapis du hall arborait des motifs vert et or, comme ceux des autres étages, et le couloir partait dans les deux directions, avec des portes des deux côtés qui menaient certainement aux chambres. Mais l'éclairage était faible et avait une nuance bleuâtre inquiétante. En fait, Jesse ne pouvait voir qu'une lumière depuis que les portes s'étaient ouvertes : une applique murale située près de l'ascenseur, avec une seule lumière bleue vive à l'intérieur, dirigée vers le plafond. Mais la chose la plus bizarre était le mur en face d'eux, sur lequel une énorme partie du plâtre était tombée pour dévoiler des planches de bois cassées. Le tapis était recouvert de plâtre et de poussière.

Les clients les plus riches de l'hôtel ne résidaient certainement pas à cet étage. Personne n'y résidait, ce niveau de l'hôtel était abandonné et en ruines.

— Tout l'étage est dans cet état, les informa Joel en sortant de l'ascenseur pour se placer dans le couloir déserté.

Jesse et les autres le suivirent.

185

— Il y a des trous dans les murs et au sol, et la plupart des chambres n'ont plus de portes. Compte tenu des escabeaux et des autres équipements qui traînent, je dirais qu'ils sont en train de le rénover.

— Ils ont soi-disant rénové tout l'hôtel il y a quelques années, dit Corrie, s'accrochant au bras de Todd, comme s'il pouvait la protéger de quelques monstres qui pourraient rôder dans ces couloirs.

— Eh bien, ils n'ont pas été jusqu'à cet étage.

— C'est bizarre qu'ils ne l'aient pas interdit au public.

Joel haussa les épaules, imperturbable.

— Peut-être qu'ils s'attendent à ce que leur clientèle soit assez sophistiquée pour ne pas se rendre dans un endroit qui n'est manifestement pas autorisé au public. Mais c'était sans compter sur les types bourrés de Rochester.

Todd ricana et tapa dans la main de Joel.

— Sérieusement, je ne pense pas qu'ils seraient contents de nous trouver ici, dit Ryan.

Il faisait écho aux pensées de Jesse, mais celui-ci n'avait aucune intention de mettre fin à cette petite excursion. Il se disait que les choses commençaient juste à devenir intéressantes.

Cela dit, il serra son téléphone dans sa poche pour se rassurer en se disant que Kyle n'était pas loin.

— On s'en fout ! s'exclama Todd. Allons faire un tour.

Il n'attendit pas que les autres acceptent et commença à descendre le long du couloir. Corrie partit avec lui, toujours accrochée à son bras. Ryan soupira de manière mélodramatique et les suivit.

— Ça va être génial ! dit Joel d'une voix enjouée à Jesse, puis il l'attrapa par les épaules et le poussa en avant, vers le couloir où venaient de s'engouffrer les autres.

Les chambres étaient assez ennuyeuses finalement. Elles étaient toutes pareilles : vides et grossièrement dans le même état d'abandon. Certaines avaient plus de plâtre qui tombait de leurs murs que les autres. Dans certaines, les tapis étaient en morceaux tandis que dans d'autres, ils étaient tâchés et pleins de moisissures.

— Faites bien attention à marcher doucement, leur rappela Joel, et parlez à voix basse. Autrement quelqu'un pourrait envoyer une personne ici pour attraper les rats.

— Des rats qui parlent, marmonna Ryan.

— Exactement. Aux dispositions désagréables.

Ryan lui fit un doigt d'honneur sans prendre la peine de se retourner. Quand ils atteignirent le bout du couloir, Joel dit :

— Installons-nous ici un moment pour pouvoir jouer.

Il y avait deux chambres. L'une disposait d'un tapis, mais sans même se concerter, ils l'évitèrent et choisirent celle avec un sol en bois. Il commençait à faire froid, tous les radiateurs de cet étage étaient éteints, et ils auraient probablement été mieux sur un tapis que sur le bois, mais éviter les moisissures imprégnées dans les étoffes était probablement plus sain. Ils s'assirent en cercle, recroquevillés dans leurs vestes, et ils posèrent toutes les bouteilles d'alcool au centre. Personne n'avait été motivé pour prendre le coca ou le jus d'orange, donc ils étaient limités aux shots de vodka, de rhum et de tequila.

Joel fouilla dans la poche de sa veste et en sortit une petite et épaisse bougie qui ressemblait à ce qui se vendait dans les magasins de souvenirs. Il y avait une image du Mount Washington Hotel tout autour. Il la plaça sur le sol, au centre du cercle, et l'alluma avec un briquet en plastique.

— On va se raconter des histoires de fantômes ? demanda Corrie.

— Dans un sens, oui, dit Joel, se rasseyant sur les fesses et lui lançant un sourire complice.

La bougie illuminait les visages de tout le monde par le bas, rappelant à Jesse l'éclairage ringard que l'on retrouvait dans beaucoup d'anciens films d'horreur en noir et blanc.

— On va jouer à Action ou Vérité.

Ryan grogna.

— Nul.

— Tu vas aimer cette version, dit Joel. Parce que j'ai inventé de nouvelles règles.

— Tous les gars doivent se mettre à poil et te baiser ? demanda Todd en se moquant de lui.

— J'aime cette idée, dit Corrie. Je serais ravie de regarder.

— Presque ! dit Joel.

Il regarda tout le monde, l'un après l'autre, et continua :

— Nous avons tous évité d'en parler, mais… nous ne sommes pas dupes. Nous connaissons la vérité.

Ryan poussa un soupir d'impatience.

— Quelle vérité ?

187

— Que Stuart ne s'est pas simplement tué là-haut, sur la montagne. Il a été victime d'un meurtre. Et les chances que ce tueur soit un quelconque randonneur, croisé par hasard, sont quasiment inexistantes.

Tout le monde était mal à l'aise maintenant. Jesse sentit la tension grimper comme une montée d'électricité statique. Il aurait aimé pouvoir appeler Kyle sur son portable et simplement laisser le détective entendre ce que Joel essayait de faire avouer, mais il n'avait pas pensé à mettre ce dispositif en place avant de venir. Kyle décrocherait et parlerait dans le téléphone, et tout le monde pourrait l'entendre. Son portable avait une fonction d'enregistrement bien sûr, mais il ne pouvait pas démarrer l'enregistrement sans regarder l'écran.

— Il est encore *possible* que ce soit un inconnu. Quelqu'un aurait pu essayer de le voler, dit Corrie.

— Non, répondit Joel en secouant la tête. C'était quelqu'un qui le connaissait. C'est presque toujours le cas, n'est-ce pas Jesse ?

Jesse fut surpris d'être impliqué dans la conversation, mais il dit rapidement :

— Euh… statistiquement, oui. Il s'agit la majorité du temps d'une personne qui connaissait la victime.

— Et, cela signifie que, excepté M. et Mme Lassiter, et Lisa bien sûr, il s'agit forcément de l'un de nous… présent ici.

Un frisson sembla parcourir chacun d'entre eux alors qu'ils regardaient la bougie, comme s'ils ne voulaient pas accuser quelqu'un en lui lançant un regard.

— Pourquoi exclure les Lassiter ? Ils le détestaient ! lança pourtant Todd, coléreux.

— Ce n'est pas vrai ! Les défendit, Corrie.

— Ferme ta gueule et ne parle pas de mes parents ! rugit Ryan.

Mais Joel tendit son bras pour poser sa main sur le bras de Todd, ce qui était peut-être la seule chose qui l'empêcha de s'attaquer à Ryan à ce moment précis.

— Baissez d'un ton ! lança-t-il. Je suis désolé, mais… Todd a raison, Corrie. Tes parents toléraient Stuart seulement pour te faire plaisir. Mais à moins qu'ils se soient faufilés en haut de la montagne sans que personne ne les voie, ils ne peuvent pas l'avoir fait.

— Donc ça ne peut pas être moi non plus, dit rapidement Ryan. J'étais à Concord toute la journée.

— Non.

Le mot résonna dans la pièce vide avant que Jesse ne prenne conscience que c'était *lui* qui l'avait dit. Même s'il n'était pas certain que ce soit une bonne idée, il continua :

— Tu étais au sommet de la montagne ce jour-là. Je t'ai vu sur le pont d'observation.

Ryan le regarda dans les yeux, la surprise laissant progressivement place à la colère dans son expression.

— C'est de là que je te connais, dit-il d'un air grave.

— Ryan ? l'interpella Corrie. De quoi est-ce qu'il parle ?

Ryan attrapa la bouteille de tequila. Il retira le bouchon et en prit une grande gorgée avant de répondre à sa sœur.

— Oui, j'étais là-haut.

Joel ricana joyeusement.

— C'est génial !

— Pourquoi étais-tu là-bas, Ryan ? demanda Corrie, sa voix grave et menaçante.

— Je ne l'ai pas tué !

— Non, non ! On n'en est pas encore là ! interrompit Joel.

Il posa ses deux mains sur le sol, de chaque côté de la bougie, se penchant en avant afin que la lumière illumine brusquement son sourire d'ivrogne.

— Nous devons jouer au jeu !

— Quel jeu ? grogna Todd, ses yeux rivés sur Ryan.

— On commence tous par répondre à la question 'As-tu tué Stuart ?'. Si vous ne dîtes pas 'oui', et sérieusement je doute que quelqu'un se dénonce immédiatement, vous devez prendre une gorgée d'alcool et accepter d'effectuer une action. C'est moi qui déciderai des actions à accomplir, et elles seront lascives.

— Pourquoi est-ce que c'est toi qui décides des actions ? demanda Corrie.

— Parce que c'est mon jeu. Mais ne t'inquiète pas, au tour suivant, chacun pourra poser une question. Toutes les questions doivent être en lien avec le meurtre. Et tout le monde prend une gorgée après chaque question à laquelle il refuse de répondre.

— C'est stupide comme jeu, dit Ryan.

— T'es une poule mouillée ? demanda Todd.

Les deux hommes s'échangèrent un long regard plein de défi, et Ryan finit par dire :

189

— Ce n'est pas moi la poule mouillée.

— Qu'est-ce qui passe si quelqu'un se dénonce ? demanda Corrie à Joel.

Joel prit une gorgée de rhum, son visage se tordant lorsque la liqueur descendit le long de sa gorge en le brûlant.

— Tsk tsk. C'est de la triche. Vous découvrirez quelle est la récompense à la fin du jeu.

— Et pour Jesse ?

— Non, il n'est pas la récompense.

Corrie rit.

— *Je* te demande si tu penses que c'est *lui* qui l'a tué.

Joel se tourna pour regarder Jesse, et soudainement il ne semblait plus du tout être saoul, mais malin et froid.

— Non. J'ai une tout autre série de questions pour Jesse.

Merde. Jesse se demanda si finalement Joel ne le surveillait pas. Ce serait peut-être une bonne idée de simplement dire que ce jeu ne l'intéressait pas et de voir s'il pouvait sortir d'ici. *Joel* le laisserait-il partir ?

Mais avant qu'il ne puisse se décider, Todd dit :

— OK. Commence le jeu.

Joel se mit à nouveau à rire comme un ivrogne fou et toute trace de lucidité qu'il semblait posséder un instant plutôt, s'évanouit.

— OK, OK ! Première question.

Il tendit la bouteille de rhum à Jesse.

— Tu es avec la police ?

Le sang de Jesse se glaça. Mais il répondit sans hésiter.

— Non.

Après tout, 'être avec' dans ce contexte signifiait généralement 'travailler pour', ce qui n'était pas le cas.

— Bien sûr que non, dit Joel d'une voix moqueuse.

Il poussa la bouteille vers lui à nouveau.

— Allez. Les personnes qui disent 'non' doivent boire et accomplir une action.

Jesse attrapa la bouteille et en prit une gorgée. Le rhum descendit le long de son œsophage et il se demanda si la récompense à la fin de la soirée serait de se retrouver tous ensemble au-dessus de la baignoire pour vomir. Bien sûr, il savait ce que Joel espérait faire : ils boiraient à en devenir ivre et baisseraient leurs gardes, puis l'un d'eux ferait une gaffe et avouerait sa culpabilité. Soit ça, soit Joel était le meurtrier et prévoyait de tous les tuer quand ils auraient perdu connaissance. Jesse réprima un frisson en y pensant.

— Maintenant, pour ce qui est de l'action, dit joyeusement Joel. C'est la même pour tout le monde lors de ce tour. Vous devez embrasser tout le monde sur la bouche.

Ryan se moqua de lui.

— Tu t'attends vraiment à ce que je le laisse m'embrasser ? Tu penses que je vais laisser *Todd* m'embrasser ?

— Fillette, dit Todd.

Il y avait une étincelle dans ses yeux, comme s'il était prêt à faire n'importe quoi si c'était un défi.

— Oui, dit Joel. De cette façon, tout le monde va pouvoir embrasser au moins une personne qu'il aimerait toucher – je suis prêt à parier que ça n'ennuiera pas Jesse de bécoter au moins l'un des hommes présents…

Joel semblait un peu irascible en disant cela.

— Et tout le monde va embrasser… un meurtrier.

— Tu es taré, dit Corrie.

Mais elle souriait. Jesse la soupçonnait d'être excitée à l'idée de se trouver si près d'un tueur, en supposant que ce ne soit pas elle, bien que Joel soit sur le point de l'obliger à embrasser son tordu de frère.

Joel regarda Jesse dans les yeux.

— Poule mouillée ?

— Je n'ai rien dit, répondit Jesse. Je vais embrasser tout le monde. Mais si tu commences à me dire de mettre ma bouche dans… d'autres endroits… il se peut que je sois obligé de renoncer. Rappelle-toi que j'ai un petit ami.

— Ne t'inquiète pas, dit Joel en souriant. On parlera dudit petit ami bien assez vite.

— Tu comptes te précipiter là-haut et ruiner sa couverture ?

Kyle jeta un coup d'œil autour de lui dans le hall du Mount Washington Hotel, qui était en ce moment rempli de jeunes skieurs se détendant devant la cheminée ou riant et parlant avec leurs amis. C'était stupide de s'attendre à ce que Jesse soit assis dans le coin, mais il était tout de même déçu de ne pas l'y trouver.

— Non, répondit-il à Wesley en regardant son téléphone, pas s'il ne m'appelle pas.

Son téléphone portable était obstinément silencieux.

Wesley soupira et s'éloigna de lui pour se rendre dans le Conservatoire. Kyle le suivit, espérant que Jesse puisse être en train de traîner dans cette pièce. Pas de chance. Il y avait simplement davantage de skieurs et un couple de personnes âgées assit près des fenêtres à regarder le lever de lune et à parler doucement autour d'un café.

L'une des serveuses s'approcha d'eux et leur demanda :

— Vous désirez quelque chose ?

Kyle commença à faire non de la tête, mais Wesley l'interrompit.

— Juste un coca pour moi. Mon ami va prendre une Corona, dit-il à la jeune femme.

— Je ne devrais pas boire, dit Kyle.

Wesley fit signe à la jeune femme de partir d'un simple mouvement de tête, puis il s'affala sur l'une des causeuses en osier près de la fenêtre.

— Ce dont tu as besoin, c'est de te détendre. Ce n'est qu'une bière. Tu ne seras pas bourré au point de ne pas pouvoir le secourir, je te le garantis.

Kyle s'assit à ses côtés, content que la causeuse soit assez large pour qu'il y ait un peu d'espace entre eux. Il aimait beaucoup Wesley, mais il ne voulait pas se retrouver assis sur ses foutus genoux.

— D'accord, maman.

Au moins, ils ne portaient pas leurs uniformes, ils n'étaient même pas en services, donc il n'enfreindrait aucune loi en prenant un verre.

Il posa son téléphone sur la table basse placée devant eux pour pouvoir l'attraper dès la première sonnerie.

TOUT LE monde répondit par la négative à la question 'As-tu tué Stuart ? ', bien évidemment, donc le premier tour comportait beaucoup de baisers. La plus grande surprise pour Jesse fut de découvrir que Todd embrassait très bien. Le baiser de Joel avait été celui d'un homme saoul et désordonné, ce qui n'était pas surprenant, et celui de Corrie avait été chaste, sûrement parce qu'elle savait qu'il n'était pas du tout intéressé. Ryan lui effleura à peine les lèvres et persista à faire une grimace après – *Je t'emmerde beaucoup* [10]. Mais Todd l'attrapa et mit le paquet, en y mettant même un peu la langue. Jesse dut avouer que son rythme cardiaque s'accéléra, malgré le fait qu'il soit effrayé par la possibilité que Todd puisse être le meurtrier.

---

10 Dans la version originale : « *Fuck you very much* »

Quand Todd finit par se reculer pour reprendre de l'air, il avait un petit sourire triomphant sur le visage, mais Jesse n'en avait pas grand-chose à faire. C'était divertissant de regarder Todd faire la même chose avec tous les autres. Joel gémit de désir et Ryan semblait être prêt à s'évanouir.

— Maintenant, pour ce qui est du deuxième tour, dit Joel. Cette manche s'appelle 'Pourquoi je pense que tu es le coupable'. D'abord, j'accuse quelqu'un. Si lui ou elle trouvent une bonne raison de réfuter mon accusation, je dois boire. Sinon, cette personne doit boire. Mais ensuite, c'est à elle d'accuser quelqu'un.

— On est pas forcément coupable parce qu'on ne peut pas prouver qu'on est innocent, souligna Corrie.

— C'est juste, concéda Joel. Mais ce n'est qu'un jeu. Oh ! Et vous ne pouvez pas accuser la personne qui vient de *vous* accuser, bien entendu.

— Tu as encore oublié Jesse.

— Vous pouvez accuser Jesse si vous voulez.

— Mais tout le monde sait qu'il n'y est pour rien, dit Ryan, exaspéré.

— Il a découvert le corps, souligna Joel. J'avoue qu'il est peu probable qu'il soit le meurtrier, mais il aurait certainement pu l'être. Donc, trouvez-lui un mobile, si vous y arrivez.

Comme personne n'avait d'autres objections, Joel leva la bouteille de rhum qui était désormais quasiment vide, et dit :

— OK. Je commence. Ryan !

Il pointa le haut de la bouteille de l'autre côté du cercle.

— Je pense que tu as tué Stuart parce qu'il refusait de renoncer au mariage, et tu es devenu fou de rage par jalousie ! Tout le monde sait que tu veux garder Corrie pour toi, espèce de pervers.

Ryan avait l'air horrifié, mais Jesse supposait que cela était plus dû au coup de projecteur sur ses sentiments envers sa sœur que par rapport à l'accusation de meurtre.

— Qu'est-ce que tu… *Va te faire foutre, Joel* !

— Baisse d'un ton, s'il te plaît.

— Tu te prends pour qui pour…

— Oh, Ryan, l'interrompit Corrie en levant les yeux au ciel. Tout le monde est au courant.

Ryan se leva, son visage semblant rouge malgré la faible lueur de la bougie, mais Jesse ne savait pas si c'était dû à la gêne ou à la colère.

— C'est des conneries ! Je retourne en bas.

Mais alors qu'il se dirigeait vers la porte, Todd bondit sur ses pieds avec une étonnante rapidité, et lui bloqua le passage.

— Non, tu n'iras nulle part. On était d'accord pour jouer. Alors, assieds-toi et réponds à la putain de question.

— Quelle question ?

Ryan semblait désormais furieux, mais il s'éloigna du corps plus imposant de Todd.

— Vous ne faites que vous moquez de moi…

— On se *moque* de toi ? demanda Corrie. Je dirais plus qu'on te fait prendre tes responsabilités au lieu de te laisser te cacher derrière tes docteurs tout le temps.

Ryan se tourna vers elle.

— Tu penses que j'étais content d'être envoyé là-bas ? Tu n'as aucune idée de ce que j'ai vécu…

— Je ne te permets pas de jouer la carte de la sympathie avec moi ! s'énerva brusquement Corrie, ses traits délicats soudainement tordus par la colère. Tu as de la chance que je te *parle* encore après que tu aies essayé de me *violer*, espèce de monstre !

— Les enfants ! Les enfants ! dit Joel en riant joyeusement. Ne vous battez pas. Il nous reste tellement de choses à faire.

Ryan essaya une nouvelle fois de se diriger vers la porte, mais Todd se contenta de se décaler pour le bloquer.

— Assois-toi Ryan. Et dis-nous si Joel a raison.

— Bien sûr que non ! Il a tort, dit doucement Ryan. Je n'ai pas tué ton frère.

— Assieds-toi.

Ryan avait l'air renfrogné en se rasseyant sur le sol. Il refusait de regarder qui que ce soit, préférant fixer la bougie qui brûlait au milieu du cercle.

— Ça ne suffit pas de dire que tu ne l'as pas tué, dit Joel. Tu dois expliquer pourquoi tu ne l'as pas fait, alors qu'on sait que tu avais une raison.

— Ça n'a pas de sens, dit Ryan, plein d'amertume. Ce n'est pas parce que je ne l'aimais pas que je l'ai tué. En plus, il a pris l'argent.

Corrie se redressa abruptement.

— L'argent ? Quel argent ?

— Papa lui a proposé vingt mille dollars pour renoncer au mariage, dit Ryan. Mardi, j'ai dit à Stuart que je me rendrais à Concord le lendemain matin pour retirer de l'argent en liquide, mais il m'a dit que si je voulais le lui donner, je pourrais le retrouver en haut de la montagne dans l'après-midi. Je suis revenu de Concord vers midi, donc j'ai juste pris le train pour l'attendre en haut.

La bouche de Corrie était grande ouverte, traduisant le choc.

— Je ne peux pas croire que Papa ait fait ça !

— Et pourtant c'est vrai.

— Pourquoi est-ce que Stuart te demanderait de l'amener au sommet de la montagne ? demanda Jesse.

Ryan jeta un œil vers Todd avant de regarder à nouveau la flamme de la bougie.

— Parce qu'il ne voulait pas que son frère soit au courant.

Le regard que Todd lança à Ryan était glacial, mais il resta silencieux. Corrie, quant à elle, fusilla son frère du regard et dit :

— Alors tu as apporté un paquet de fric en haut de la montagne pour forcer mon fiancé à me larguer. Et ensuite, que s'est-il passé ?

Ryan haussa les épaules.

— Il a pris l'argent. Je suis descendu à bord du train suivant.

— Mon Dieu.

— Oh, ça va, ne fais pas comme si tu étais bouleversée par cette nouvelle, rétorqua Ryan, d'une voix rageuse. Tu ne l'aimais pas.

— Va te faire foutre, Ryan.

— Attendez ! Attendez ! les interrompit Joel. C'est au tour de Ryan. Et je suppose qu'il a répondu correctement, donc je dois boire un coup.

Il prit une gorgée de rhum et toussota. Puis il dit :

— Maintenant, Ryan peut accuser quelqu'un d'autre.

— Bien ! dit Ryan.

Il pointa sa sœur du doigt.

— Je pense que Corrie l'a tué !

UN SERVEUR différent vint récupérer le verre vide de Wesley et la bouteille de Corona de Kyle. Wesley avait abandonné l'idée de démarrer une conversation de n'importe quel type avec Kyle depuis un moment et jouait à *Angry Birds* sur son iPhone. Il regarda le serveur et dit :

— Je vais prendre un autre soda. Mon ami a besoin d'une autre Corona.

— Non, le coupa Kyle. Je ne vais rien prendre, merci.

Lorsque le serveur partit, Kyle regarda son téléphone pour voir s'il avait reçu des messages, même s'il savait que c'était inutile. S'il avait reçu un message, il l'aurait vu.

Wesley secoua la tête.

— Mon Dieu, je n'aimerais pas voir ce que ça donnerait si tu avais une fille adolescente en rendez-vous amoureux.

— Si elle sortait avec un possible meurtrier ? dit Kyle d'un ton sec.

— Tu vas devoir apprendre à maîtriser ce garçon si tu veux continuer à le voir. Il ne peut pas mettre son nez dans tes affaires – *nos* affaires – tout le temps, et s'enfuir pour faire la fête avec des meurtriers toutes les dix minutes. Ça va te rendre dingue.

Kyle lui lança un regard noir, mais il savait que Wesley avait raison. C'était déjà bien assez compliqué avec Jesse s'impliquant dans cette seule situation. La question était de savoir si cela allait devenir une chose récurrente avec lui. Cela pourrait mettre Kyle dans une position délicate, sans compter l'usure permanente causée par le stress. Mais pire encore, Jesse pourrait trouver la mort s'il continuait. Peut-être valait-il mieux pour eux deux, pour leur sécurité, que Kyle cesse de le voir après ce weekend.

Mais pour l'instant, il y avait des choses plus importantes à régler.

— Si je n'ai pas de nouvelles d'ici dix minutes, je monte, déclara-t-il.

— Tu AS appris que Stuart allait renoncer au mariage, dit Ryan à Corrie, donc tu as paniqué et tu l'as tué.

Corrie lui lança un regard noir.

— Tu viens de dire que je ne l'aimais pas. Si c'est la vérité, pourquoi est-ce que je me ficherais le moins du monde qu'il ne veuille pas se marier avec moi ?

— Parce que tu es enceinte, lâcha Ryan.

— Quoi ?

— Ne nie pas, dit Joel. Tu me l'as dit il y a quelques semaines.

Elle inclina la tête et lui fit un doigt d'honneur.

— Merci beaucoup, Joel. C'est toi qui l'as dit à Ryan ?

— Je t'en prie ! Tu crois que je traîne avec le pervers ?

— Je l'ai appris quand Maman a paniqué à propos de l'argent, dit Ryan à sa sœur, ignorant la pique de Joel. Ils ont eu une grande dispute. Maman n'arrêtait pas de lui demander comment ils allaient expliquer à leurs amis que tu venais de pondre un gosse alors que tu n'étais pas mariée. Papa n'en savait rien, bien évidemment.

— Je ne lui ai pas dit.

— Et maintenant, il fait de l'hyperventilation en pensant à ce que ses camarades de golf vont dire derrière son dos lorsqu'ils seront au club.

Corrie n'avait pas l'air d'avoir de répartie cette fois-ci. Elle remua la tête, la bouche fermée et les lèvres pincées. Puis Todd prit la parole.

— Tu es enceinte ?

— Oui.

Elle attrapa la bouteille de vodka et retira le bouchon.

— Tu ferais peut-être mieux de ne pas boire, dit Joel, mais il souriait, se moquant d'elle.

Corrie le regarda avec mépris et pencha la bouteille pour la boire. Elle prit une longue gorgée puis éloigna la bouteille d'elle en prenant une grande inspiration. Après un moment, elle dit à bout de souffle :

— Je ne l'aurais pas tué pour m'avoir larguée. J'aurais fait de sa vie un enfer pendant un temps, mais je ne l'aurais pas tué.

— Même si cela signifiait que Todd te larguerait aussi ? demanda Ryan.

Apparemment, Corrie en avait assez de son frère. Elle prit de l'élan et son poing atterrit avec force contre le biceps de Ryan.

— Ferme ta gueule !

— À voix basse, leur rappela Joel.

Ryan prit son bras et le frotta, fusillant sa sœur du regard.

— On sait tous que tu couchais avec les deux. Tu ne sais même probablement pas qui est le père de l'enfant que tu portes.

— C'est vrai, lâcha Corrie. Je couchais avec Stuart, Todd et Joel, et maintenant je vais vraisemblablement coucher avec Jesse juste pour que tu puisses regarder et comprendre que le seul gars de la planète entière avec lequel je ne coucherais *jamais*, c'est *toi* !

Ryan devint tout rouge à ce moment-là, mais personne ne lui portait vraiment d'attention. Joel éclata soudain de rire et en tomba à la renverse, faisant soupirer Jesse.

— Tu viens juste de dire à tout le monde d'être silencieux, rappela-t-il.

— Lève-toi, lui ordonna Todd, attrapant la veste de Joel par le cou et le soulevant jusqu'à ce qu'il soit à nouveau assis.

Joel ne s'y opposa pas, mais il lui fallut une minute pour reprendre son sérieux.

— OK, dit-il finalement. Je suppose qu'il y a une raison valide pour ne pas avoir tué Stuart dans ce que tu viens de dire – en commençant par ton indifférence. Donc Ryan doit boire un coup.

Ryan n'eut pas besoin de se faire prier. Il avait toujours la bouteille de tequila à la main et en prit une énorme gorgée. Dans le court silence qui suivit, la bougie crépita et Todd prit la bouteille de rhum à Joel et avala le reste de son contenu.

— C'est à mon tour, annonça Corrie.

Elle regarda Todd.

— Todd… Je pense que tu as tué ton frère parce que…

Elle eut l'air de bien réfléchir, comme si elle n'avait jamais vraiment pensé à cette possibilité. Jesse supposa qu'il s'agissait toujours d'un simple jeu pour elle, bien que ce soit un jeu vicieux.

— Ne dis pas que c'est parce que je te voulais pour moi seul, dit Todd avec dédain.

À ce moment, Jesse, et probablement tous les autres, savait que Todd aurait pu l'avoir, qu'elle soit mariée avec son frère ou non. Corrie parut blessée, mais elle ne tenta pas de défendre son honneur. Elle dit, d'un ton irascible :

— Bien. Tu l'as tué parce qu'il n'avait pas l'intention de partager l'argent avec toi.

— Je ne savais pas que Ryan lui avait donné de l'argent, souligna Todd.

— Il te l'a dit, répliqua-t-elle. Il t'a dit qu'il allait accepter l'argent afin que vous puissiez vous le partager. Mais à la dernière seconde, il a décidé de le garder pour lui.

Todd renifla et prit la bouteille de vodka qu'elle avait dans les mains. Après en avoir pris une gorgée, il essuya sa bouche et dit :

— Tu brodes. Stuart était mon frère. On partageait tout. Je pouvais avoir *tout* ce qu'il avait. J'aurais pu avoir l'argent, je *t'avais* toi, et j'aurais pu avoir *Joel* si je l'avais voulu.

Il regarda dans la direction de Joel, dont la bouche était grande ouverte de façon comique.

— Ouais, j'étais au courant qu'il couchait avec toi.

Joel ferma la bouche.

— Il ne t'aurait pas laissé faire, dit-il, plus doux qu'il ne l'avait été de toute la soirée.

— Si, il m'aurait laissé faire.

Todd se pencha vers lui, son visage s'approchant si près que Joel sursauta. Mais il ne recula pas, même lorsque Todd effleura sa joue de ses lèvres. Ce n'était pas un baiser, mais ça s'en rapprochait vraiment.

— Et tu aurais aimé ça.

Joel laissa sortir une expiration tremblante.

— Va te faire foutre, dit-il doucement.

— Tu sais que j'ai raison.

— Va te faire foutre quand même.

Todd retourna à sa place et prit une nouvelle gorgée de vodka. Puis il la redonna à Corrie.

— Je crois que j'ai gagné, et maintenant tu dois boire.

Elle prit la bouteille en le défiant du regard et but sa gorgée.

— Maintenant, c'est mon tour, continua Todd.

Il se pencha à nouveau vers Joel, pressant son épaule sur la sienne. Jesse ne savait pas comment interpréter ce geste. Todd commençait-il à être assez saoul pour draguer Joel ? Ou était-ce pour l'intimider ?

— Je pense que *tu* as tué mon frère parce que tu t'es finalement rendu compte qu'il ne t'aimait pas plus qu'il n'aimait Corrie…

— Ou même toi, Todd, termina Jesse.

Tout le monde se tourna pour le regarder, mais il était tout aussi surpris qu'eux par le son de sa propre voix. Pourtant, maintenant qu'il l'avait dit, il savait que c'était la vérité.

Todd haussa un sourcil en le regardant.

— Ou moi ?

— Il ne t'aimait pas, poursuivit Jesse. Je veux dire en tant que frère. Il n'aimait personne, n'est-ce pas ?

Todd ricana et frotta son visage contre l'épaule de Joel pendant un moment.

— Non… il ne pouvait pas. Il y avait quelque chose de brisé en lui. Depuis toujours. Je pense qu'il est né comme ça.

Joel semblait horrifié, comme s'il venait soudainement de réaliser qu'il y avait un serpent venimeux recroquevillé contre lui. Ou peut-être était-ce parce qu'il avait réalisé que Stuart pouvait ne pas être la personne qu'il pensait.

— De quoi parles-tu ?

Todd regarda Jesse comme s'il s'attendait à ce qu'il prenne le relais. Jesse se rendit compte qu'il prenait un grand risque en révélant ce qu'il savait, mais il voulait soutirer plus d'informations à Todd.

— J'ai trouvé un article de presse vous concernant, inventa-t-il. Il parlait de ce qui est arrivé à vos parents…

Todd prit une profonde inspiration et expira lentement.

— Pourquoi ne nous dirais-tu pas ce qui leur est arrivé ?

— Il semblerait que ton père ait tiré sur ta mère et se soit ensuite suicidé avec la même arme.

— Mon Dieu ! s'exclama Corrie.

Ryan ouvrit aussi de grands yeux en entendant cette révélation. Jesse s'était dit qu'ils seraient peut-être au courant du contenu du rapport de Winchester, mais maintenant il supposait que M. Lassiter n'avait pas partagé les détails du dossier avec ses enfants.

— C'est ce qu'il semblerait, approuva Todd.

— Mais votre père était ivre et inconscient sur le canapé du salon, dit Jesse. Cela aurait été facile de poser l'arme dans sa main et de la pointer vers la porte d'entrée en attendant que votre mère rentre. Ensuite, en entendant le coup partir, votre père se serait réveillé en sursaut, désorienté à cause de son état d'ébriété, et l'arme aurait pu être retournée contre lui et actionnée.

— Qui ferait une chose pareille à notre chère Maman et notre cher Papa ? demanda Todd, un sourire sournois se dessinant sur son visage.

— Pas toi, répondit Jesse. Tu les détestais. Et tu aimais ton petit frère. Tu aurais fait n'importe quoi pour le protéger…

— Alors pourquoi ne l'aurais-je pas fait ?

— Parce qu'il y a pensé en premier, dit Jesse.

C'était une supposition, une intuition, mais au moment où il le dit, il vit quelque chose vaciller dans les yeux de Todd. Il avait vu juste.

Le sourire de Todd s'effaça et il détourna les yeux, son regard s'assombrissant alors qu'il semblait se plonger dans un souvenir lointain.

— Il était capable de tout. Je ne pensais pas qu'il passerait vraiment à l'acte, même si on avait l'habitude d'en discuter, d'en rêver. J'étais au premier étage quand les tirs ont retenti. Je me suis précipité en bas et il était devant moi… couvert de sang et… en train de sourire… tout excité par ce qu'il venait de faire.

— Donc tu l'as protégé.

— Pourquoi pas ? Todd demanda avec défiance. Je n'en avais rien à faire d'eux. Je l'ai emmené en haut et je lui ai fait nettoyer le sang qu'il avait sur lui. Il ne portait pas de tee-shirt parce qu'il s'était dit qu'il serait taché. Il en a juste enfilé un nouveau. On était en train d'essayer de sortir par la fenêtre de la chambre et de sauter du porche lorsque les policiers sont arrivés. S'ils avaient vraiment fouillé la salle de bain du haut cette nuit-là, ils auraient pu trouver quelque chose, peut-être des traces de sang. On n'avait pas pu tout nettoyer. Mais je ne sais même pas si quelqu'un a vérifié cette pièce. La police était au courant de l'alcoolisme de notre père, des activités extraconjugales de notre mère, de toutes leurs disputes. Stuart et moi avons prétendu avoir entendu les tirs et être sortis par le toit pour nous échapper.

Un autre long silence tomba sur le cercle, jusqu'à ce que Corrie, le visage pâle, dise :

— Tu inventes tout.

— Non.

— Tu es en train de me dire que j'étais sur le point de me marier avec un psychopathe ?

— J'ai essayé de garder les gens éloignés de lui, dit Todd, fermant les yeux comme s'il était sur le point de s'endormir sur l'épaule de Joel. J'avais peur qu'il fasse du mal à quelqu'un d'autre si je lui en laissais l'opportunité. Mais tout le monde pensait qu'il était si foutrement charmant. J'étais le connard, mais tout le monde aimait Stuart.

Bien entendu, pensa Jesse. Les sociopathes étaient souvent charmants. Le monde tournait autour d'eux. Ils ne tenaient à personne, mais ils vivaient pour attirer l'attention et apprenaient comment manipuler tout le monde afin d'être adorés.

— Bon sang, dit Ryan.

Sachant qu'il avait été jaloux de Stuart, Jesse s'attendait à moitié à ce qu'il fasse une remarque désobligeante, mais il était tout aussi choqué que Corrie. Joel avait l'air d'être sur le point de vomir. On aurait dit qu'il tremblait de tout son corps.

Finalement, quand le silence eut trop duré, Jesse posa la question qui trottait dans la tête de tout le monde.

— Pourquoi l'as-tu tué, Todd ? Pour protéger Corrie ?

Les yeux de Todd s'ouvrirent brusquement, et sa voix se durcit.

— Elle ? Il allait prendre l'argent et partir. Elle aurait été bien assez protégée.

Jesse hésita un moment et puis il demanda :

— Joel ?

Todd sourit et posa un doigt sur le bout de son nez.

— Moi ? demanda Joel d'une voix tremblante.

— Stuart m'a dit qu'il allait emmener Joel au Canada pendant un moment. S'amuser. Puis que quand il s'en lasserait, il reviendrait, dit Todd.

— Il envisageait de me plaquer ? demanda Joel.

— Te plaquer ? Non… Je pense qu'il se réjouissait à l'idée de faire quelque chose de plus… créatif.

Joel fixa le vide des yeux, comme si tout son cerveau venait de court-circuiter. Il glissa lentement sa main tremblante dans la poche de sa veste. C'était le côté sur lequel Todd était appuyé donc il n'était pas vraiment possible de dissimuler le geste. Todd leva sa main et attrapa son avant-bras. Puis il fit sortir la main hors de la poche.

Elle était refermée en un poing, donc Todd la retourna et poussa sur ses doigts jusqu'à ce qu'il les déploie. Il y avait deux gélules dans la main de Joel.

— Est-ce la conclusion du jeu ? demanda Todd.

— Oui, dit doucement Joel.

Jesse regarda les gélules, pris d'appréhension.

— Qu'est-ce que c'est, Joel ?

— Dans l'une, de la mort-aux-rats. Dans l'autre, de la fécule de maïs. Une pour la personne qui se trouve être le meurtrier, et l'autre pour moi.

— La roulette russe avec des comprimés, dit Ryan d'un ton méprisant.

Corrie regarda les comprimés, les yeux écarquillés par la peur.

— Joel… c'est assez tordu.

— Si le meurtrier s'en sortait, dit Joel en tournant doucement son regard pour se focaliser sur elle, je ne voulais pas être là pour le voir.

Silencieusement, Todd tendit le bras et prit les deux gélules de Joel. Puis il en mit une dans sa bouche. Mais lorsque Joel voulut lui reprendre la deuxième gélule, Todd ferma le poing et le plaça hors de sa portée. Se déplaçant à une vitesse surprenante compte tenu de l'état d'ivresse dans lequel il avait semblé être, il se jeta au-dessus des genoux de Joel, se dirigeant directement sur Jesse.

Il frappa Jesse en pleine poitrine avec son épaule, et ce dernier tomba à la renverse. Il heurta le sol avec force alors que les poings de Todd retombaient de chaque côté de son corps. Todd gronda en levant la tête pour regarder Jesse dans les yeux.

Lorsqu'il se mit à parler, Jesse pouvait sentir la vodka et le rhum dans son haleine.

— J'avais toujours peur qu'il aille trop loin, que je sois obligé de l'arrêter avant qu'il ne fasse du mal à quelqu'un qui ne le méritait pas. Tu le comprends, ça ? Il était la seule chose que j'aimais dans ce monde, mais je ne pouvais pas le laisser tuer Joel. Joel est un crétin, mais il ne méritait pas ça !

— Je sais, Todd.

— Et je ne vais sûrement pas laisser Joel prendre cette autre gélule, dit Todd. Pas après ce que sa vie m'a coûté.

Il leva son poing et tint la gélule devant le visage de Jesse.

— Mais tu n'as pas arrêté de nous mentir depuis le début.

— C'EST RIDICULE, dit Wesley.

Ils se tenaient debout au bout du couloir qui menait à la chambre de Todd et Joel, mais Kyle n'avait pas encore osé se rapprocher de la porte, inquiet que quelqu'un à l'intérieur puisse l'entendre.

Alors pourquoi suis-je ici ? Je vais passer la nuit debout à ne rien faire ?

— Attends-moi ici, dit-il à voix basse, et ne fais aucun bruit.

Wesley eut un petit rire et lui lança un regard blasé, mais il croisa les bras sur sa poitrine et haussa les sourcils pour lui faire comprendre qu'il allait attendre pendant que Kyle se ridiculisait. Kyle ne voulait pas que quelqu'un dans l'hôtel le trouve se faufilant le long du couloir, clairement en train de manigancer quelque chose, mais il se déplaça lentement. Il s'approcha de la porte de la chambre, s'arrêtant à quelques mètres et restant collé au mur pour ne pas pouvoir être vu à travers le judas. Puis il n'eut pas d'autre choix que de paraître suspect en se rapprochant encore plus près, à quelques centimètres du mur.

Lorsqu'il se trouva devant la porte, il s'immobilisa et écouta.

Rien.

Il prit le risque de pencher sa tête et de presser délicatement son oreille contre la porte.

Toujours rien. Il n'y avait personne dans la chambre, à moins qu'ils aient tous décidé de faire la sieste ensemble. Cela signifiait soit qu'ils étaient dans une autre chambre, soit qu'ils avaient décidé de quitter l'hôtel.

Merde.

— TODD ! S'ÉCRIA Joel, n'étant apparemment plus inquiet de rester silencieux. Laisse-le tranquille ! L'autre gélule est pour *moi*, merde !

Todd était étendu sur eux deux, ses jambes sur les cuisses de Joel et son torse plaquant Jesse au sol. Jesse pouvait voir Joel essayant de se libérer du poids de Todd, mais celui-ci se contenta d'écarter les jambes et d'enfoncer ses baskets dans le sol. Il était assez massif afin que Joel ne puisse pas le faire bouger.

Jesse tenta de le repousser, mais il avait la tête qui tournait à cause de l'alcool et Todd était tel un poids mort sur son torse. Il déglutit avec nervosité, conservant un œil sur la main de Todd qui contenait la gélule et était placée devant son visage.

— Comment ça je vous ai menti ?

— Peut-être que tu ne travailles pas avec la police, dit Todd, mais tu *sors* avec l'un d'entre eux. Joel t'a vu en train de batifoler avec ce détective Dubois sur le parking.

Merde.

— Ce n'est pas une raison pour le tuer ! cria Corrie, mais elle ne fit aucun mouvement pour venir en aide Jesse, pas plus que Ryan.

Jesse essaya une nouvelle fois de pousser Todd, mais ce dernier mit rapidement la gélule entre ses propres lèvres, en partie visible. Puis il attrapa les deux poignets de Jesse et les cloua au sol, des deux côtés de sa tête. La gélule ressortait des lèvres de Todd et c'est avec le plus grand effroi que Jesse le vit baisser la tête comme s'il allait l'embrasser. Il essaya de tourner la tête, mais Todd l'immobilisa entre ses avant-bras et l'obligea à incliner sa tête vers le haut. Leurs lèvres se touchèrent et Jesse sentit la gélule entrer dans sa bouche. Todd poussait de l'autre côté avec sa langue.

Puis elle disparut. Todd l'aspira dans sa propre bouche et l'avala. Il se recula pour lancer un sourire maléfique à Jesse.

— Espèce d'enfoiré, s'exclama Jesse.

Puis, alors que Jesse le regardait, le sourire de Todd s'effaça et ses sourcils se plissèrent.

— Je pense que la première gélule vient peut-être de se diluer.

Il prit plusieurs inspirations courtes et peu profondes et fit une grimace due à une douleur manifeste.

— Bon sang ! s'écria Jesse. Que quelqu'un appelle le 911 !

Son téléphone portable était dans sa poche, et il était probablement la personne la moins ivre, mais il ne pouvait pas bouger les bras. Todd le tenait toujours cloué au sol.

— Pousse-toi, pauvre idiot !

KYLE ET Wesley sortirent de l'ascenseur et se retrouvèrent face à l'équipe de l'hôtel qui s'était réunie autour de la réception. Ils parlaient tous à voix basse, mais leur comportement traduisait une certaine tension. L'agent d'accueil était au téléphone et, alors qu'ils s'approchaient, Kyle l'entendit dire :

— On envoie immédiatement quelqu'un en haut pour s'occuper de cela, madame.

Le manager était en train de parler à voix basse avec deux autres hommes de son équipe lorsqu'il leva les yeux et vit les deux détectives.

— Détective Dubois ! Êtes-vous en service ?

— Eh bien, on peut dire ça, oui, commença Kyle, ne voulant pas être mis sur une affaire pouvant être gérée par un officier en service, surtout avec Jesse ayant disparu. C'est une urgence ?

— Je n'espère pas, mais... le cinquième étage est actuellement fermé pour rénovation, mais une cliente du quatrième vient juste d'appeler pour nous dire qu'elle avait entendu des bruits sourds et des voix provenant d'au-dessus de sa chambre dans la suite. Et elle déclare que quelqu'un a crié d'appeler le 911. Nous avons appelé les secours, bien entendu, mais –

Kyle n'avait pas besoin d'en entendre davantage.

— On va monter, l'interrompit-il, se servant de ses années d'entraînement pour ne pas céder à la panique. Est-ce que quelqu'un peut nous montrer le chemin ?

JESSE ÉTAIT au téléphone avec la permanence du 911 quand il entendit des cris – la voix de Kyle – résonner quelque part dans les couloirs. Il se précipita vers la porte et cria dans la pénombre :

— Par ici !

Un instant plus tard, Kyle courait dans sa direction, Wesley et deux des employés de l'hôtel sur ses traces. Lorsque Kyle arriva près de lui, Jesse crut pendant un moment qu'il allait le prendre dans ses bras – il tendit le bras et attrapa l'épaule de Jesse, l'angoisse et la peur se traduisant sur ses magnifiques traits, et il commença à lever son autre bras. Mais Wesley dit :

— Vous n'êtes pas seuls, les enfants.

Kyle s'immobilisa et puis laissa tomber ses bras le long de son corps.

— Qu'est-ce qui se passe ?

— Un instant, lui dit Jesse.

Il reprit le téléphone et dit à la permanence :

— Je dois parler à quelqu'un, mais je reste en ligne.

Puis il dit à Kyle :

— Todd a avalé de la mort-aux-rats.

— Quoi ? Pourquoi est-ce qu'il ferait ça ?

Lui et Wesley passèrent rapidement devant Jesse sans attendre une réponse. Dans la pièce, Todd était allongé sur le sol, plié en deux par la douleur, pendant que Joel se balançait d'avant en arrière, sanglotant et trop ivre pour être très cohérent. Corrie et Ryan se tenaient debout au-dessus de Todd, mais ils n'aidaient pas beaucoup non plus.

— Quelle dose a-t-il prise ? demanda Kyle, s'agenouillant près de Todd.

Jesse commença à dire 'une gélule entière', mais Joel se mit à parler.

— Deux gélules, marmonna-t-il, faisant un geste avec ses doigts comme s'il essayait d'estimer la grandeur des gélules.

— Tu as dit qu'une seule des gélules était empoisonnée, dit Jesse.

— J'ai menti. Elles étaient toutes les deux empoisonnées.

Ce pauvre idiot. Il avait envisagé de se suicider dans tous les cas, réalisa Jesse.

— Bien, dit-il écœuré. Disons un gramme alors.

— Merde, marmonna Wesley.

Il tendit sa main vers Jesse.

— Donne-moi le téléphone.

Jesse le lui donna et Wesley l'approcha de son oreille.

— Ici le détective Wesley Roberts. Nous avons un homme qui a avalé approximativement un gramme de mort-aux-rats, ainsi que…

Il regarda autour de lui, observant les bouteilles d'alcool et Jesse intervint :

— Rhum et vodka. Je ne suis pas sûr de la quantité…

— Bien. Beaucoup de rhum et de vodka. On est en train d'attendre l'ambulance, mais j'ai besoin de savoir ce que l'on peut faire pour l'aider en attendant qu'ils arrivent.

Jesse avait appris, dans les livres qu'il avait lus concernant les différents poisons, que la plupart des poisons pour rats vendus dans les commerces étaient composés de Coumadin, ou du même type de composants, pour diminuer le flux sanguin et causer des hémorragies internes. S'ils arrivaient à le transporter à l'hôpital rapidement, ils pourraient faire une injection à

Todd pour dissoudre les caillots de sang qui s'étaient formés. Il était toujours possible qu'il survive.

Kyle se mit debout et laissa Wesley prendre sa place près de Todd pendant qu'il continuait à parler avec la permanence du 911. Kyle regarda la collection plutôt pathétique de jeunes gens ivres qui étaient rassemblés dans la pièce, et son regard se posa sur Joel.

— Tu lui as donné les pilules ?

— Oui.

— Pourquoi ?

Joel ne semblait pas avoir de réponse à cette question. Il commença juste à secouer la tête, comme s'il était sur le point de pleurer à nouveau.

— Joel ne lui a pas donné les pilules, dit Jesse. Il les avait dans la main et Todd les lui a prises. Puis il les a avalés volontairement.

— Il essayait de se suicider ? demanda Wesley.

— Je pense, oui.

— Pourquoi ?

— Parce qu'il vient d'avouer qu'il avait tué Stuart.

Kyle haussa les sourcils et regarda Todd avec surprise. Puis il se rapprocha de Jesse jusqu'à ce qu'il puisse se pencher près de lui et dire à voix basse :

— Tu te rends compte que ses aveux à quelqu'un qui n'est pas impliqué dans l'affaire, alors qu'il était saoul comme un bœuf, ne vont pas peser lourd dans une cour de justice ?

— Je sais, répondit Jesse, parlant lui aussi à voix basse. Mais il est coupable. Veux-tu savoir pourquoi ?

Kyle soupira et regarda à nouveau Todd.

— Plus tard. Quand on aura sauvé la vie de cet idiot.

LES SECOURISTES sortirent de l'ascenseur quelques minutes plus tard dans l'agitation, suivis de deux officiers de police de Berlin. Kyle et Wesley les mirent au courant de la situation pendant que les secouristes s'occupaient de Todd. Comme ils n'étaient pas en mission officielle – Kyle n'avait même pas son carnet de notes –, ils se retirèrent et laissèrent à la police de Berlin la responsabilité de prendre les témoignages de toutes les personnes impliquées.

Ils étaient tous un peu éméchés, sauf Joel qui était complètement saoul, et cela incluait Jesse, ce qui agaçait beaucoup Kyle. Il comprenait qu'il n'y avait eu aucun moyen pour Jesse d'éviter de boire s'il ne voulait pas se faire virer de la 'fête'. Mais cela avait été incroyablement dangereux pour lui de suivre le mouvement. D'après ce que racontaient les enfants Lassiter à la police et les quelques bribes de la déclaration incohérente de Joel que Kyle avait entendue, Jesse n'était pas passé loin de se retrouver sur ce brancard. Il dut faire appel à toute la maîtrise qu'il possédait pour ne pas avoir de sueurs froides lorsqu'ils racontèrent la scène durant laquelle Todd avait essayé d'introduire une gélule de force dans la bouche de Jesse. Ils avaient tous pensé que Jesse l'avait avalée jusqu'à ce qu'il réussisse à se retirer de sous le corps de Todd et à appeler le 911.

— Vous avez eu beaucoup de chance, dit l'un des officiers à Jesse. Êtes-vous certain de ne pas avoir avalé l'une de ces pilules ?

— Évidemment que j'en suis sûr, répondit Jesse en fronçant les sourcils. Je ne suis pas bête au point d'en avaler une et de ne le dire à personne.

L'expression de l'officier montrait qu'il n'était pas convaincu de l'intelligence de Jesse, et à ce moment-là, Kyle était du même avis. Mais ils continuèrent avec le témoignage de Jesse. Malheureusement, entendre sa déclaration beaucoup plus détaillée et cohérente ne fit rien pour dissiper les craintes de Kyle. Au contraire, elles empirèrent.

À un moment durant sa déclaration, les secouristes transportèrent Todd à l'extérieur sur le brancard, pour se rendre au Androscoggin Valley Hospital de Berlin, au nord de Gorham. Todd était toujours conscient, mais juste à peine, et il n'était pas en bonne forme.

Les enfants Lassiter avaient été renvoyés dans la suite de leurs parents, mais Joel fut escorté dans sa chambre par la police. Une fois là-bas, si Kyle avait bien suivi, ils envisageaient de confisquer la mort-aux-rats qu'il avait utilisée, et peut-être les pilules de vitamines dans lesquelles il avait récupéré les gélules. Il allait vraisemblablement passer la nuit au poste de Berlin. Kyle n'était pas sûr qu'ils retiennent des charges contre lui, étant donné qu'il n'avait finalement pas essayé de faire prendre les pilules à qui que ce soit, mais ce n'était pas certain. Ses actes avaient assurément mis Todd et les autres en danger.

De toute façon, avoir quelqu'un pour le surveiller pendant les vingt-quatre prochaines heures était probablement une bonne idée. Il tombait en morceaux. Il avait à peine réussi à s'arrêter de sangloter assez longtemps pour dire quelque chose que les officiers auraient pu noter.

Quant à Jesse, il était plus ou moins libre de partir. Sauf qu'il était saoul, et que personne ne le laisserait conduire jusqu'au Lodge même si c'était seulement de l'autre côté de la route.

— Je vais le ramener, dit Kyle aux officiers.

Il avait minimisé l'importance de sa relation avec Jesse tout au long de cette situation chaotique, mais il n'allait pas l'abandonner ici. Et le ramener n'aurait sûrement pas l'air d'autre chose que d'un policier faisant son travail de toute manière.

Les officiers de Berlin étaient d'accord donc Kyle, Wesley et Jesse partirent ensemble. L'énervement qu'il éprouvait contre Jesse semblait très réciproque, peut-être parce qu'il ne l'avait pas immédiatement couvert d'éloges pour avoir résolu cette affaire de meurtre. Le trajet à travers la Route 302 se fit donc dans un silence glacial, hormis les remarques agacées de Wesley sur les problèmes que cela allait leur poser une fois de retour à Concord.

De retour au Lodge, Kyle résista à l'envie de traîner Jesse par le bras le long des escaliers extérieurs, comme on le ferait avec un enfant, mais une fois à l'intérieur de la chambre, la porte fermée derrière eux, il l'attrapa par les épaules et gronda :

— Il aurait pu te tuer !

— Je sais, mais en fait il n'allait...

Jesse n'eut pas le temps de finir sa phrase parce que Kyle écrasa leurs bouches l'une contre l'autre dans un baiser colérique et possessif. Jesse résista un instant, mais finit par se laisser aller dans les bras de Kyle.

Lorsque Kyle leur permit enfin de respirer, il lui dit :

— J'ai eu la plus grande peur de ma vie, gamin.

Le son de Wesley s'éclaircissant la gorge les fit se retourner tous les deux. Il se tenait debout dans l'entrebâillement de la porte, les bras croisés et les sourcils levés.

— Que personne ne pense à avoir une session de réconciliation sur l'oreiller parce que j'ai besoin de dormir.

XXV

TODD NE passa pas la nuit.

Jesse se réveilla le lendemain matin alors que Kyle parlait doucement au téléphone. Il était assis au bureau en slip, son ordinateur portable ouvert alors qu'il discutait. Wesley était encore endormi dans l'autre lit, ronflant doucement.

Jesse ne pouvait pas entendre ce que Kyle disait, mais quand le détective eut raccroché, il regarda vers le lit et le vit en train de le regarder. Il revint vers le lit et se glissa sous les couvertures.

— C'était l'officier Stanley de Berlin, dit-il doucement. Todd Warren a fait un arrêt cardiaque tôt ce matin. Ils n'ont pas réussi à le sauver.

Jesse ne savait pas trop comment prendre la nouvelle. Todd avait été un porc sexiste durant les quelques jours où Jesse l'avait côtoyé. Pourtant, il avait tué Stuart – l'avait d'une certaine manière sacrifié – parce qu'il pensait que cela allait sauver Joel. Et il n'avait pas tué Jesse. Non pas que choisir de ne pas tuer quelqu'un se situait en haut de l'échelle des bonnes actions, mais Jesse lui en était néanmoins reconnaissant. Et en y réfléchissant, tout ce que Todd avait fait – couvrir le meurtre de ses parents, tuer Stuart, sauver Joel, avaler les deux gélules pour que Joel n'en prenne pas une – avait été motivé par la compassion.

Jesse était peiné qu'il soit mort. Mais Todd ne voulait pas se retrouver en prison. Il avait pris les gélules pour éviter cela... ou peut-être, plus précisément, pour éviter de vivre sa vie sans Stuart, la seule personne qu'il avait jamais aimée. Donc il avait eu ce qu'il désirait.

— Ça veut dire que Joel va avoir plus de problèmes maintenant ? demanda-t-il.

— Oui, répondit Kyle. Selon les charges dont ils veulent l'inculper – ils doivent décider rapidement s'ils veulent le garder en prison –, il pourrait se retrouver accusé d'homicide involontaire ou d'homicide par négligence. Il avait un but, même s'il n'a pas été jusqu'au bout. Franchement, même s'ils l'inculpent, je ne pense pas qu'ils y gagneront quelque chose.

Jesse se déplaça pour qu'ils soient face à face, leurs jambes entrelacées et leurs aines pressées l'une contre l'autre. Il pouvait sentir l'érection de Kyle contre la sienne, mais il y avait deux couches de coton entre eux, et avec Wesley qui dormait à moins de trois mètres d'eux, ce n'était probablement pas près de changer. Jesse fit descendre ses mains le long du torse et du ventre nus de Kyle sous les couvertures, sentant la chaleur émaner de son corps, l'odeur musquée et épicée de la transpiration. Même s'il savait que Kyle était probablement encore un peu énervé contre lui, car il s'était mis en danger la nuit précédente – et pour être honnête, il était lui aussi un peu énervé que son amant n'ait pas reconnu qu'il avait résolu l'énigme, même si sa méthode avait été risquée – il ne pouvait pas penser à un endroit où il aurait préféré se trouver à cet instant, que blotti contre Kyle.

— On en a presque terminé ici, continua Kyle. On va devoir courir un peu partout, parler aux Lassiter, aux employés de l'hôpital, à la police de Berlin…

Jesse eut l'estomac noué lorsqu'il se rendit compte de ce que lui disait Kyle.

— Tu es en train de me dire que je dois retourner chez moi.

Kyle se pencha en avant et l'embrassa. Puis, en glissant ses lèvres le long de la joue de Jesse pour frotter délicatement le lobe de son oreille avec son nez, il dit :

— Oui, je suppose. Il n'y a rien de plus que tu puisses faire ici à part te promener dans l'hôtel. Je serai trop occupé pour te voir, et l'on va libérer la chambre ce soir.

— Bien, mais il se passe quoi lorsque je retourne à Dover et que tu retournes à Concord ?

Kyle jeta un œil vers Wesley, vérifiant sûrement si l'homme était encore endormi, avant de se placer au-dessus de Jesse. Dans cette position, avec Jesse qui écartait ses jambes pour l'accueillir, ils étaient aussi proches de l'acte sexuel qu'ils pourraient l'être. Le pénis gonflé de Kyle frotta contre celui de Jesse alors qu'il commençait lentement et subtilement à effectuer un mouvement de va-et-vient entre leurs entrejambes. Jesse ne put s'empêcher de pousser un petit cri de plaisir.

— Qu'aimerais-tu qu'il se passe ?

— Je ne sais pas…

Il mentait. Jesse savait ce qu'il voulait. Il était juste effrayé de le dire au cas où Kyle trouverait une raison de répondre 'non'. Mais cela ne servait à rien de tourner autour du pot.

— Que dirais-tu d'être mon petit ami ?

Kyle le regarda dans les yeux pendant un long moment avant de répondre.

— Je pense que j'aimerais beaucoup ça.

Il baissa la tête pour l'embrasser à nouveau, mais la voix endormie de Wesley les interrompit.

— Bon sang… Vous êtes en train de *baiser* ? Je croyais qu'on avait un arrangement !

ÉPILOGUE

ON ÉTAIT vendredi soir et Kyle n'avait toujours pas appelé Jesse. Au début de la semaine, il y avait eu trop de pagaille, trop de choses à finaliser. Kyle était rentré tous les soirs à la maison pour pratiquement chuter dans son lit. Il n'avait pas voulu appeler en étant à moitié endormi.

Mais ensuite, plus tard dans la semaine, toutes ses appréhensions étaient remontées à la surface : ses doutes à propos de leur écart d'âge ; la fascination de Jesse pour son travail, qui n'était peut-être pas très saine, particulièrement après ce qui s'était passé le samedi précédent. Elles s'étaient insinuées en lui, le faisant se dégonfler à chaque fois, et c'était très souvent qu'il voulait l'appeler.

Comment est-ce que ça peut fonctionner ?

Au moins, Wesley avait été sympathique. Il n'avait pas mis de pression à Kyle que ce soit pour mettre fin à la relation ou pour appeler Jesse. Il l'avait complètement laissé libre de choisir. C'était ce qui était génial avec Wes : il vous aidait si vous aviez besoin de lui, mais sinon il vous laissait tranquille.

Mais voilà, c'était vendredi soir, il était vingt-et-une heures, un jeune homme magnifique voulait probablement coucher avec lui, et Kyle se faisait une tasse de café et planifiait de regarder un film, seul.

Mon Dieu, que je suis pathétique.

Quand il entendit son téléphone portable sonner dans la poche de sa veste, il faillit trébucher sur l'une des chaises de la table de la cuisine pour l'attraper. Son cœur s'emballa en voyant le nom de Jesse sur l'écran tactile, mais presque aussitôt, il se souvint qu'il avait été un total abruti durant toute la semaine en remettant toujours à plus tard son appel. Jesse pensait sûrement qu'il avait été largué.

Nerveusement, Kyle accepta l'appel et posa le téléphone contre son oreille.

— Salut gamin ! dit-il avec une joie forcée. Comment ça va ?

— Mon Dieu, Kyle ! Je suis tellement content que tu aies décroché ! Je suis face à un corps mort et je ne savais pas qui d'autre appeler !

— Un corps mort ?

213

Bon Dieu. Comment Jesse avait-il réussi à se retrouver impliqué dans une autre affaire de meurtre ?

— Où es-tu ? Tu connais la victime ?

— Je ne suis pas sûr de savoir qui c'est, répondit Jesse. Je viens de tomber sur lui dans la cuisine. Je pense qu'on lui a tiré dessus !

— Pourquoi n'as-tu pas appelé le 911 ? gronda Kyle. Tu es plus malin que ça ! Ça va me prendre une heure pour aller jusqu'à là-bas.

— Ils seraient inutiles ! J'avais besoin de quelqu'un qui puisse résoudre cela avant que le tueur ne s'échappe.

Qu'est-ce qui lui prenait ? Il ne réfléchissait pas rationnellement.

— Jesse, où es-tu ?

— Chez moi.

Kyle avait son adresse, mais alors qu'il était prêt à attraper sa veste, il hésita.

— Quelqu'un s'est fait tirer dessus dans *ta* cuisine ?

— Eh bien, dit Jesse en réfléchissant, il se peut qu'il ait été tué à coups de matraque. Et il se peut que ça se soit passé dans la bibliothèque.

— Tu as une bibliothèque ?

— Tout le monde en a une, non ?

— Et tu ne sais pas dans quelle pièce se trouve le corps ?

— Pas encore.

Kyle soupira.

— Jesse… est-ce que tu joues au Cluedo ?

— Bien sûr que non, répondit Jesse. Il faut être deux pour jouer au Cluedo, et je suis tout seul chez moi. Nu.

— Enfoiré.

— Est-ce que j'ai mentionné le fait que j'avais du pop-corn ? Et du chocolat chaud. Et… ah oui ! Je suis nu.

Kyle se mit à rire et prit sa veste sur le portemanteau.

— J'arrive au plus vite gamin.

JAMIE FESSENDEN prit la décision de devenir écrivain alors qu'il était au collège. Il a publié deux textes courts dans le magazine littéraire de son collège et une autre de ses histoires a atteint le top 100 dans une compétition nationale. Mais ce n'est que presque vingt ans plus tard, après avoir rencontré son partenaire Erich, qu'il a recommencé à écrire activement. Avec Erich, qui l'a alternativement inspiré et motivé, Jamie a écrit plusieurs scénarios et adapté certains d'entre eux en films indépendants à petit budget. Puis il a commencé à écrire des romans et publia son premier roman court en 2010.

Après avoir passé neuf ans ensemble, Jamie et Erich se sont mariés et ont acheté une maison ensemble dans un coin reculé de Raymond, dans le New Hampshire, où il n'y a pas de réverbères, où les dindes et les cerfs se promènent dans leur jardin, et où les coyotes leur font une sérénade chaque nuit. Jamie a récemment quitté son 'travail de jour' en tant qu'analyste en assistance technique pour se consacrer pleinement à son métier d'écrivain.

Le site de Jamie : jamiefessenden.wordpress.com

Facebook : www.facebook.com/pages/Jamie-Fessenden-Author/102004836534286

Twitter : twitter.com/JamieFessenden1

Par JAMIE FESSENDEN

Meurtre en montagne

Publié par DREAMSPINNER PRESS
www.dreamspinner-fr.com

www.ingramcontent.com/pod-product-compliance
Lightning Source LLC
Chambersburg PA
CBHW022140240626
47153CB00007B/2434